The Questions Set in Provincial and
Metropolitan Examination, and the Acceptance of
Tang Poetry in the Qing Dynasty

清代乡、会试诗命题与唐诗的接受

刘美艳 著

中国社会科学出版社

图书在版编目(CIP)数据

清代乡、会试诗命题与唐诗的接受 / 刘美艳著．
—北京：中国社会科学出版社，2021.5
ISBN 978-7-5203-7876-5

Ⅰ.①清… Ⅱ.①刘… Ⅲ.①律诗—诗歌研究—中国—清代 Ⅳ.①I207.22

中国版本图书馆 CIP 数据核字（2021）第 026547 号

出 版 人	赵剑英
责任编辑	宋燕鹏
责任校对	李　硕
责任印制	李寡寡

出　　版	中国社会科学出版社
社　　址	北京鼓楼西大街甲 158 号
邮　　编	100720
网　　址	http://www.csspw.cn
发 行 部	010-84083685
门 市 部	010-84029450
经　　销	新华书店及其他书店
印　　刷	北京明恒达印务有限公司
装　　订	廊坊市广阳区广增装订厂
版　　次	2021 年 5 月第 1 版
印　　次	2021 年 5 月第 1 次印刷
开　　本	710×1000　1/16
印　　张	16
字　　数	230 千字
定　　价	85.00 元

凡购买中国社会科学出版社图书，如有质量问题请与本社营销中心联系调换
电话：010-84083683
版权所有　侵权必究

江南贡院原景图(1888年摄)(相关图片为江南贡院提供)

江南贡院原景图（1888年摄）

道光二十四年甲辰科会试题目第三场

光緒十七年辛卯科江南鄉試

四書題 第壹場

子曰桓公九合諸侯不以兵車管仲之力也如其仁如其仁

考諸三王而不繆建諸天地而不悖質諸鬼神而無疑

詩題

賦得綠槐清晝轉黃鸝 得紅字 五言八韻

光緒拾柒年辛卯科江南鄉試

題目第貳場

五經題

- 兒正秋也 蕎物之所說也 敂曰說言乎兌
- 供夏院歷遠有無化居蒸民乃粒萬邦作乂
- 儀公會鄭伯會齊侯國事侯好于瑣澤成公十有二年
- 象周禮填會蒿頭會音蓺文講
- 一每篇殷數添改塗註字數俱照考壹場式樣
- 一違例點句勾股

主考官關防

光緒十七年辛卯科江南鄉試題目第三場

目 录
contents

绪　论 ·· （1）

第一章　清代试律及乡、会试诗命题概述 ························· （8）
　　第一节　清代"试律"概况 ··· （9）
　　第二节　清代试律对唐诗的崇尚 ···································· （20）
　　第三节　清代乡、会试命题概况 ···································· （26）
　　小　结 ·· （31）

第二章　清代官方的宗唐倾向及唐诗出题概况 ················ （32）
　　第一节　清代御选唐诗及官方的唐诗观 ························· （32）
　　第二节　清代乡、会试诗命题中唐诗出题概况 ·············· （40）
　　第三节　清代乡、会试诗命题选本及对考题的收录情况 ··· （49）
　　小　结 ·· （61）

第三章　清代乡、会试诗命题与唐人作品 ························ （62）
　　第一节　唐诗分期及四唐作品出题情况 ························· （62）
　　第二节　清代乡、会试诗命题与初唐文人作品 ·············· （65）
　　第三节　清代乡、会试诗命题与盛唐文人作品 ·············· （77）
　　第四节　清代乡、会试诗命题与中唐文人作品 ·············· （88）
　　第五节　清代乡、会试诗命题与晚唐文人作品 ·············· （105）
　　小　结 ·· （120）

第四章　清代乡、会试诗命题与李白诗歌 …………………（122）
第一节　清人对李白诗歌的接受 ……………………………（122）
第二节　乡、会试诗命题所选李白诗作 ……………………（133）
第三节　乡、会试诗命题出自李白诗歌的考题特征 ………（143）
小　结 …………………………………………………………（152）

第五章　清代乡、会试诗命题与杜甫诗歌 …………………（153）
第一节　杜诗在乡试诗命题中的独尊地位及原因分析 ……（153）
第二节　乡试诗以杜诗命题的地域特征 ……………………（160）
第三节　乡、会试诗命题出自杜诗考题分类及命题要求 …（175）
小　结 …………………………………………………………（185）

第六章　清代乡、会试诗命题与白居易诗歌 ………………（187）
第一节　道光之后命题数量的骤增及原因探析 ……………（187）
第二节　乡、会试诗命题对闲适诗作的重视 ………………（197）
第三节　命题的地域特征及白傅遗响 ………………………（211）
第四节　命题对讽谕诗作及长篇诗作的接受 ………………（224）
小　结 …………………………………………………………（230）

结　语 ……………………………………………………………（231）

参考文献 …………………………………………………………（234）

绪　　论

　　清代试律诗的研究较为薄弱，目前学界少有人涉及。本书所选择的这一研究题目——《清代乡、会试诗命题与唐诗的接受》，主要以清代乡、会试诗命题中出自唐诗的考题为研究对象，与清代科场的命题要求，官方的文教思想，诗坛风尚，清代的唐诗接受，考官的命题倾向等相结合，通过清代乡、会试诗命题中所选唐诗的特点，对清代试律诗的命题做一次尝试性的探索。

　　唐代试律为科举试诗的开始，清代试律为科举试诗的终结，随着现阶段科举研究成果的逐渐涌现，清代试律的研究越来越显得必要了。目前对于科考中尤为重要的乡、会试诗研究明显不足，甚至对所试科数及考题情况都缺乏系统的把握。因此，本书以《清秘述闻三种》及《清代朱卷集成》中所收乡、会试诗题进行统计分析，梳理分析清代科举史料，为今后学界进一步研究清代试律诗乃至清代文学提供了新材料。清代科举诗题为试律诗的考题，出自唐诗的考题本是诗作题目，也为诗歌的范畴，且诗题本身大多为诗句，对试律诗题的研究也是对文学研究的补充，毕竟承认与否，试律属于文学的一部分，其价值的高低且不论，而从试律的角度研究科考命题，评定其价值，显然具有文学意义。

一　学术史回顾

　　目前学界对试律诗较为关注，研究成果丰硕，明显地集中于对唐代试律的研究,清代试律关注较少。如朱栋的《唐代试律诗用典研究》①从用典的角度对唐代试律做了研究,就诗题用典与唐代社会思想文化风尚及正文用典做了分析,对本书有一定的启发意义。清代试律现存文献多,试律诗学、试律诗作、试律诗题文献大量保存下来,但缺乏整理,且工作量都比较大。目前有关清代试律的成果较少,且较为零散,主要集中于以下几个方面。

（一）试律诗理论方面的研究

徐美秋的《纪昀评点诗歌研究》②中设有"纪昀评点试律诗"一章,涉及对试律理论著作,试律的写作技法等,论述详细,考证严谨;梁梅的《清代试律诗学研究》③分阶段对清代试律诗学理论做了重点综合研究,为清代试律诗学方面有价值的研究,其《毛奇龄试律诗理论及影响》④以毛奇龄《唐人试帖》为对象,对试律诗创作方法的概括、审美原则的总结及理论框架做了研究,并论述其在清代试律诗理论方面的建设性意义。蒋寅的《纪晓岚试律诗学述论》⑤主要就纪昀的试律诗学做了探讨。

（二）对清代试律诗选本的研究

贺严的《清代唐诗选本研究》⑥及韩胜的《清代唐诗选本研究》⑦,这两本专著对唐诗选本的研究中,都涉及试律诗选本的研究,对清代所选唐人试律诗选本做了宏观概述。单篇论文有代表性的为薛亚军的《清人选评笺注唐人试帖简说》⑧,此文对清代试律选本的刊刻背景、选本的材料来源及编次、试律的评选笺注及其价值做了综合论述,便

---

① 朱栋:《唐代试律诗用典研究》,上海交通大学出版社2019年版。
② 徐美秋:《纪昀评点诗歌研究》,花木兰文化出版社2013年版。
③ 梁梅:《清代试律诗学研究》,中国社会科学出版社2019年版。
④ 梁梅:《毛奇龄试律诗理论及影响》,《湖北社会科学》2016年第10期。
⑤ 蒋寅:《纪晓岚试律诗学述论》,《阅江学刊》2016年第2期。
⑥ 贺严:《清代唐诗选本研究》,人民出版社2007年版。
⑦ 韩胜:《清代唐诗选本研究》,中国社会科学出版社2010年版。
⑧ 薛亚军:《清人选评笺注唐人试帖简说》,《中国典籍与文化》2007年第2期。

于对清代的唐试律选本做总体概观；陈伯海的《清人选唐试帖诗概说》① 对试律选本及试律做法进行了一番探究，宏观简洁；贺严的《清代唐试帖诗选对诗法的分析》② 从试帖诗选本所注重的诗题、限韵、结构、对仗等几方面做了简单介绍。

（三）对试律诗、试诗制度及社会风气的宏观研究

张丽丽的《清代科举与诗歌》③ 以时间和人物为线索，论述科举与诗歌的关系，与传统文学的写法无异，其中忽略了科举与普通诗歌的桥梁——试律诗。单篇论文方面，杨春俏《清代科场加试试帖诗之始末及原因探析》④ 对清代会试、乡试、童试等加试诗歌的过程及始末做了详细论述；陈志扬的《清代对试律诗艺的探索》⑤ 从诠题、限韵、君权在场三个方面谈试律的性质特征，并就时文之法、普通诗歌与试律的关系做了简要阐述，有一定的启发意义。他的另一篇论文《论清代试帖诗》⑥，从试律诗制度的形成，清人研习的风气，清代试律诗的盛况及清人对试律诗的认可四个方面，对清代试律诗做了简要论述；刘和文、李媛的《法式善〈同馆试律汇抄〉与清人试律诗之研究》⑦ 概述了法式善《同馆试律汇抄》的编选目的，结合馆课试律谈清代试律对雅正诗学的追求，有一定可取之处；安东强的《乾隆帝、学政与试律诗》⑧ 从历史学的角度讨论乾隆朝加试试律的效果、学政对试律的推行及对抡才的影响等，值得深入探究；蒋寅的《科举试诗对清代诗学的影响》⑨ 对乾隆二十二年功令试诗的影响，功令试诗与试帖诗的编

---

① 陈伯海：《清人选唐试帖诗概说》，《古典文学知识》2008 年第 5 期。
② 贺严：《清代唐试帖诗选对诗法的分析》，《名作欣赏》2012 年第 24 期。
③ 张丽丽：《清代科举与诗歌》，花木兰文化出版社 2013 年版。
④ 杨春俏：《清代科场加试试帖诗之始末及原因探析》，《东方论坛》2005 年第 5 期。
⑤ 陈志扬：《清代对试律诗艺的探索》，《社会科学辑刊》2007 年第 6 期。
⑥ 陈志扬：《论清代试帖诗》，《学术研究》2008 年第 4 期。
⑦ 刘和文、李媛：《法式善〈同馆试律汇抄〉与清人试律诗之研究》，《内蒙古大学学报》（哲学社会科学版）2014 年第 4 期。
⑧ 安东强：《乾隆帝、学政与试律诗》，《武汉大学学报》（人文科学版）2013 年第 5 期。
⑨ 蒋寅：《科举试诗对清代诗学的影响》，《中国社会科学》2014 年第 10 期。

纂、出版,功令试诗与蒙学诗法的勃兴以及试帖诗学与一般诗学的互动等四个方面做了深入研究,论述精辟,对清代试律的研究非常有价值。

（四）试律诗细部的研究

如郑天挺的《清代考试的文字——八股文和试帖诗》① 中"试帖诗"部分对"赋得"体由来的解释及题目写作程式的论述,虽简洁明了,但颇有深度。杨春俏的《清代试帖诗限韵及用韵分析》② 对会试与乡试诗题中用韵进行了分析,虽对乡、会试诗题的统计并不完全,但其论述深入,数据翔实,有可取之处。詹杭伦的《试帖诗与律赋——读〈关中课士诗赋注〉》,对路德的《关中课士诗赋注》③ 做了研究,并举试帖诗例与律赋例,对路德的试律观念做了深入研究。蒋金星的《清代科举试帖诗"得×字"中"×"的位置》④ 与《再论清代科举试帖诗得"某"字中"某"字的位置》⑤ 对韵脚字的位置做了研究,第二篇文章在第一篇的基础上进行了深入探讨,论述严谨,观点明确;宋巧燕的《清代科举试帖诗写作规范探析》⑥ 笼统地探讨了清代科考试诗的原因及试律诗的写作规范等。目前有关清代试律诗题的研究比较薄弱,杨春俏、吉新宏的《清代会试试帖诗题目出处及内容类型分析》⑦ 以清代 67 科会试诗题为研究对象,分析题目出处及题目内容分类,与当时的文学风尚、思想文化乃至社会风貌相结合,虽

---

① 郑天挺:《清代考试的文字——八股文和试帖诗》,《故宫博物院院刊》1982 年第 2 期。
② 杨春俏:《清代试帖诗限韵及用韵分析》,《山东师范大学学报》（人文社会科学版）2009 年第 6 期。
③ 詹杭伦:《试帖诗与律赋——读〈关中课士诗赋注〉》,《中国诗歌研究》2002 年第一辑。
④ 蒋金星:《清代科举试帖诗"得×字"中"×"的位置》,《中国韵文学刊》2007 年第 1 期。
⑤ 蒋金星:《再论清代科举试帖诗得"某"字中"某"字的位置》,《教育与考试》2013 年第 2 期。
⑥ 宋巧燕:《清代科举试帖诗写作规范探析》,《教育与考试》2015 年第 3 期。
⑦ 杨春俏、吉新宏:《清代会试试帖诗题目出处及内容类型分析》,《晋阳学刊》2007 年第 2 期。

所涉诗题有限，但对本书的写作有启发意义。蒋金星的《〈清秘述闻再续〉乡试试帖诗试题补遗》①对光绪十四年到光绪二十七年的诗题进行了补录。综上所述，目前对清代试律的关注角度广，涉及试律的理论、试律选本、试诗制度与社会风气、试律本身的细部研究等，但总体来说，比较薄弱，现存大量的与试律相关的文献亟待解读。目前无论是试律理论，还是试律诗本身的解读都远远不够，甚至对于常科所试试律的科次及数量都没有确切的数字，亟待深入的挖掘探索。

二 研究的对象、方法及本书的基本内容

（一）研究对象

本书是对清代试律诗命题的研究，以清代乡、会试命题中，出自唐诗的考题为研究对象，以试律诗题为切入点，与命题之时的时代风气、学术风尚、考官喜好等相结合，挖掘命题倾向的原因导向，及清人在命题中对唐代文人作品的接受情况。

本书对《清秘述闻三种》《清代朱卷集成》所收录的清代乡、会试诗题进行统计分析，据统计，《清秘述闻三种》中收录常科会试诗题67例，宗室会试诗题40例，乡试诗题1036例，辅以《清代朱卷集成》中补入的23例乡试考题，共计107例会试诗题与1059例乡试诗题，以其中出自唐诗的422例乡试考题，及16例常科会试诗题、13例宗室会试诗题为研究对象，对出自唐诗的考题进行综合分析。

（二）研究方法

本书以清代乡试诗题为研究对象，所采用的研究方法主要有以下几种。

第一，文献研究法。本书以清代乡试材料为基础，以法式善的《清秘述闻》，王家相、魏茂林、钱维福等的《清秘述闻续》与徐沅、

---

① 蒋金星：《〈清秘述闻再续〉乡试试帖诗试题补遗》，《中国韵文学刊》2013年第3期。

祁颂威、张肇荣的《清秘述闻再续》所保存的试律诗题为主，参考梁章钜《试律丛话》中收入的诗题，及《清代朱卷集成》补入的诗题为文献研究的基础。同时研读清代乡、会试及科考相关的文献资料，如《清实录》《清史稿·选举》《钦定科场条例》和《钦定大清会典事例》中有关清代乡、会试的情况记载，此外，阅读相关的史料笔记，把握正史之外有关乡、会试的相关情况的记载，又参考清代历史状况，文学动态相关的资料，在对这些文献消化吸收的基础上，进行写作。

第二，统计分析法。本书以《清秘述闻三种》中收录的107例会试诗题与1036例乡试诗题，及从《清代朱卷集成》中补入的23例乡试诗题为研究范围，通过考题在经、史、子、集中的分布情况，选定出自唐诗的422例乡试考题及29例会试考题，进而为研究命题中清代试律诗的命题倾向、时代风尚及学术风气等提供论据支撑。同时还对命题次数较多的个案进行数据统计，以表格的形式呈现出来，使得论文有说服力。此外书中还运用统计分析法研究诗题的变化情况，制成图标，不仅直观明确，且能将动态变化展现出来，使得本书相关统计数据更为精确。

第三，个案研究法。书中包含对李白、杜甫、白居易的个案研究，将出自这三人的诗题予以梳理，并结合清代时代因素、诗歌风气、地域特点、接受倾向等方面，对命题中出自以上诗人的诗歌进行分析，做个案研究。

在具体的研究过程中，还涉及其他研究方法，为全面深入地把握唐诗与清代乡、会试命题的关系，在研究方法上尽量做到宏观与微观、定量与定性、综合与个案的有机结合。

（三）本书基本内容

本书以清代乡、会试诗题为研究对象，具体内容分六章展开。现对每一部分的主要内容做简单介绍。

第一章，概述清代科场加试诗歌的过程，试律的称名、清代试律的类型、体式，清代试律的宗唐倾向；并综述清代乡、会试的命题机制，出题的总体情况及命题中对出自唐诗考题的重视。

第二章，研究清代官方对唐诗的重视及命题中的重唐倾向。清代官方，尤其是康乾盛世的帝王，以御选唐诗为手段，体现出明显的宗唐趋势，而官方御选的唐诗选本，又成为试律命题的教科书，试律诗命题中唐诗占绝对优势。

第三章，综论清代乡、会试诗命题与唐人作品，尤其是唐诗的关系。清代乡、会试诗命题，出自唐诗的考题居多，数量较大，主要分初、盛、中、晚四个时期，将不同时期命题所选诗歌，分别论述。

第四章，研究清代乡、会试诗命题与李白诗歌接受的关系。李白诗歌为唐诗命题的第二大出处，探究官方选本对李白诗歌的选择，清人对李白诗歌的接受倾向；命题中所选李白诗歌的特征，及清人在命题中选择李白诗歌的侧重点；并对出自李白诗歌的考题进行研究，分析命题中对写景之题的重视，及地域性特征。

第五章，清代乡、会试诗题与杜诗的接受。分析杜诗在乡试诗命题中的独尊地位的原因，涉及杜诗的忠孝之旨，及清人对杜诗的接受；所选杜诗的地域性特征及命题的地域性倾向，选诗主要以巴蜀诗作为重，考官在命题之时多选杜诗中富有地域性特征之句，江浙考官对杜诗的接受及命题中对杜诗的重视；杜诗的考题分类及命题标准的体现，主要以自然景物类考题为主，又涉及政治民生等。

第六章，清代乡、会试诗题与白居易诗歌的接受。探析道光之后，乡试命题中白居易诗歌出题骤增的原因；分析命题中所选白居易诗歌以闲适之作为重，尤其是以江州及杭州期间的闲适之作为重，及江浙文人对白居易诗歌较为偏爱的原因，论述命题中对白居易讽谕之作及长篇名作的接受情况。

第一章　清代试律及乡、会试诗命题概述

科举制度始于隋，形成于唐，到清朝发展到顶峰，考试程式极其完备。科举诗作是科举时代的产物，数量庞大，涉及面广，与考试之时的政治制度、思想文化、诗坛风尚、士人文化倾向及社会风俗习惯都有着密切联系。清代的科举诗不仅是清诗的组成部分，同时还为深入研究清代的政治、历史、思想、文化，乃至风俗习惯等提供了材料。作为科举研究的组成部分，科举诗歌属于科举文学中的一部分，尤其值得关注。

随着科举研究的深入，近年来试律理论、试律选本等逐渐受到学界的关注，而作为考试文体的试律诗，则鲜少问津，对试律命题的关注更少。试律不受学界的重视，与它自身的特点有关，应试诗歌缺乏普通诗歌的神韵，少有佳作。不同时代，试律在科场中的地位也有所不同。唐代虽在诗赋之外，试时务策五道，经义策三道，但以诗赋为重。随着科举制度的改革，到明清时期以八股文为重，清代加试诗歌之后，虽将试律提到第一场，相对于《四书》题，试律虽没有那么重要，但清代的试律又有其特殊性。试律命题方式随着时代的变迁，体现出不同的特点。试诗之初，唐代试律出题较为随意，考官可以随己意命题，题目出处允许上请。宋初循唐旧例，宋仁宗景祐年间规定诗题必出经史，后来广及古人诗句，并禁止上请，宋神宗熙宁四年王安

第一章 清代试律及乡、会试诗命题概述

石变法罢诗赋之后,屡兴屡废。总体而言,除去北宋有一段时间罢诗赋外,自唐诗取士开始,经五代、宋、辽、金,诗赋在科场中意义重大,有关此点,前人已做了相关论述。① 此后,元、明两朝不以诗赋取士。清代科场加试诗歌之后,诗题必有出处,多出自经、史、子、集之语,极个别随机命题。题目出处也有所本,多以官方修订的选本为重,所出考题体现出官方的文教观念。出题方式或为钦命,或出自考官之手,会试及顺天乡试多为钦命,乡试及科、岁试,多出自进士出身的考官及学政,其中,乡试命题方式尤为典型,虽不乏官方干预,又体现出考官个人的诗学趋尚,与政治制度、思想文化、诗坛风尚、社会风俗等的影响。单就考试制度而言,唐代的随机命题,更易于考生展示才华,但若就所出考题而言,出自经典的考题更能体现出诗坛风尚及士人倾向,显得更有价值。唐诗作为清代试律命题的首要出处,解读命题中出自唐诗的考题,对研究清代的文教观念、诗坛风尚,及士人的接受心理提供了材料,能更好地理解清代官方对唐诗的宗尚、诗学风尚及文化教育的关系。

第一节 清代"试律"概况

一 "试律诗"称名的由来

"试律诗"是科考诗歌的代名词,"试"表明科举考试选拔人才的功能。"律"从文体上对科考诗歌予以限定,诗体或为四韵、六韵,或为八韵、排律不等。科考试诗始于唐代,现存唐人试律,主要依据考试级别命名,省试的诗歌,称为省试诗、省题诗,同时还有州、府试诗、监试诗等,《宋史·艺文志》载有《唐省试诗集》三卷,沿用省

---

① 徐美秋的《纪昀评点诗歌研究》第四章"第一节 清前期选官考试的用诗情况"对此做了详细阐述(花木兰文化出版社 2013 年版)。

试诗之名,《文苑英华》所收唐人试律,也主要依考试级别而定。

　　清人最初称科考诗歌为"试帖",并被一些选本沿用,如毛奇龄的《唐人试帖》,张熙宇辑评、王植桂辑注的《七家试帖辑注汇钞》、王祖光所撰的《守砚斋试帖》等。赵执信《声调谱》中有云"唐诗、赋试帖"之语,清高宗改以诗取士的谕文中称试诗为"五言试帖"。"试帖"大概就这样以讹传讹,被清人沿用。事实上,"试帖"并不能准确地概括科考诗歌的功能,商衍鎏推测"试帖"的由来时说:"按唐明经科,裁纸为帖,掩其两端,中间惟开一行,以试其通否,名曰试帖,进士亦有赎帖诗,帖经被落,许以诗赎,谓之赎帖,试帖诗之得名,殆由于此。并以其诗须紧帖题意,类于帖括之帖经也。"① 赎帖,即帖经通不过的考生,允许以诗歌替代,赎帖为唐代科考中的诗歌的一项重要功能。随着时代的发展,科考诗歌已丧失赎帖的功能,且其本身也与帖经无关。因而,并未见唐人将科考诗歌称为"试帖"的相关记载,且"试帖"也不能涵盖唐代科考诗歌的所有类别。

　　现存以"试帖"命名科考诗歌的最早记录为毛奇龄的《唐人试帖》,此书序中对编选缘由介绍为:"康熙庚辰,士子下第后相矜为诗,曰:吾独不得于试事已矣,安见外此之无足以见吾志者,必欲就声律谘询,可否? 不得已,出向所携《唐试帖》一本,汰去其半,且授同侪之有学者,稍与之相订,而间以示人。"② 以上论述说明两点,第一,毛氏编《唐人试帖》是为士子提供参照之本;第二,此书并非完全出自毛氏之手,而是毛奇龄就顾有孝家所得的《唐试帖》删汰而成,且原书名为《唐人试帖》,而并非毛奇龄为此书重新定的名称。换言之,在毛奇龄之前就有人将唐人所考诗歌称为"试帖",作者身份显然不可考,至于这样命名是否妥切,毛氏并未深究。翻阅毛奇龄的《唐人试帖》中所收诗歌,既有省试诗歌,也包括州府之作,是唐人各级考试

---

　　① 商衍鎏:《清代科举考试述录》,《近代中国史料丛刊续编》第二十二辑,文海出版社 1975 年版,第 249 页。
　　② 毛奇龄:《唐人试帖》卷首《唐人试帖序》,康熙四十年刊本。

第一章 清代试律及乡、会试诗命题概述

中试律的合本，显然，毛奇龄只是沿用了一种误称，而唐代科举考试所考的是诗歌，非帖经，除去赎帖诗之外，大约与"试帖"之名是不相关的，因而以这一名称命名科考诗歌显然是不合理的。

最早将科考诗歌界定为"试律"的是康熙年间的李因培，他在《唐诗观澜集·凡例》中说"唐以诗赋取士，自州试监试省试，皆官为限韵，常以五言六韵为率，谓之试律。其间亦有多至八韵、少至四韵者"。其将唐代州试、监试、省试，都定义为"试律"，并在卷十五中做了更为明确的阐述，他说："唐承隋制取士，永徽而后兼用诗赋。其诗自进士大科，及府州小试，命题限字，率以六韵，号曰试律。"[1]"试律"的内涵扩展为唐代各级考试的诗歌。朱琰在《唐试律笺发凡》中说"溯源于唐，正名曰律，煌煌天语，载在令甲。谨题曰'唐试律'，正俗传之讹谬，将以观同风之盛也"[2]。可见，朱琰也认为应该以"试律"来称科考诗歌。

梁章钜在《试律丛话》卷一中明确地指出"试帖"为误称，他说"又或称为试帖，然古人明经一科，裁纸为帖，掩其两端，中间惟开一行，以试其通否，故曰试帖。进士亦有赎帖诗，帖经被落，许以诗赎，谓之赎帖，非以诗为帖也。毛西河检讨奇龄有《唐人试帖》之选，盖亦沿此误称。惟吾师纪文达公撰《唐人试律说》，其名始定"[3]。显然，梁章钜的观点是有一定道理的。

纪昀的《唐人试律说》的流传，使得"试律"之称被清人广泛接受，梁章钜在《试律丛话》卷八中记载：

> 先大父天池公以老儒宿学教授乡里，困于场屋者五十年。当乾隆丁丑功令初颁，大小试皆增用五言试律，时纪文达师《唐人试律说》及《庚辰集》两书俱未出，公即有《试律指南集》之

---

[1] 李因培选评，凌应曾注：《唐诗观澜集》，乾隆二十四年刻本。
[2] 朱琰：《唐试律笺》卷首，乾隆二十三年明德堂刻本。
[3] 梁章钜：《制艺丛话·试律丛话》，上海书店出版社2001年点校本，第511页。

清代乡、会试诗命题与唐诗的接受

选，精择唐人及国朝诸名作各得二卷，约百余首，导其脉络，阐其精华，以初稿授先父资政公俾扩充而卒业焉，后因纪书盛行而止，先资政公犹以稿自随，嗣因司铎宁化，为大水所漂，片楮无存。惟平时绪论，散见于《四勿斋随笔》者，尚历历可记也。①

可见，在纪昀之前，清代就有很多人认可"试律"之名，而纪昀《唐人试律说》的广泛流传，使得这一观点被更多人接受。清人以"试律"命题的应试诗著作主要有朱琰的《唐试律笺》、纪昀的《唐人试律说》、恽鹤生与钱人龙的《全唐试律类笺》、梁章钜的《试律丛话》、梁运昌的《秋竹斋试律》、祁寯藻的《尺华斋试律存草》、孙冯的《小方壶试律诗》等。因而以"试律"命名科考诗歌显然更为适合，"试"本为考试之意，科考诗歌都为律诗，因而"试律"涵盖科考中所有的诗歌，更为准确。本书在论述中对乡、会试诗歌的称谓，也多统称为"试律诗"。

二 清代科考加试诗歌的过程

清代科场加试诗歌经历了漫长的过程，现存最早的试诗记录为顺治十四年江南丁酉科场舞弊案发生后，于次年举行的乡试覆试，据记载"戊戌春，世祖亲覆试江南丁酉贡士，以古文诗赋拔武进吴珂鸣第一"②。官方以《春雨诗五十韵》为题进行覆试。之后康熙十八年的博学鸿词科考试，以《璇玑玉衡赋》和《省耕诗》为题，对诗歌的要求为五言排律二十韵。康熙五十四年廷议加试诗歌，并希望以此改革科举中的弊端，"特下取士之诏，颁定前场经义性理，次场易用五言六韵排律一首，刊去判语五道。以五十六年为始，永著为例"③。由于各种

---

① 梁章钜：《制艺丛话·试律丛话》，上海书店出版社2001年点校本，第642页。
② 王士禛：《池北偶谈》上册，《清代史料笔记丛刊》，中华书局1982年点校本，第1页。
③ 陶煊：《唐五言六韵分类排律选》卷首，康熙五十五年刊本。

第一章 清代试律及乡、会试诗命题概述

原因，这个举措并未实施，但随之而来的是大量试律诗选本的编撰，如叶忱、叶栋的《唐诗应试备体》、鲁之裕的《唐人试帖细论》、臧岳的《唐诗类释》、吴学濂的《唐人应试六韵诗》、牟钦元的《唐诗五言排律笺注》等，都刊刻于康熙五十四年，为后来加试诗歌奠定了基础。雍正十二年浙江总督程元章为应博学鸿词之诏，以《河清海晏颂》《万宝告成赋》《杜氏〈通典〉、郑氏〈通志〉、马氏〈通考〉总论》《赋得冲融和气洽》试两浙士人，李富孙在《鹤征后录》卷十二中称"榜后试帖盛行"①。乾隆元年丙辰博学鸿词考题为一赋、一诗、一论，诗题为《赋得山鸡舞镜（得山字）》，七言排律十二韵，试律程式逐渐规范。

乾隆二十二年始，会试开始试诗，乡试中试诗始于乾隆二十四年。试诗之初，考虑到执行的困难，试诗工作循序渐进地开展，据记载："但念边方北省，声律未谐，骤押官韵，恐不能合有司程式。可谕主考及分校各官，今科各就省分，酌量节取，不必绳以一律。至下科会试时，则三年之功，自宜研熟，不妨严其去取矣。"②随着试诗的深入，试律评价体系逐渐完善。上至乡试、会试、殿试，下及生员的岁试、科试乃至于童试，都开始试诗。乾隆二十三年岁试、科试中也开始试诗，"嗣后岁试，减去书艺一篇，用一书一经；科试减去经义一篇，用一书一策。不论春夏秋冬俱增试律诗一首，酌定五言六韵"③。并规定"如诗不佳者，岁试不准拔取优等，科试不准录送科举"④。乾隆二十五年又在童试中试诗，"童生兼作五言六韵排律一首，教官于月课时亦

---

① 李富孙辑：《鹤征后录》卷12，《四库未收书辑刊（第2辑）》，北京出版社2000年影印本，第23册，第755页下栏。
② 《高宗纯皇帝实录》卷532，乾隆二十二年二月上，《清实录》，中华书局1986年影印本，第15册，第702页。
③ 素尔纳等：《钦定学政全书》卷十四《考试题目》，《近代中国史料丛刊》（第30辑），文海出版社1966年影印本，第293册，第280页。
④ 素尔纳等：《钦定学政全书》卷十四《考试题目》，《近代中国史料丛刊》（第30辑），文海出版社1966年影印本，第293册，第281页。

清代乡、会试诗命题与唐诗的接受

一体限韵课诗"①。并予以童试一个缓冲期,"自壬午科以前,考试童生,能作一书一经者,不拘诗之有无,皆听就文酌取;至乾隆二十八年以后,则以一书一经一诗,永为成例。如三者不能兼作,照宁缺勿滥之例办理"②。乾隆二十八年开始,童试中诗歌成为不可或缺的考试科目,且为录取与否的重要评判标准。至此,清代科考试诗形成自上而下的体系,清人徐珂在《清稗类钞》中提及这一情形时在"试帖诗之遗闻"条中说:"五言八韵唐律一首,初惟行于进士朝考、翰林散馆等试。洎乾隆朝,御史张霁奏请乡会科场及岁科两试,一律通行(岁试六韵,科试八韵)。丁丑,遂颁为定例。"③徐珂此论是清代试诗的真实反映,清代的试律诗不仅包括科场乡试、会试、殿试三级,还包括童生的考试,选拔官员的朝考、散馆、考差、大考,及随机举行的博学鸿词科及召试等,这种上至朝考、大考翰詹、庶常散馆,下及岁试、科试、童试的试诗制度,可谓完整的试诗体系,而这一体系发挥什么样的作用,要看其在科考中的地位。科场之所以将表文改为五言八韵唐律,初衷为"夫诗虽易学而难工,然宋之司马光尚自谓不能四六,所有能赋诗而不能作表之人,断无表文华赡可观而转不能成五字诗者。况篇什既简,司试事者得从容校阅,其工拙尤为易见"④。事实上,大部分清人久不作诗,不谙熟韵部、格律,加试诗歌的过程也是步履维艰的。

乾隆四十七年,将原定于二场的试律诗移至首场,据《钦定科场条例》记载"嗣后乡、会试,将二场排律诗一首,移置头场制艺后。即以头场之性理论一道,移置二场经文后"⑤。乾隆皇帝之所以将试律

---

① 素尔纳等:《钦定学政全书》卷十四《考试题目》,《近代中国史料丛刊》(第30辑),文海出版社1966年影印本,第293册,第282页。
② 素尔纳等:《钦定学政全书》卷十四《考试题目》,《近代中国史料丛刊》(第30辑),文海出版社1966年影印本,第293册,第282—283页。
③ 徐珂:《清稗类钞》,中华书局2010年版,第8册,第3924页。
④ 礼部纂辑:《钦定科场条例》卷十五《三场试题·题目成式·例案》,《近代中国史料丛刊三编》(第四十八辑),文海出版社1989年影印本,第473册,1105页。
⑤ 礼部纂辑:《钦定科场条例》卷十五《三场试题·题目成式·例案》,《近代中国史料丛刊三编》(第四十八辑),文海出版社1989年影印本,第473册,第1111页。

第一章 清代试律及乡、会试诗命题概述

移至首场,是因为清代科举考试以首场为重,有关此点,《清史稿》记载说:"名为三场并试,实则首场为重。首场又四书艺为重。"① 很显然,科考中加试诗歌之后,将试律诗移至首场,其实就是为了强调诗歌在科考中的重要性,而乾隆四十七年谕旨中就明确地说:"若头场诗文既不中选,则二、三场虽经文、策问间有可取,亦不准复为呈荐。"② 可见,试律诗在清代科考中的指挥棒作用越来越重,至此,试律诗成为清代科场文人仕进尤为重要的阶梯,并在之后的仕宦生涯中发挥重要作用,因而清人颇为注重试律诗的创作,正如所言"试律于诗为末务,然功令以之取士,第一场次时文,后至于庶常馆课、大考翰詹,皆以是觇其所学,固未可薄而不为也"。并称"国朝名公巨卿多工是体"③。

三 清代试律的类型

清代试律为自下而上的考试,依据考试级别的不同,大致分为十类:童试之诗、乡试诗、会试诗、殿试诗、朝考之诗、散馆之诗、考差之诗、大考之诗、博学鸿词科之诗及召试之诗等。下面对这十类试律诗做简要介绍。

第一类:童试之诗,即童生所试诗歌。童试是应考生员的考试,为进入府州县学的考试,清代的童试并非以年龄大小为区分,所试之人,无论是儿童,壮年之人,还是老翁,凡参加考试的都统称为童生。童试有初试之意,依照层次的高低分为县试、府试、院试三级。县试以本县县官为考官,多在二月举行;县试之后考府试,考官为知府,或直隶州知州等,府试多于四月举行;院试以学政为考官,分为岁、科两试,学政到任的第一年为岁考,第二年为科考,岁考由学政主持,

---

① 赵尔巽等:《清史稿》卷108,中华书局1977年点校本,第12册,第3149页。
② 礼部纂辑:《钦定科场条例》卷十五《三场试题·题目成式·例案》,《近代中国史料丛刊三编》(第四十八辑),文海出版社1989年影印本,第473册,第1112页。
③ 梁章钜:《制艺丛话·试律丛话》,上海书店出版社2001年点校本,第493页。

科考是送乡试的考试。童试诗试五言六韵试帖一首，生员的岁试、科试为五言八韵试帖诗一首。

第二类：乡试诗，即乡试所试之诗。乡试是各省举行的考试，也称乡贡或乡闱，各省乡试在省城举行，顺天乡试在京师举行。一般每三年举行一次，逢子、午、卯、酉年的八月初九、十二和十五三天举行，恩科除外。恩科逢新皇登基、大寿等年份举行，登基恩科始于雍正元年（1723年），万寿恩科于康熙五十二年（1713年）开始实行，恩科或在正科之前举行，或举行于正科之后，有时恩科与正科同时举行，称为"恩正并科"。有清一代，从顺治到光绪时期，科考共举行了112次。乡试为各级考试中规模最大，竞争最为激烈的考试，具有较强的选拔性。乡试通过者，称为"举人"。现存乡试诗题1059例，后文详述。

第三类：会试诗，指会试所考之诗。会试为科考的第二级考试，用于选拔进士，由礼部主持，清代在北京举行，于乡试的次年举行，每三年举行一次，逢丑、未、辰、戌年为正科，恩科乡试的次年为恩科会试。现存常科会试诗题67例，宗室会试诗题40例，后文会试命题中详述。

第四类：殿试诗，即殿试所试之诗。殿试为科考的最后阶段，由皇帝主持，试期变化大，大致为三到五月间，初试于天安门外，顺治十四年改试于太和殿东西阁阶下，乾隆五十四年试于保和殿，并沿为例。

第五类：朝考之诗，即选拔庶吉士考试之诗。殿试后三天，在保和殿举行，考试题目，顺治年间考试题目间有诗歌，雍正元年确定朝考之制，考试内容虽有调整，大致以论、疏、诗命题，光绪二十七年后不再试诗，《试律丛话》收入乾隆到道光时期朝考诗题54例，如乾隆元年丙辰科诗题《赋得野含时雨润（得时字）》，乾隆二年丁巳科《赋得披沙拣金（得金字）》，乾隆四十五年庚子科《赋得日午（得中字）》，嘉庆二十四年己卯科《赋得陈诗观民风（得民字）》，道光三十

第一章 清代试律及乡、会试诗命题概述

年庚戌科《赋得山虚水深（得萧字）》等。

第六类：散馆之诗，是翰林院庶吉士决定去留所试的诗歌，清代派大小教习教导庶吉士，三年期满后举行考试决定去留，考试地点初在体仁阁，后来改为保和殿。散馆考试题目，雍正时期诗为可选择的科目，从乾隆年间开始大致为一诗一赋，诗最初为五言排律八韵或五言排律十韵，光绪二十八年废止。《试律丛话》收入乾隆到道光时期散馆诗题53例，如乾隆四十九年考题为《赋得沧海遗珠（得渊字）》，道光六年考题《赋得山鸡舞镜（得山字）》，道光十六年考题《赋得忠信为宝（得儒字）》等。乾隆元年诗题《赋得为有源头活水来（得头字）》，梁章钜在此年题下标明"是次系七言八韵"，说明此年的散馆之题不依惯例。

第七类：考差之诗，即选派各省乡试正副主考官、学政及会试房官等的考试之诗。乡试正副主考初由吏部、礼部共同选派，雍正三年因简派之人间有不能衡文的，因而于太和殿召试进士出身的各部院官员，试其文艺，命大臣评定甲乙，备乡试考官的差遣。考差并未形成定制，雍正七年、九年、十三年都采取考试的形式，但仍与保举并用。乾隆元年保举与考试并用，选录考官。乾隆三十六年以后，考差定于每科乡、会试前举行，不再保举，此后稍有变化，但大多采用考差。后来，考差不仅用于乡试正副考官的简派，各省的学政、会试的房官，都从考差合格的人员中选派。考差题目，雍正年间为四书文两篇，乾隆年间加试诗歌一首，嘉庆以后四书文、五经文、诗各一，嘉庆五年开始，考题定为钦命论、诗各一。

第八类：大考之诗，即翰林官员考试的诗歌。翰林官员身担撰拟词章、编撰之任，是南书房及上书房行走的主要出处，同时也是考官的主要来源，因而清廷多对翰林官员进行考试，以确保他们能称职。考试时间时春时夏，地点或为太和门，或在圆明园，或在保和殿等，考题不外乎论、疏、议、诗、赋，乾隆时期多为一诗、一赋，时有加减。《试律丛话》收入康熙时期至道光时期的大考诗题21例，其中，康熙二十四年考应制诗，诗题为《懋勤殿早春应制》，其余为试律诗题，诗歌体式有两次考题标明为"七言八韵"，如乾隆十三年诗题《赋得洞庭张乐（得和字）》与道光五年诗题《赋得昨夜庭前叶有声（得心字）》。

第九类：博学鸿词科之诗，即士子参加博学鸿词科考试所试的诗歌。制科中的博学鸿词科也以试律为考试内容，清初康熙十八年就开博学鸿词科，选拔学行兼优、文词卓越之士，此次试题为《璇玑玉衡赋》一篇，五言排律二十韵《省耕诗》一首。时网罗名儒硕彦，得时人所重。之后雍正十一年欲再试，考题以经史为根柢，兼重诗赋，并试论策。乾隆元年九月召试于保和殿，钦命第一场考题为赋一、诗一、文一，诗题为七言排律十二韵《赋得山鸡舞镜（得山字）》，二场试经、史、制、策。二年秋在体仁阁补试后到者，首场考策问两篇，二场以赋、诗、论各一，诗题为七言排律十二韵《赋得良玉比君子（得来字）》。清代博学鸿词科并不常举，所试诗歌体制不一，没有固定形式，但却为清代科场总体加试试律创造了前提条件。《历代制举史料汇编》① 中收录部分考卷。

第十类：召试之诗，即召试所考之诗。清代召试诗专指皇帝巡幸之时所试之诗，无定制。康熙、乾隆、嘉庆皇帝多于巡幸之地举行召试考试，召试题目包括赋、论、诗，皇帝钦命考题，阅卷后，依照等第，或直接授予官职，或赐举人出身不等。梁章钜《试律丛话》收入召试诗题19例，都为乾隆时期所试，如乾隆十六年浙江召试诗题《赋得披沙拣金（得真字）》，乾隆二十二年江南召试题《赋得鸿渐于陆（得时字）》，乾隆二十七年浙江召试题《赋得春雨如膏（得逢字）》，乾隆三十年江南召试题《赋得稼穑惟宝（得夫字）》，乾隆五十五年山东召试题《赋得泗滨浮磬（得和字）》等。

---

① 李舜臣、欧阳江琳：《历代制举史料汇编》，武汉大学出版社2009年版。

四 清代试律的体式

清代科场普遍加试诗歌之前，科考试诗还未形成定例，诗歌命题中对于试律的体式也颇有探索意味，顺治十五年乡试覆试所试诗歌，为《春雨诗五十韵》；康熙十八年博学鸿词科所试《省耕诗》，为五言排律二十韵；乾隆元年博学鸿词科诗题《赋得山鸡舞镜（得山字）》，及乾隆二年补试诗题《赋得良玉比君子（得来字）》，都为七言排律十二韵；乾隆元年散馆试诗《赋得为有源头活水来（得头字）》，诗题为七言八韵；乾隆十三年大考诗题《赋得洞庭张乐（得和字）》与道光五年大考诗题《赋得昨夜庭前叶有声（得心字）》，题下标为"七言八韵"；诗歌体制从顺治年间的五十韵，到乾隆十三年的七言八韵，由长篇逐渐变为短章，由难逐渐变得容易，到乾隆二十二年会试加试诗歌以五言八韵为定制，其过程可谓循序渐进，此后从乡试、会试，上及朝考、大考、召试等基本以五言八韵为制，童生考试为五言六韵（科试也作五言八韵）。

题目定制为《赋得"……"（得某字）》，"赋得"，前人解释为"'赋'，就是诗，'得'，就是'合乎'的意思"①，较为有道理。"得某字"中"某"为韵脚字，韵脚字为雅驯的平声字，韵脚字或用题中之字，如嘉庆六年辛酉恩科会试考题《赋得天临海镜（得天字）》，嘉庆十年乙丑科会试考题《赋得我泽如春（得春字）》；或用与题意相关的字，如乾隆三十年乙酉科顺天考题《赋得八月剥枣（得成字）》与浙江考题《赋得八月其获（得登字）》，韵脚字"成"或"登"，都有成熟、丰收之意。

嘉庆二十一年丙子科浙江乡试考题《赋得攀桂仰天高（得秋字）》，诗题典出杜甫的《八月十五夜月二首》（之一）"转蓬行地远，

---

① 郑天挺：《清代考试的文字——八股文和试帖诗》，《故宫博物院院刊》1982 年第 2 期。

攀桂仰天高"之句，韵脚字为"秋"，《清代朱卷集成》中现存卢梁朱卷，现录于此：

《赋得攀桂仰天高（得秋字）》，五言八韵

蟾宫森七宝，桂子茂三秋。仰止天何远，扳来手正柔。
虹桥随指起，云路驾空游。摘艳频翘足，薰香共举头。
直将修月斧，更上望仙楼。余影横河汉，残葩拂斗牛。
采应归日下，生不自岩幽。圣世栽培近，还从尺五求。

此诗中式第四十三名，本房加批为"不脱仰天高三字，探得骊珠"，诗歌围绕"仰天高"写作。首四句点出题目中"桂""仰""天"三字。韵脚字"秋"与题目相关，农历八月十五为秋季，"秋"属《平水韵》下平声"十一尤"部，"游""楼""幽""柔""头""牛""求"属同一韵部。

第二节 清代试律对唐诗的崇尚

清代帝王注重诗歌的教化作用，多次试图在科场中加试诗歌，康熙十八年博学鸿词科试诗题目为《省耕诗》，康熙五十四年廷议，试图在常科中加试诗歌，乾隆二十二年科考中加试诗歌，将科考试诗制度化。清初诗学虽较为繁盛，大家涌现，但由于科场长期以来对八股文的强调，普通人对诗歌疏于研习，因而加试诗歌之初，大多数人难于下笔，据清初卫既齐所述："自制科以经义取士，士皆以全力用之经义，而余力乃及于诗。夫诗未易言也，虽有别才异趣，非多读书穷理则不能极其至。今世儒者咕哔为举子业，往往以羔雁所资，生平精锐之气于焉毕竭。及其寻诸诗也，譬犹镞南山之竹，洞胸穿札之余，辞

第一章　清代试律及乡、会试诗命题概述

鲁缟而饮石,其难为劲也。"① 举子穷其一生,致力于经义八股,无暇顾及诗歌,作诗水平普遍下降,难于作诗已经成为常态,因而清人多认为,举业试八股是妨碍诗歌创作的直接原因,如毛张健在《试体唐诗序》中言:"近代制科专尚时文,……特为功令所束,不得不殚其心力于斯;间有一二瑰异之士,欲从事于诗者,父兄必动色相戒,以为疏正业而妨进取。"②《唐诗类释序》中也表达了大致相同的观点:"自胜国八股之制定,操觚者皆以诗为有妨举业,概置不讲。虽海内之大,不乏好学深思,心知其义,而穷乡僻壤且有不知古风歌行、近体绝句为何物者。风气至此,亦诗运之一厄也!"③ 诗妨举业成为清人的共识,甚至偏远的地方不知道诗歌为何物,不仅普通士子不会作诗,就连庶常馆的教习对作诗也颇为生疏,如金甡在《诗林韶濩选评序》中言:"曩自乙丑至辛未三科,尝充庶常馆小教习。见分课诸君于诗或有难色。"④ 疏于作诗是当时的普遍现象,即便是乾隆二十二年加试诗歌之初,清人对诗歌创作也是陌生的,据苏宁亭《唐诗说详序》中载:"丁丑秋,余自川归来余年,与衿士会谈间,茫茫此道者十有八九,心甚恻然。"⑤ 但科场试诗并没有因为这些原因而稍有停滞,相反,清代科考加试诗歌后,不仅在乡试、会试中试诗,还迅速推广到各级考试,连翰林院也热衷于此,任联第在《七家诗辑注汇钞序》中曰:"我朝试帖著为功令,学者童而习之,自乡会试以至词馆诸公莫不潜心致力于此,是以名流辈出,远迈前人。"⑥ 诗歌在考试中的地位与日俱增,仕进之后,翰林庶吉士也以诗歌为考察方式,据程含章所云:"国朝取士,八股之外,最重律诗。迨登第后,月课散馆大考,则置八股不用,

---

① 卫既齐:《廉立堂文集》卷4《魏陶庵踵芳堂诗序》,《清代诗文集汇编》,上海古籍出版社2010年影印本,第165册,第268页上栏。
② 毛张健:《试体唐诗》卷首,乾隆二十二年刻本。
③ 臧岳:《唐诗类释》卷首,乾隆元年刻本。
④ 金甡:《诗林韶濩选评序》,顾嗣立《诗林韶濩》卷首,康熙四十四年刊本。
⑤ 苏宁亭:《唐诗说详序》,《唐诗说详》卷首,乾隆二十六年刊本。
⑥ 任联第:《七家诗辑注汇钞序》,张熙宇辑评,王植桂辑注《七家试帖辑注汇钞》卷首,同治九年京师琉璃厂刊本。

清代乡、会试诗命题与唐诗的接受

惟试诗赋,一字未调一韵未叶,即罢斥不用,何等干系,诸生童可毋急学之哉?"① 诗赋不仅关乎考生的仕进,还关乎官员的仕途,如此重要的作用,清人不重视诗歌也难。

试诗的重要性及研习诗歌的紧迫性,必然要求在学习中有所参照,因而,清代试律选本应时而生,清人所选唐代试律诗选本大量涌现,孙琴安先生在《唐诗六百种提要》中记载了大量的试帖诗选本,薛亚军的《清人选评笺注唐人试帖简说》中提到的试帖诗选本有 15 种,韩胜《清代唐诗选本研究》中所提及的试帖诗选本有 30 多种,这三处所记载的唐代试律诗选本互为补充,这些选本产生的时间,大致集中于两个时段。

(一) 康熙五十四年前后,康熙五十四年廷议科场加试诗歌,虽最终作罢,但却产生了大量的试帖诗选本,有臧岳的《唐诗类释》,牟钦元的《唐诗五言排律笺注》,蒋鹏翮的《唐诗五言排律诗论》,鲁之裕的《唐人试帖细论》,吴学濂的《唐人应试六韵诗》,叶忱、叶栋的《唐诗应试备体》等,毛张健的《试体唐诗》与陶煊的《唐五言六韵分类排律选》为康熙五十五年刊本。

(二) 乾隆二十二年及之后,有张尹的《唐人试帖诗钞》,王宝序等的《唐律酌雅》,徐曰琏、沈士骏的《唐人五言长律清丽集》等;乾隆二十三年的刊本有秦锡淳的《唐诗试帖笺林》,王锡侯的《唐诗试帖详解》,沈廷芳等的《唐诗韶音笺注》等;乾隆二十三年之后的选本有李因培的《唐诗观澜集》,纪昀的《唐人试律说》,苏宁亭的《唐诗说详》,陶元藻的《唐诗向荣集》等。这些选本主要选入唐人应试诗作,部分兼选应制之作,体现出明显的宗唐倾向,如毛张健《试体唐诗序》中言:"后之为诗者,舍唐则蔑由取法焉。盖上悬之为功令,有以鼓舞天下之士,俾习之者专而传之久且远者如此也。"② 试律取法唐

---

① 程含章:《程月川先生遗集》卷7《教士示》,《丛书集成续编》,上海书店出版社 1994 年影印本,第 133 册,第 139 页上栏。
② 毛张健:《试体唐诗》卷首,乾隆二十二年刻本。

第一章　清代试律及乡、会试诗命题概述

诗，鼓动天下士子都学习唐诗，唐诗继承了风雅的传统，名家辈出，诗歌鼎盛，后人多肯定唐诗的正宗地位，宗法唐诗。清人后续编选的七家试帖、九家试帖，也体现出对唐诗的正宗地位的推崇，如所载"纪文达公撰《我法集》，神明规矩，开示学者法门。吴谷人祭酒以沉博绝丽之才，与王铁夫诸人结社相唱和，于是九家诗出焉。峨眉张熙宇又有七家诗之选，……各具典型，一归庄雅，根柢于唐人之五言，惨淡经营，以臻其妙。名为试帖，实具唐音，故学者宗尚焉。其余诸刻，则等诸自桧以下矣"①。唐以诗取士树立了典范作用，清人试律以唐诗为参照，评判以唐音为标准，不管是否达到唐诗的水平，宗唐的方向都是确定的。

而清人编选这些选本的目的很明确，为教士子作诗，在科场试诗之前，毛奇龄编选《唐人试帖》时就说："暨归田十年，日研经得失，桑榆迫矣，尚何暇及声律事？客有以诗卷请教者，力却之。康熙庚辰，士子下第后相矜为诗，曰：吾独不得于试事已矣，安见外此之无足以见吾志者，必欲就声律谘询，可否？不得已，出向所携《唐试帖》一本，汰去其半，且授同侪之有学者，稍与之相订，而间以示人。"② 起初，毛奇龄显然没有意识到科场会加试诗歌，因而疏于研习诗歌，以经义为重。士子落第之后开始重视、崇尚作诗，这显然是表面原因，此时试律虽未成为常科，却也几经试诗，清人显然是嗅到了这一信号，因而开始重视诗歌。纪昀编《唐人试律说》，目的就是应付科举考试，《唐人试律说序》中说："今岁夏，枣强李生清彦、宁津侯生希班、延庆郭生墉及余姊子马葆善，从余读书阅微草堂。偶取其案上唐试律，粗为别白，举其大凡。诸子不鄙余言，集而录之，积为一册。"③ 试律成为士子的必学科目，清人研习试律所用选本，大多为唐人试律之作的选本，宗唐观念必然会有所增强，唐人试律选本的大量出现，使清代士

---

① 徐珂：《清稗类钞》，中华书局2010年版，第8册，第3924页。
② 毛奇龄：《唐人试帖》卷首《唐人试帖序》，康熙四十年刊本。
③ 纪昀：《唐人试律说》卷首，乾隆二十七年重刊本。

子在学习中以唐为宗,促进了唐诗的普及,增强了清人的宗唐观念。

随着试诗时间日久,清人研习试律时间越久,对试律的熟悉程度逐渐加深,因而,在选编唐人试律之作的同时,注重编选当代的试律诗作,如吴廷琛为《试律丛话》作序时说:

> 试律于诗为末务,然功令以之取士,第一场次时文,后至于庶常馆课、大考翰詹,皆以是觇其所学,固未可薄而不为也。国朝名公巨卿多工是体,曩吾师河间纪文达公有《庚辰集》选本,上下六十年,鸿篇佳制无美不备,注释详明,评论剖析一归精密,一时应举之士及馆阁诸公无不奉为圭臬。……同年长乐梁茞林中丞,素好为诗,于诸体无不工,以其余绪辑为《试律丛话》八卷。其所征引,得之家庭传习、师长渊源,口讲指画,皆有法度,足以续古人之慧命,标后学之津梁。①

清人明确认识到试律诗与平日诗作的区别,但又不得不作功令诗,各级考试大都以试律为重,纪昀的《庚辰集》为试律选本中的精华,且注释详明,是初学者的门径,因而被清人奉为圭臬。梁章钜的《试律丛话》是试律讲习的经验之谈,遵循试律的源流,秉承前代试律选本之旨,值得举子学习参考。商衍鎏的《清代科举考试述录》就时间先后,及选本影响力论述试律诗选本源流,首先提到的是康熙年间毛奇龄的《唐人试帖》及纪昀的《唐人试律说》,之后便涉及清人所选当时文人的试律之作。

> 至试律之选本、稿本,则毛西河奇龄有《唐人试帖选》,纪晓岚昀有《唐人试律说》,又选有《庚辰集》,以理法为主,而工巧次之,皆为乾隆时人之作,……九家试帖之后,又有七家试帖之

---

① 梁章钜:《制艺丛话·试律丛话》,上海书店出版社2001年点校本,第493页。

第一章 清代试律及乡、会试诗命题概述

选。……合成为后九家试帖。是皆选本而近稿本者。其余蒋云簪泰阶:《纸窗竹屋试帖》,卞雅堂斌:《静乐轩排律》,李许斋华:《兰陔草堂试律》,王鱼树克峻:《三辛集》之类,不一而足,难细纪也。①

清人所作的试律诗作也颇有影响,如纪昀的《庚辰集》《我法集》、翁方纲的《复初斋试律说》、法式善的《同馆试律钞》、王艺斋等的续钞,是乡、会试及朝考、召试、馆课之作;金甡的《今雨堂诗墨》以八股文的作法讲解试律;王芑孙所选《九家试帖》是乾隆末年文人的会、课之稿;之后又有"七家试帖""后九家试帖"等。商衍鎏所提及的试律选本,主要是唐人试律选本及时人乡、会试及馆课之作,可见,不仅唐人试律选本有影响力,时人试律之作在清代也颇有影响。清光绪年间林豪所作《文石书院续拟学约八条》中记载:

自乾隆二十二年,文场始加试帖一首,排比声韵,法至严密。……大抵试帖之上者,莫如有正味斋,而九家诗次之,七家次之。要必汰其不合时式之作,而选其尤佳者数十首,以便揣摩可也。古学则以唐律的根柢,而行以馆阁格式。古学经解,在小试军中,易于偏师制胜,况平时能为古学,则试帖游刃有余,在闱中尤有裨益。②

这篇学约谈及试帖诗体制的严密,声律的谨严,依程式而作,一味颂扬吹捧,容易被黜落,因而要有所参照,其中,清人试帖最推崇吴锡麒的《有正味斋试帖诗注》,次之九家试帖、七家试帖。而模仿前人古今体诗作,易取得典雅的效果,尤其是以唐律为根本,按照馆阁

---

① 商衍鎏:《清代科举考试述录》,《近代中国史料丛刊续编》第二十二辑,文海出版社1975年版,第253—254页。
② 邓洪波编:《中国书院学规》,湖南大学出版社2000年版,第110页。

体形式书写，创作试帖游刃有余，容易在科场中脱颖而出，崇唐之意不言而喻。

第三节　清代乡、会试命题概况

一　清代乡、会试命题机制

清代乡、会试，按统一时间进行，考试内容严格遵照朝廷的规定，顺治三年即规定考试内容为"第一场，四子书三题，《五经》各四题，士子各占一经；第二场，论一篇，诏、诰、表各一通，判五条；第三场，经史时务策五道"①。乾隆四十七年将试律诗提到第一场后，考试内容固定为："第一场，《四书》制义题三，五言八韵诗题一；第二场，《五经》制义题各一；第三场，策问五。"② 在具体命题中，会试及顺天乡试诗题为钦命，其余各省由考官出题，题目虽各有不同，但执行统一的命题标准。

乡、会试考官分为内帘官与外帘官两类，内帘官即正副主考官、同考官及内提调、内监视、内收掌等，主要负责命题及衡文；外帘官主要管理考场事务，具体包括监试官、受卷官、弥封官、誊录官、对读官、巡绰官、搜检官、供给官等。主考官主要负责命题及阅卷录取工作，并审阅同考官所阅试卷及核定考生名次。清代乡、会试考官皆由钦命，选拔京官出任，其中对考官的资历要求也在不断变化，会试考官的名额、任职者的身份、品级等都异于乡试。清初，进士、举人皆可出任考官，雍正三年，将考官出身限定为进士出身之人"用进士

---

①　乾隆敕撰：《钦定大清会典事例》卷331《礼部·贡举·命题规制》，光绪二十五年石印本。

②　礼部纂辑：《钦定科场条例》，《近代中国史料丛刊三编》（第四十八辑），文海出版社1989年影印本，第473册，第1099页。

第一章 清代试律及乡、会试诗命题概述

出身之人，不用由举人出身之人"①，此后成为定制。会试总裁，由礼部开列合格的人员中选任。乡试考官，据乾隆四十四年奏准："国子监监丞、助教等，凡系进士出身者，一体考试试差，至别项人员，不得援以为例。"② 宗人府主事、翰林院讲读、学士以下，詹事府左右庶子以下，内阁侍读学士以下，及各部院郎中、员外郎、主事，各衙门中书、评事、博士、监丞、助教等官，是为照常开列官员；以及六部侍郎、内阁学士、京堂、科道，及上述官员中出任过乡试主考及会试同考官者，都属于简任考官之列。其中顺天乡试考官的职衔高于各省主考。清前期主考官的差遣方式不固定，乾隆十二年谕令"考试与保举并行，内有保举而考列优等者，固可简任文衡，即未经保举而文艺入选者，亦一并简用，则人材不致屈抑，而众心亦当允服矣"③。此后，考试逐渐成为简任考官的程式，保举与否，都得参加考试，以考试为准。

乡、会试命题，在清代不同时期有所不同，最初都由主考官拟定，顺治十五年，命题方式有所改变，如《会试及顺天乡试钦命题目之始》条所载："国初凡乡、会试三场，俱由主考出题。自顺治十五年后，会试及顺天乡试头场《四书》三题，由钦命密封，送内帘官刊印颁发。"④《清实录》也有相关记载，据顺治十五年二月甲申谕旨："第一场《四书》题目，候朕颁发，余着考试官照例出题。"⑤ 此例并未形成定制，时有变化，至康熙二十四年会试及顺天乡试《四书》题目钦定，《五经》题目及二、三场题目，由考官拟出。但是钦命方式并未形成定制，仍在逐渐改变。雍正元年定："第一场《四书》题，考官密拟，乡

---

① 乾隆敕撰：《钦定大清会典事例》卷333《礼部·贡举·乡会考官》，光绪二十五年石印本。
② 乾隆敕撰：《钦定大清会典事例》卷333《礼部·贡举·乡会考官》，光绪二十五年石印本。
③ 《高宗纯皇帝实录》卷287，乾隆十二年三月下，《清实录》，中华书局1985年影印本，第12册，第746页。
④ 陈康祺：《郎潜纪闻初笔二笔三笔》，中华书局1984年点校本，上册，第113页。
⑤ 《世祖章皇帝实录》卷115，顺治十五年二月至三月，《清实录》，中华书局1985年影印本，第3册，第898页。

试交顺天府，会试交礼部，均于初七日赍捧进呈，恭候钦定。"① 考题实则还是由考官拟定。后考题用内造折匣锁封，乾隆四年奏准："四书题目，由考官恭拟密奏，用内造折匣锁封，乡试交顺天府，会试交礼部代奏，恭候钦定，仍锁封发出，转交内帘。"② 会试钦命方式大致相同，考题管理制度在逐步完善。嘉庆四年又恢复康熙时旧制，"顺天乡试、会试头场题目，俱由钦命，毋庸进呈"③。乾隆二十二年科场加试诗歌之后，试帖诗起初列在二场，乾隆四十七年诗题列入头场，会试及顺天乡试诗题也由钦命。据记载："顺天乡试及会试，第一场《四书》题、诗题，均由钦命。"④ 咸丰十一年，因新皇登基，太后垂帘听政，因而议准："顺天乡试、会试以及凡在贡院考试，向系钦命诗文各题，均拟援照外省乡试之例，请由考官出题。"⑤ 同治元年谕："本年会试首场诗文题，著礼部堂官于三月初八日黎明至乾清门领取书籍，赍交该考官拆封，于折角篇页内出题考试。"⑥ 将钦命诗题的方式做了改动，由王大臣代替皇帝将书籍出题篇页折角，主考官在折角页中选定考题。光绪初，因皇帝年幼，钦命考试题目多由孙家鼐代拟，等到皇帝年长后，才由皇帝钦命。而二三场题目，由考官拟定，据记载："因思顺天乡试及会试文场每届命题，惟头场《四书》、诗题，系由钦命，其二、三场题目由正副考官公同拟出。"⑦

---

① 礼部纂辑：《钦定科场条例》卷十五，《近代中国史料丛刊三编》（第四十八辑），文海出版社1989年影印本，第1165页。
② 礼部纂辑：《钦定科场条例》卷十五，《近代中国史料丛刊三编》（第四十八辑），文海出版社1989年影印本，第1165页。
③ 乾隆敕撰：《钦定大清会典事例》卷331《礼部·贡举·命题规制》，光绪二十五年石印本。
④ 礼部纂辑：《钦定科场条例》卷十五，《近代中国史料丛刊三编》（第四十八辑），文海出版社1989年影印本，第1149页。
⑤ 礼部纂辑：《钦定科场条例》卷十五，《近代中国史料丛刊三编》（第四十八辑），文海出版社1989年影印本，第1157页。
⑥ 乾隆敕撰：《钦定大清会典事例》卷331《礼部·贡举·命题规制》，光绪二十五年石印本。
⑦ 《仁宗睿皇帝实录》卷142，嘉庆十年四月，《清实录》，中华书局1986年影印本，第29册，第941页。

顺天之外的各省乡试考题，由同考官协助拟定，主考官掣签决定。乾隆二十三年，这一命题方式发生改变，以《五经》题"向例令同考官拟定，主考书签掣用，嗣后应将此例停止，令主考官自拟经题，以重关防。"① 其后又定："策题考官亲出，不得假手房考。"② 至此，考题由主考官来出，由正副考官共同拟定，同考官不再参与命题。

二 清代乡、会试诗命题及唐人作品的重视

清代乡试原在十六省举行，包括顺天、江南、江西、浙江、福建、湖北、湖南、河南、山东、山西、陕西、四川、广东、广西、云南、贵州，光绪元年陕甘分闱，陕西、甘肃分别命题，乡试省份变为十七省，据记载："甘肃、陕西两省现在分闱考试，甘肃路途较远，所有请派考官，著礼部于陕西之前，具题办理。"③

清代乡试诗题主要保存在《清秘述闻三种》及《清代朱卷集成》中，其中《清秘述闻》中收入304例考题，《清秘述闻续》中收常科乡试考题应为620例，宗室乡试考题为40例，《清秘述闻再续》中所收考题应为107例，有清一代，乡试诗题总计应为1071例。但由于考题保存不完整，部分乡试缺题，如嘉庆年间缺4例考题，分别为嘉庆九年甲子科云南考题、嘉庆十二年湖北考题、嘉庆十三年湖南考题、嘉庆二十四年湖北考题；光绪年间缺题31例。因而，《清秘述闻三种》中实际收入的诗题数量为1036例。此外，《清代朱卷集成》中补入23例考题，现存清代乡试诗题共计1059例。就所行科数而言，乾隆二十四年到嘉庆三年，共举行19科乡试；嘉庆五年到道光二十九年，外加补行乡试，共举行45科；光绪十四年到光绪二十七年共举行7科。常

---

① 乾隆敕撰：《钦定大清会典事例》卷331《礼部·贡举·命题规制》，光绪二十五年石印本。
② 礼部纂辑：《钦定科场条例》卷十六，《近代中国史料丛刊三编》（第四十八辑），文海出版社1989年影印本，第1169页。
③ 王炜编校：《〈清实录〉科举史料汇编》，武汉大学出版社2009年版，第944页。

科乡试共计 71 科，宗室乡试 40 科，清代乡试共计 111 科考试中试诗。

清代试律命题不同于唐代，考题多有出处，据清人商衍鎏所述：

> 出题必有出处，或用经、史、子、集语，或用前人诗句，如"饁彼南亩"之用《诗经》，"同声相应"之用《易经》，"射使人端"之用《淮南子》，"十日一雨"之用《京房易候》，"扪虱而言"之用《晋书·苻坚载记》，荷盖、苔钱、松针之用《格物总论》，"春城无处不飞花"之用韩翃《寒食》诗句，举例一端，可概其余。①

清代乡、会试诗命题大抵如此，大部分考题依经据典。现存考题依经、史、子、集分为四类，经部考题共计 122 例，史部 49 例，子部 33 例，渊源于集部的考题最多，共计 832 例，另有 23 例考题出处不明（包括随意命题以及即景之题）。四部分类中明显以出自集部的考题为主，可见，清人在乡试诗的命题中，以文学类作品为重，尤其偏重于诗歌。具体到集部，出自唐之前作品的考题有 173 例，其中包括出自《文选》的 135 例考题，及零散的 38 例；出自唐人作品的考题有 441 例，包括唐诗所出的 422 例，及唐文的 19 例考题；此外，宋代作品出题 186 例，金、元、明、清四朝作品出题 32 例，现存出处明确的 1036 例考题，唐人作品出题约占 43%，很明显，清代乡试诗命题以唐人作品为重，或者更为确切地说是以唐诗为重。

会试诗题包括常科会试诗题 67 例，宗室会试 40 例，共计 107 例考题。常科会试有一题为随意命题，如乾隆四十年乙未科考题《赋得灯右观书（得风字）》，其余考题皆有出处，出自经部的 16 例，史部的 5 例，子部的 10 例，集部的 35 例；集部中又包括出自《文选》的考题 8 例，唐代文人

---

① 商衍鎏：《清代科举考试述录》，《近代中国史料丛刊续编》第二十二辑，文海出版社 1975 年版，第 251 页。

第一章 清代试律及乡、会试诗命题概述

作品的 16 例，宋人作品的 9 例，元人作品的 2 例，综合常科会试出题情况，四部分类中明显重视集部，集部又以唐人作品为重。尤以唐诗出题为重。宗室会试考题出题分布，经部 12 例，史部 1 例，集部 25 例，以集部为重；集部中《文选》出题 7 例，唐人作品出题 13 例，宋人作品出题 5 例。综合会试出题情况，唐人作品，尤其是唐诗出题占明显的优势，占所有考题比例约为 27%，同时出自经部的考题也较多，占所有考题的约 26%，显然，清人会试命题中以出自唐人作品的考题数量居首。

综合清代乡、会试出题的总体情况，无论是乡试诗命题，还是会试诗命题，都明显以唐人作品为重，而会试考题多为钦命，统治者在命题中有明显的崇唐倾向；乡试考题多出自考官之手，考题也以唐人作品为主要出处，唐人作品，尤其是唐诗所出考题在所有考题中所占的比重高于会试。可见，乡试考官在命题中也贯彻官方崇唐的倾向，且有过之而无不及。因而，从命题的角度入手，研究唐诗与清代乡、会试命题的关系，有助于更好地解读清代官方的文化政策。

小　　结

本章为清代试律的概况研究，为下文具体研究清代乡、会试诗命题与唐诗的接受做准备，具体包括以下几方面的内容。

一、交代了"试律诗"名称的由来，清代科考加试诗歌的过程，清代试律诗的类型及体式；

二、清代加试试律之初，清人多疏于作诗，因而选用唐人应试诗作及应制诗歌作参考，这不仅促进了唐诗的普及，而且助长了士子的宗唐倾向。

三、论述了清代乡、会试诗的命题机制，出题概况及命题中以唐人作品为重的状况，尤其是以唐诗为重的倾向。

第二章　清代官方的宗唐倾向及唐诗出题概况

第一节　清代御选唐诗及官方的唐诗观

清代帝王非常重视对思想文化的控制，并通过指导书籍的编撰、整理等，宣扬符合政教规范的作品，以达到政治教化的目的。清代皇帝主持编撰的书籍有《明史》《康熙字典》《渊鉴类函》《佩文韵府》《古今图书集成》《四库全书》等。其中，一些书籍还明确地冠以"御定""御选""御制"等字样，如《御定历代赋汇》《御选古文渊鉴》《皇清文颖》《钦定四书文》等，诗歌方面，御选御定诗歌有《御定佩文斋咏物诗选》《御定历代题画诗类》《御选唐诗》《御选四朝诗》等，通过书籍的编撰，来引领文学风尚，加强思想文化控制。其中，尤以康熙皇帝及乾隆皇帝为代表。

一　《全唐诗》的编撰与崇唐倾向

清代帝王较为重视发挥文学的教化功能，康熙皇帝认为文学能感发人的性情，有助于道德教化。清初诗坛在钱谦益等人的倡导下，及吴之振、吕留良、吴自牧等所编《宋诗钞》的风靡，诗坛一度宗宋诗风盛行，甚至连当时的诗坛领袖也转而宗宋。但这种宋诗倾向逐渐引

第二章　清代官方的宗唐倾向及唐诗出题概况

起康熙皇帝及重臣的不满，以康熙皇帝于保和殿以诗歌试翰林，皇帝将弘扬宋调的编修钱中谐抑置乙卷为契机，诗坛风尚迎来转变的契机。此后，以《全唐诗》的编订为标志，诗坛风尚逐渐转为宗唐，康熙四十四年三月，彭定求、沈三曾、杨中讷、潘从律、汪士弦等奉敕编纂，次年十月成书，康熙四十六年于扬州诗局刻印，重编《全唐诗》900卷，收入2200多位诗人，48900多首诗作。康熙皇帝所作《御制全唐诗序》体现出明显的崇唐之意，序中曰：

> 诗至唐而众体悉备，亦诸法毕该，故称诗者，必视唐人为标准，如射之就彀率，治器之就规矩焉。盖唐当开国之初，即用声律取士，聚天下才智英杰之彦，悉从事于六义之学，以为进身之阶，则习之者，固已专且勤矣。而又堂陛之赓和，友朋之赠处，与夫登临宴赏之即事感怀，劳人迁客之触物寓兴，一举而托之于诗。虽穷达殊途，悲愉异境，而以言乎摅写性情，则其致一也。夫性情所寄，千载同符，安有运会之可区别？而论次唐人之诗者，辄执初、盛、中、晚，岐分疆陌，而抑扬轩轾之过甚；此皆后人强为之名，非通论也。①

诗至唐达到鼎盛，众体皆备，因而康熙皇帝将唐诗视为标准，并认为，唐代以诗取士，更加促进了诗歌的繁荣，诗歌功能不仅用于功令，同时还用于唱和、赠答、登临感怀等，清代帝王通过对诗歌的甄别，选择其中符合文教需要的作品，引导士人阅读，来满足文治的需要，而唐诗所体现出的盛世气象为清人景仰，他们对唐诗的重视，使得诗歌回归到风雅正轨，以雅正的诗学教化士子，实现清明的盛世文治。

---

① 彭定求等：《全唐诗》，中华书局1960年版，第1册，前言第5页。

二 《御选唐诗》与唐诗轨范

《四库全书总目》中评价《御选唐诗》的意义："既命编《全唐诗》九百卷，以穷其源流。复亲标甲乙，撰录此编，以正其轨范。博收约取，漉液镕精。譬诸古诗三千，本里闾谣唱，一经尼山之删定，遂列诸六籍，与日月齐悬矣。"① 已经编选《全唐诗》，而康熙皇帝还要再编选《御选唐诗》，目的不过是"正其轨范"，取孔子删诗之例，定风雅正轨，以正世风。

在《御选唐诗序》中，康熙皇帝明确阐述了他对诗歌功能的认识，他说："古者六艺之事，皆所以涵养性情，而为道德之助也。而从容讽咏、感人最深者，莫近于诗。"② 认为六艺本具有陶冶、培养性情的功能，有助于道德教化，而六艺中尤其以诗歌为重，诗歌能感发人的性情，因而，其编选诗歌也正是为了发挥诗歌的政教作用。其中他还说明了推崇唐诗的缘由："自《三百篇》降及汉魏六朝，体制递增，至唐而大备，故言诗者以唐为法。"③ 唐诗为诗歌的巅峰，各种诗歌体裁已然成熟，尤其是盛唐诗歌中体现出的盛世气象，非各代诗歌所能比。

在《御选唐诗序》中，他明确说明了自己弘扬"温柔敦厚"诗教之旨，其中又曰：

> 孔子曰：温柔敦厚，诗教也。是编所取，虽风格不一，而皆以温柔敦厚为宗，其忧思感愤、倩丽纤巧之作，虽工不录，使览者得宣志达情，以范于和平，盖亦用古人以正声感人之义。④

---

① 永瑢等：《四库全书总目》卷190，中华书局1965年影印本，第1727页。
② 《皇清文颖》卷首2，《故宫珍本丛刊》，海南出版社2000年影印本，第646册，第131页。
③ 《皇清文颖》卷首2，《故宫珍本丛刊》，海南出版社2000年影印本，第646册，第131页。
④ 《皇清文颖》卷首2，《故宫珍本丛刊》，海南出版社2000年影印本，第646册，第131页。

第二章　清代官方的宗唐倾向及唐诗出题概况

其倡导的是雅正的诗教观，诗歌的政教作用尤为明显，倡导"温柔敦厚"的诗教观，推崇中正和平之音，以发扬儒家诗教正声的教义。而"中正"的诗教观念包含内容与形式两方面的要求，内容上纯正、无邪，才能感染、陶冶人的性情；表达方式上委婉曲折，而非言辞激烈的直言进谏。

就所选诗歌数量而言，李白诗歌126首，居第一位；杜甫诗歌80首，排名第二；王维诗歌72首，位居第三。所选作品数量排名前十的诗人中有两位帝王，选诗数量分别为：唐明皇54首，唐太宗40首。此外，钱起51首，岑参40首，白居易40首，孟浩然38首，刘长卿36首等。就所选诗歌内容而言，"温柔敦厚"的诗教观念，使得诗歌在选择上偏向于盛世之音，对于剑拔弩张的衰世之音，都不予选录。

三　《唐宋诗醇》与唐诗为尊

《唐宋诗醇·原序》中对选诗的缘由做了简单的介绍：

> 文有唐宋大家之目，而诗无称焉者。宋之文足可以匹唐，而诗则实不足以匹唐也。既不足以匹，而必为是选者，则以唐宋文醇之例。有文醇不可无诗醇，且以见二代盛衰之大凡，示千秋风雅之正则也。①

唐宋诗歌并选，但有明显的尊唐倾向，作此选本，也不过是依照《唐宋文醇》的例子，选诗的目的，就是树立风雅的标杆，以和平中正之音消弭纷争之气，教化士人，实现盛世之风。

《唐宋诗醇》所选唐宋诗人，唐诗选入李白、杜甫、白居易、韩愈四家，宋诗选入苏轼、陆游两家，《唐宋诗醇·原书凡例》中阐述选入

---

① 爱新觉罗·弘历：《唐宋诗醇·原序》，中国文学出版社2000年版，上册，第1页。

六家缘由时说：

> 唐宋人以诗鸣者，指不胜屈；其卓然名家者，犹不减数十人。兹独取六家者，谓惟此足称大家也。大家与名家犹大将与名将，其体假正自不同。李杜一时瑜亮，固千古稀有。若唐之配白者，有元；宋之继苏者，有黄。在当日，亦几角立争雄。而百世论定，则微之有浮华，而无忠爱。鲁直多生涩而少浑成，其视白苏较逊。退之虽以文为诗，要其志在直追李杜，实能拔奇于李杜之外。务观包含宏大，亦犹唐有乐天。然则骚坛之大将，旗鼓舍此何适矣？①

李杜并称，为千古大家，选入无可厚非，元稹诗风浮艳，不符合雅正的标准，必然被剔除，更为重要的是"无忠爱"，黄庭坚诗因生涩被黜，其实也未必，主要是他的诗歌相较于白居易，缺少讽谏之意，不符合政教所需。有关《唐宋诗醇》的选诗特点，《四库全书总目》做了进一步的阐释：

> 诗至唐而极其盛，至宋而极其变。盛极或伏其衰，变极或失其正，亦惟两代之诗最为总杂。于其中通评甲乙，要当以此六家为大宗。盖李白源出《离骚》，而才华超妙，为唐人第一。杜甫源出于《国风》、二《雅》，而性情真挚，亦为唐人第一。自是而外，平易而最近乎情者，无过白居易。奇创而不诡乎理者，无过韩愈。录此四集，已足包括众长。至于北宋之诗，苏、黄并骛。南宋之诗，范、陆齐名。然江西宗派实变化于韩、杜之间，既录杜韩，可无庸复见。《石湖集》篇什无多，才力识解亦均不能出《剑南集》上。既举白以概元，自当存陆而删范。权衡至当，洵千

---

① 爱新觉罗·弘历：《唐宋诗醇·原书凡例》，中国文学出版社 2000 年版，第 1 册，第 1 页。

第二章 清代官方的宗唐倾向及唐诗出题概况

古之定评矣。①

从诗歌正变的角度选入唐宋诗歌,唐诗达到了诗学的顶峰,宋诗为诗学的转变,选入唐宋诗歌,就是为了明确诗歌的正变。李白诗歌归之于《离骚》,杜诗出于国风系,唐诗以李、杜为重。白居易归于平易近人,也说得过去。韩愈为古文大家,诗歌属奇崛一派,别开一面。对选入陆游诗歌的解释颇为卖力,显然也露出明显的破绽。乾隆皇帝对这六家的选择,为一己之见,追根究底,与政教相关,无论是杜甫、白居易,还是陆游等人的诗作,都体现出明显的忠君爱国情怀,这一点是毋庸置疑的。

乾隆皇帝编选《唐宋诗醇》,不仅是个人喜好的表现,有关此点,《四库全书总目》中纪昀等所作的提要颇能说明问题。

> 考国朝诸家选本,惟王士祯书最为学者所传。其《古诗选》,五言不录杜甫、白居易、韩愈、苏轼、陆游,七言不录白居易,已自为一家之言。至《唐贤三昧集》,非惟白居易、韩愈皆所不载,即李白、杜甫,亦一字不登。盖明诗摹拟之弊,极于太仓、历城;纤佻之弊,极于公安、竟陵。物穷则变,故国初多以宋诗为宗。宋诗又弊,士祯乃持严羽余论,倡神韵之说以救之。故其推为极轨者,惟王、孟、韦、柳诸家。然《诗》三百篇,尼山所定,其论诗一则谓归于温柔敦厚,一则谓可以兴观群怨,原非以品题泉石,摹绘烟霞。洎乎畸士逸人,各标幽赏,乃别为山水清音,实诗之一体,不足以尽诗之全也。宋人惟不解温柔敦厚之义,故意言并尽,流而为钝根。士祯又不究兴观群怨之原,故光景流连,变而为虚响。各明一义,遂各倚一偏。论甘忌辛,是丹非素,其斯之谓欤?

---

① 永瑢等:《四库全书总目》卷190,中华书局1965年影印本,第1728页。

兹逢我皇上圣学高深，精研六义，以孔门删定之旨，品评作者，定此六家，乃共识风雅之正轨。臣等循环雒诵，实深为诗教幸，不但为六家幸也。①

康熙时期的诗坛领袖王士禛受到了四库诸臣的批评。王士禛作为清初诗坛的大旗，其诗歌选本广为流传。他为了扭转清初的崇宋倾向，倡导神韵说，推崇的是王、孟、韦、柳这一派的诗人，对于李白、杜甫、白居易、韩愈、苏轼等人不予重视。因而四库馆臣从诗教的角度批评王士禛，认为王、孟、韦、柳一派，只知描摹山水，标榜山水清音，沉浸于幽雅逸趣，只是诗歌的一个流派，不能代表诗歌的全貌。这种评价乍一看似乎合理，细思则不然。推崇王、孟、韦、柳，本无可挑剔，但四库馆臣进一步说明，孔子删定《诗经》，有两个宗旨，一为"温柔敦厚"，一为"兴观群怨"，宋诗多衰世之音，诗歌表达刻露无遗，不符合温柔敦厚的诗教，因而要扭转宗宋的局面。而王士禛所推崇的王孟等派，作品多流连光景，不具备兴观群怨之义。乾隆编选《唐宋诗醇》，正是效仿孔子删诗的先例，通过品评作者，将诗歌引领到风雅的正轨上，具有明显的政教色彩。

四 《道光御选唐诗全函》与唐诗观的转变

此书选七律，只选中、晚唐诗歌，杜甫列入中唐，无序、跋、卷数、笺注、评点、圈点、校正，没有明确阐述选诗宗旨。所选诗作，以李商隐居首，计35首；白居易次之，27首；韦庄、贯休各为26首；温庭筠17首；许浑、李咸各13首，吴融12首；徐夤11首；赵嘏、罗隐各8首；杜甫、杜牧、王建、杜荀鹤各7首；刘禹锡、刘沧、司空图、秦韬玉各5首，5首以下，不一一概述。所选诗作，以寄托深远，有关讽谏之作为主，维护封建正统。但相较于康乾选本，影响非常小，

---

① 永瑢等：《四库全书总目》卷190，中华书局1965年影印本，第1728页。

第二章 清代官方的宗唐倾向及唐诗出题概况

且所见甚少。此书明显改变以盛唐及李、杜大家为重的局面，体现出清代后期，官方乃至诗坛唐诗观的转变。

总之，清代帝王御选诗歌，都以端正世风，回归风雅正轨为目的。三个不同时期的选本，明显地诠释了诗歌观念由崇唐，到融合唐宋，再到逐渐向宋诗靠拢的发展轨迹。这三个选本中，前两个选本影响较大，尤其是对科举试诗影响较大。

清代帝王领导下的诗坛，倡导诗教，以"鼓吹休明"为目的，如丁弘海序王士禛《渔洋集外诗》所云："故大者鼓吹休明，被管弦而谐金石，小者流连风景，评花鸟而绘河山，又何怪乎其美擅诸家，而立言不朽乎！"① 康乾时期的诗坛领袖，都具有明显的"鼓吹休明"的目的。又如沈德潜《试体唐诗序》中言："诗之教大矣。……至有唐用以取士，则先王之遗意犹有存者。而必限之以声律，束之以偶比，盖所以纳天下瑰伟闳达之才于规矩准绳之内，使平其心，和其志，以形容盛德而润色太平，非苟焉已也。"② 清人选诗，多鼓吹盛世休明，倡导儒家诗教，以歌颂国家强盛为目的。王士禛的《十种唐诗选》《唐贤三昧集》，及沈德潜《唐诗别裁集》的刊刻，都是官方诗学影响下的产物，王士禛、沈德潜等人对唐诗的倡导，又反过来促进清人宗唐诗风的发展。

清代诗坛的宗唐之风也是逐渐转变的，清初文人吴震方在《放胆诗序》中曰：

> 余谓维诗亦然。今子弟学诗者，往往从近体入手，先为声律所拘，句字所囿，后虽涉笔古诗，上者尊尚《选》体，次则摹画盛唐，下者则乐为陆放翁、杨诚斋等诗，辄欲追踪元、白，不知其风格弥下，去古益远。即唐人清庙明堂之作，长江大河之篇，亦有惊若河汉者矣。夫作诗始于放胆，终于小心；若先以小心御之，则铢

---

① 王士禛：《王士禛全集》，齐鲁书社2007年版，第1册，第510页。
② 沈德潜：《试体唐诗序》，毛张健《试体唐诗》卷首，康熙五十五年刻本。

铢而较，寸寸而度，以为某字非唐音，某句非唐调，某转非唐法，而其间空疏者，辄以平浅俚近，文其固陋，思欲踵武前贤，难矣。①

吴震方以当时清人的学诗倾向入手论述，时人学诗，多以近体为宗，讲求声律，古诗上溯《文选》，次及盛唐，下及陆游、杨万里，并认为元白风格偏下，学作诗之时，不应拘泥于字句词章是否符合唐诗规范，并选入唐诗若干，供后人学习。此论述说明此时主流的诗学倾向为唐诗，诗论多以唐诗之法衡量诗歌优劣，但求之苛刻，为声律等所限，实则不能追唐诗之风。因而诗人从唐诗中所表现出的豪放情感、气质出发，提倡放胆作诗，作放胆之诗。吴震方只是就当时诗坛的学唐倾向提出了一些建议。沈德潜编订《唐诗别裁集》时已确立了唐诗的正宗地位，《原序》中说："德潜于束发后，即喜钞唐人诗集，时竞尚宋、元，适相笑也。迄今几三十年，风气骎上，学者知唐为正轨矣。"② 到清中期，又尤以唐宋六家为重，如梁章钜在《退庵随笔·学诗》中说："唐以李、杜、韩、白为四大家，宋以苏、陆为两大家，自《御选唐宋诗醇》，其论始定。"③ 可见官方诗学的深远影响。

第二节　清代乡、会试诗命题中唐诗出题概况

清代乡、会试诗命题，考题出处广涉经、史、子、集，但在历代作品中，又以唐代文人作品为重。清代乡试诗命题，唐人作品出题441例，包括唐诗所出的422例，及唐文的19例考题，出自唐人作品的考题占现存所有考题的约42%；会试诗命题出自唐诗的考题有29例，占会试所有考题的约27%，其中常科会试诗题16例，宗室会试诗题13例。

---

① 陈伯海、李定广：《唐诗总集纂要》，上海古籍出版社2016年版，下册，第656页。
② 沈德潜：《唐诗别裁集》，上海古籍出版社1979年版，上册，序言第1—2页。
③ 梁章钜：《退庵随笔》卷21，《近代中国史料丛刊》（第44辑），文海出版社1973年影印本，第1106页。

一 乡试诗命题中出自唐人作品的考题概况

清代乡试诗命题中出自唐人作品的考题,受多种因素的影响,其中,明显地受经、史、子、集各类考题分布的影响,经、史、子出题增多,集部出题就会相应地减少。唐人作品属于集部,受集部总体命题状况的影响,唐人作品及集部总体出题情况如下表所示(见表2-1)。

表2-1 唐人作品及集部出题比例变化

时间	唐作	集部	存题	集部占存题比例(%)	唐作占集部比例(%)	唐作占存题比例(%)
乾隆	68	164	288	57	41	24
嘉庆	64	134	181	74	48	35
道光	133	217	255	85	61	52
咸丰	32	66	71	93	48	45
同治	44	69	75	92	64	59
光绪	100	184	189	97	54	53
合计	441	834	1059	79	53	42

注:以上表格所标唐作,指出自唐人作品的考题数量;集部,指出自集部的考题数量。

如表2-1所示,现存考题中,集部所出考题在命题中占绝对优势,出题比例基本呈上升趋势,个别时期除外,尤其是道光之后,集部所出考题占90%以上,集部所出考题在命题中的重要地位不言而喻。而命题中出自唐人作品的考题,道光之前呈现出明显的增长趋势,道光之后有增有降,明显与集部比例变化趋势不符,二者的比例变化呈什么样的趋势,且看图2-1所示。

如图2-1所示,道光之前,命题中唐人作品出题的比例变化,与集部出题比例变化都呈现出上升的趋势;道光之后,二者的比例变化趋势背道而驰,这一不同寻常的变化趋势无疑值得探究。经过对所有考题的统计发现,道光时期开始,命题中宋诗的出题数量逐渐增多,占集部考题的比例为30%左右,命题中唐人作品的出题比例,受宋诗

清代乡、会试诗命题与唐诗的接受

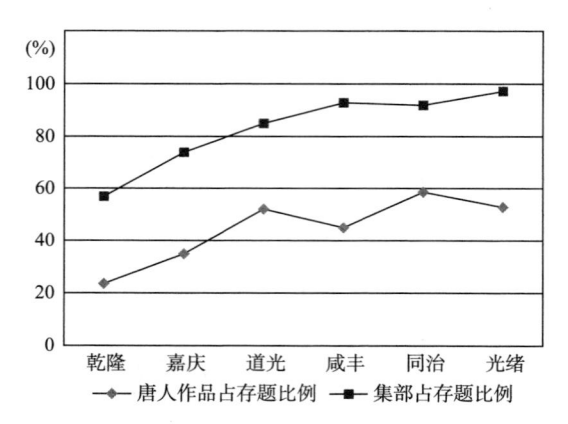

图 2-1　清代乡试唐人作品及集部作品出题比例变化

出题比例的影响，宋诗出题增多时，唐诗出题减少，总体而言，变化幅度都不太大，此消彼长。而乡试命题中的这一状况，显然是受清代诗坛宋诗运动的影响。

二　会试诗命题中出自唐诗的考题概况

清代常科会试诗出题共计 67 例，出自唐诗的有 16 例。清代不同时期，常科会试中唐诗所出考题，在集部考题及所有考题中的比例变化如表 2-2 所示。

表 2-2　　常科会试诗命题中唐诗出题比例变化

时期	总计	集部	唐诗	集部占总计比例（%）	唐诗占集部比例（%）	唐诗占总计比例（%）
乾隆	18	3	1	17	33	6
嘉庆	12	7	3	58	43	25
道光	15	6	1	40	17	7
咸丰	5	3	1	60	33	20
同治	6	6	3	100	50	50
光绪	11	10	7	91	70	64

注：以上表格所标唐诗，指出自唐诗的考题数量；集部，指出自集部的考题数量；总计，指常科会试诗出题总数。

如表 2-2 所示，常科会试诗命题中，集部出题比例除道光、光绪时期下降外，基本呈上升的增长趋势，道光之后，集部所出考题在命题中占绝对优势。唐诗出题比例除在道、咸时期下降外，大致呈增长的趋势。换句话说，随着命题中经、史、子部出题的逐渐减少，甚至消失，集部逐渐占据主导地位，而唐诗作为集部中的一分子，随着集部在命题中份额的增加，唐诗出题也在渐增，道、咸时期除外。

宗室会试诗考题共计 40 例，有 2 例考题未考出处，已考出处的 38 例考题中，唐诗出题 13 例，宗室会试命题概况如表 2-3 所示。

表 2-3　　　　宗室会试诗命题中唐诗出题比例变化

时期	有出处	集部	唐诗	集部占有出处比例（%）	唐诗占集部比例（%）	唐诗占有出处比例（%）
嘉庆	8	4	2	50	50	25
道光	14	7	3	50	43	21
咸丰	5	3	1	60	33	20
同治	6	6	3	100	50	50
光绪	5	5	4	100	80	80

注：以上表格所标唐诗，指出自唐诗的考题数量；集部，指出自集部的考题数量；有出处，指可考出处的宗室会试诗考题数量。

宗室会试中，道光之前，集部与经、史、子部典籍在命题中平分秋色，道光之后集部占绝对优势，到同、光时期诗题全部出自集部。唐诗出题比例在道、咸时期下降，嘉庆、同治时期占集部考题的一半，光绪时期占绝对优势。

常科会试与宗室会试诗命题中，唐诗出题比例变化幅度虽有所不同，但变化趋势基本相同，道咸时期命题中唐诗所占比例都出现下降的趋势。显然，这是道、咸时期的总体趋向，虽然不排除出题之时的偶然因素，但从出题总体情况看，应与道、咸时期命题中宋代文人作品出题数量的增加密切相关。

三 乡、会试诗命题中对唐代作家的选择

清代常科及宗室会试共选入 21 位唐代诗人，出题 29 例，虽数量较少，但可以了解清代官方以唐诗命题的大致趋势，其中 1 例为唐代试律旧题，其余 28 例具体命题情况如表 2-4 所示。

表 2-4　　　　会试诗命题所选唐代诗人及出题数量

时期＼诗人	韩愈	张说	李隆基	张九龄	李白	白居易	杜甫	刘长卿	钱起	王维	合计
乾隆	1										1
嘉庆			2	1			1				4
道光	1				1			1			4
咸丰		1		1							2
同治					1				1	1	3
光绪	1	2				1					4
合计	3	3	2	2	2	2	1	1	1	1	18

时期＼诗人	薛能	杜牧	郑愔	曹唐	岑参	耿湋	郎士元	杨巨源	姚合	张祜	合计
乾隆											
嘉庆											
道光											
咸丰											
同治	1	1	1								3
光绪				1	1	1	1	1	1	1	7
合计	1	1	1	1	1	1	1	1	1	1	10

如表 2-4 所示，就出题数量而言，以韩愈、张说最多，李隆基、张九龄、李白、白居易次之，其他诗人作品都命题一次，但总体而言，差距非常小，很难凭出题数量多一两例，就认定以某人为重。就出题时间来看，乾隆时期出自唐诗的考题最少，为 1 例；嘉庆、道光时期比较稳定，嘉庆时期，以李隆基、张九龄、杜甫诗歌命题；道光时期，

以韩愈、李白、白居易、刘长卿诗歌命题；咸丰时期，以唐诗命题的次数较少；同治、光绪时期出自唐诗的考题最多。由此可得出两个结论：一是清代会试以唐诗命题，从乾隆到光绪逐渐增加，咸丰时期除外；二是命题所选诗人，除李白、杜甫、白居易、韩愈等大家外，还选入唐代的帝王如李隆基，文坛领袖张说、张九龄等，且反复以李隆基、张说、张九龄等人诗歌出题，可见命题中对这些领袖人物的重视。

清代乡试诗命题出自唐诗的考题有422例，数量较多，但不同于会试考题之处在于，乡试考题除顺天乡试外，都出自考官之手，因而考题体现出考官在命题中对唐人的选择，且乡试考题数量较大，倾向明显，我们对所选作品命题数量居于前十的作家进行考察（见表2-5）。

表2-5　　乡试诗命题中位列前十的作家及其作品出题数量

诗人 时期	杜甫	李白	白居易	许浑	韩愈	李世民	刘禹锡	宋之问	孟浩然	杜牧
乾隆	11	7	1	0	3	8	1	2	2	1
嘉庆	17	6	1	5	1	2	2	1	3	0
道光	18	14	12	6	8	3	5	5	4	4
咸丰	4	2	2	1	1	1	0	1	1	0
同治	10	3	7	3	1	1	1	2	0	0
光绪	21	13	12	3	3	1	5	1	2	4
合计	81	45	35	18	17	16	14	12	12	9

注：命题出自韩愈、李世民的文题亦统计在内。

乡试诗命题明显地体现出对杜甫、李白、白居易三大家的重视，许浑排第四，韩愈第五，因而乡试诗命题为有重点地选择唐人作品。出题数量排名前十的唐人中，有一位唐代帝王李世民，这说明科考命题的特殊性。命题所选诗人与普通选本对诗人的排序是否相同，且看表2-6所示。

表 2-6　　清代唐诗选本选诗数量位列前十的诗人[①]

诗歌选本 \ 诗人	杜甫	李白	王维	李商隐	刘长卿	岑参	韦应物	白居易	刘禹锡	孟浩然
唐诗评选	91	43	25	15	9	18	18	3	8	6
唐音审体	172	67	47	93	14	18	19	55	20	15
唐诗摘钞	30	22	25	4	21	10	7	5	11	5
唐诗三百首	39	29	29	24	11	7	12	6	4	15
唐诗别裁集	241	139	103	30	58	55	64	4	20	37
重订唐诗别裁集	255	103	104	50	54	58	63	61	30	15
今体诗钞	220	42	58	49	37	19	6	13	9	26
王闿运手批唐诗选	266	164	116	61	94	58	21	46	75	54
合计	1314	609	507	326	298	243	210	193	177	173

注：本表统计所选为有影响的综合性唐诗选本。[②]

如表 2-6 所示，清代较为著名的唐诗选本，虽选诗趋向不一，如黄生的《唐诗摘钞》偏重于中晚唐；《唐诗三百首》突出盛唐王、孟、李、杜，中唐韦应物、刘长卿，及晚唐杜牧、李商隐等；姚鼐的《今体诗钞》弥补王士禛《古诗选》的不足，只收今体诗，崇儒家道统，多选入李白、杜甫、苏轼、黄庭坚等人的诗作，推崇杜诗，并多选颂圣奉和、酬赠送别之作。且每个选本选诗数量位居前十的诗人都各有差异，因而此处综合各选本的情况，将表 2-6 所列八个选本所选诗人诗歌总数排名前十的列出，以观大概。

将表 2-6 与表 2-5 进行对比，共同之处为明显以杜诗居首，杜

[①] 以上统计数据来源及所采用书籍版本为王夫之《唐诗评选》，河北大学出版社 2008 年点校本；贾红《〈唐音审体〉研究》，硕士学位论文，上海师范大学，2013 年；黄生著、诸伟奇主编《黄生全集》，安徽大学出版社 2009 年版，第 3 册；孙洙《唐诗三百首》，中华书局 2009 年整理本；沈德潜、陈培脉《唐诗别裁集》，康熙五十六年刊本；沈德潜《唐诗别裁集》，上海古籍出版社 1979 年版；王闿运《王闿运手批唐诗选（附湘绮楼词选）》，上海古籍出版社 1989 年版；姚鼐《今体诗钞》，上海古籍出版社 1986 年标点本。

[②] 如王士禛的《唐贤三昧集》专选盛唐诗作，不录李、杜；《唐人万首绝句选》只选绝句这一体裁；汪立名所辑《唐四家诗》只选王、孟、韦、柳四人诗作；杜诏、杜庭珠所撰《中晚唐诗叩弹集》专选中、晚唐诗作。这些选本，或排除某些作家，或限于某种体裁，或专选某些诗人之作，或集中选某个时段之作等，都只是选入部分作品，其中有些选本虽有一定影响力，但其局限的选诗观念，不适合用于综合统计选诗情况。

第二章 清代官方的宗唐倾向及唐诗出题概况

诗的首要地位不可撼动，李白多居于第二，两个表所列诗人重合的有五位，分别为杜甫、李白、白居易、刘禹锡、孟浩然等，可见这五位诗人被文人选本与官方命题共同推崇。不同之处为：一是普通选本王维多位列第三，排名前十的诗人中以盛、中唐诗人为主，晚唐一人，初唐诗人没有入选；不仅涉及杜甫、李白、白居易等大家，还涉及王维、孟浩然、岑参、韦应物、刘长卿、刘禹锡、李商隐等名家。官方出题选本命题次数居于前十的诗人中，初唐选入宋之问、李世民，盛唐选入杜甫、李白、孟浩然，中唐选入刘禹锡、白居易、韩愈，晚唐选入许浑、杜牧，综合而言，对唐代四个时期诗歌都予选录。二是命题中多选入李世民诗，显然并非出于诗学成就，而是政教的考虑。三是较为明显的是白居易诗歌在不同选本中的地位变化较大，官方命题将其推为第三，而在普通选本中综合位列第八。四是韩愈在乡试诗命题中的出题数量居于第五，而普通选本中韩愈未进入前十，显然这一点也不同寻常。要解开这些困惑，需将官方选本选诗情况录入（见表2-7）。

表2-7 《御选唐诗》选诗数量16首及以上的诗人①

李白	杜甫	王维	李隆基	钱起	岑参	白居易
126	80	72	54	51	40	40
唐太宗	孟浩然	刘长卿	许浑	张说	沈佺期	韦应物
40	38	36	30	28	27	25
张籍	王昌龄	宋之问	韩翃	李商隐	储光羲	刘禹锡
23	22	22	22	22	22	21
杜牧	王建	李峤	温庭筠	苏颋	张九龄	韩愈
19	19	18	17	16	16	16

注：此表以韩愈为节点，鉴于乡、会试命题中韩愈的重要性。

将《御选唐诗》的选诗数量与普通唐诗选本，及乡、会试诗命题选诗数量进行对比，得出以下几点结论：一是以李白诗歌居首，这与

---

① 圣祖御定，陈廷敬编注：《御选唐诗》，《文渊阁四库全书》第1446册，台北故宫博物院藏本。

普通选本有很大的差异，而与会试中李白诗歌出题次数多于杜诗相似；二是选诗数量位列前十的有两位帝王，这一点与普通诗歌选本有很大差异，而与乡、会试诗命题选诗相似，从这一点可以看出，清代乡、会试诗命题必然参照《御选唐诗》。此外，《御选唐诗》中所选王维诗歌数量排名第三，而白居易诗歌数量居第九，韩愈居于第二十八位，这一点与普通诗歌选本中白居易及韩愈诗歌选诗数量靠后相似，有关此点，值得进一步探究。

  清代官方另外一部有影响的唐诗选本是《唐宋诗醇》，与之前选本不同，此选本仅选入唐四家诗，杜诗居首，选入722首；李白次之，选入375首；白居易居于第三，选诗363首；韩愈居于第四，选诗103首。此选本与普通唐诗选本及《御选唐诗》的最大不同之处为，将白居易及韩愈的地位提升至与李、杜并称的四家之列，与清代乡试诗命题中对唐诗的选择相同。清代乡试诗命题，出题数量居于前三的也是杜甫、李白、白居易三家，不同之处在于许浑居第四，韩愈居第五。经过统计命题中对韩愈及许浑作品的选择发现，命题中选入韩愈诗9首、文3篇，许浑诗歌10首，显然选入韩愈的作品数量多于许浑，因而韩愈排名第四也说得过去。那么，乡试诗命题中最为重视的前四人与《唐宋诗醇》选入唐诗的四家就完全相同。反观普通唐诗选本对白居易诗歌的选择，各选本数量差距较大，重视程度也有所不同。即便是同一选本，如《唐诗别裁集》，康熙五十六年刊本选入4首，乾隆二十八年重订之时选入61首，选诗数量居第五，这一明显的变化正处于《唐宋诗醇》编选之后。《重订唐诗别裁集序》中称增选白居易诗歌的原因为"白傅讽谕，有补世道人心，本传所云'箴时之病，补政之缺'也"[①]。白居易诗歌有明显的讽谕义不假，但更为重要的是沈德潜作为乾隆身边的近臣，敏感地嗅出乾隆皇帝《唐宋诗醇》中选诗的变化，并在选本中增加应制、奉和、酬赠、送别之作，显然与乾隆二十二年科场加试诗歌有关。

---

① 沈德潜：《唐诗别裁集》，上海古籍出版社1979年版，上册，序言第3页。

第二章　清代官方的宗唐倾向及唐诗出题概况

第三节　清代乡、会试诗命题选本及对考题的收录情况

清代乡、会试诗考题多出于《唐宋诗醇》《御选唐诗》《斯文精粹》《佩文韵府》等，有关此点，李慈铭在光绪二年七月二十四日日记中做了相关记载。

自同治初元以来，殿廷及乡会考试，命大臣拟题。内出书一卷，折角数页为记，拟者即数页中择之。其诗题多出《唐宋诗醇》，后改用乾隆中尹文端所进《斯文精粹》，于是其书价骤贵，或翻刻以行。近年改用《御选唐诗》，厂肆购是书者，遂为之空。去年春时，价至十七八金。至冬，则二十五六金。今年春，至三十余金矣。坊买更摘句分韵，刻为小板，会试士子多携以入场，则诗题果出是书也。及朝考，闻枢庭有言之者，乃改用《佩文韵府》，其题为《清诗美政逐年新》，朱子诗也，通场无知者。嗣外间知其故，有翰林数十人相约分钞《韵府》诗句，于考差时携之入，其诗题果得之。……唐宋试场不知题目者，得请之主司。乃阅文之冬烘，以此为去取，可笑已甚。而士夫作奸犯令，至争为之而不顾。颓风陋习，即此可知。①

据李慈铭日记中所记载，同治元年到光绪二年，殿试及乡、会试诗歌命题，出题书目几经更换，初为《唐宋诗醇》，后换为尹继善的《斯文精粹》，又改用《御选唐诗》，朝考时还用《佩文韵府》。清人频繁地更换出题书目，是为了避免长期使用同一书目出题，出现考生夹

---

① 李慈铭著，张寅彭、周容编校：《越缦堂日记说诗全编》，凤凰出版社2010年版，上册，第22页。

带现象严重的状况。而摘《佩文韵府》之句命题，不见全诗，断章取义，难免会闹笑话。

有关同治年间命题书目的相关记载，又如：

> 同治壬戌，朝考题为《求贤审官论》，诸同人方互论出处，贵筑杨茹香先菜即取片纸，录《诗小序》："《卷耳》，后妃之志也。又当辅佐君子，求贤审官，知臣下之勋劳，内有进贤之志，而无险诐私谒之心，朝夕思念，至于忧勤也。"于是皆本之立论。后数年，一友人偶谈及此，谓四字虽出《小序》，而命题似出《陆宣公奏议》，《请许台省长官举荐属吏状》云："爰初受命，即以上陈，求贤审官，粗立纲制。"盖钦派拟题，内出一书折角，此系《斯文精粹》，惜试后未叩之拟题大臣也。①

此则记载的是朝考，但乡、会试诗命题也大致类似，清代命题，多不标明出处，也不允许上请，因而清代士人多被题目出处困扰，如此处所涉朝考之题《求贤审官论》，"求贤审官"之语见于多书，被《诗小序》与《陆宣公奏议》同时收录，因而士子在答卷过程中颇感困惑，两处都表达了考察提拔官吏的意思，但求贤的缘由及经过不尽然相同，因而在立论阐述过程中，也会有所不同。然而，此题却出自《斯文精粹》，印证了《斯文精粹》在同治年间出题的真实性，但同时也说明，不知出处答题的不确定性及不易。

刘体智在《异辞录》卷三《孙家鼐代拟试题》一条中记载了光绪年间的命题情况：

> 钦命试题，光绪年间，多寿州孙文正公代拟，以书一册折角为记上呈。《四书》文、经文以监本进，无可更改。诗题初出于

---

① 平步青：《霞外攟屑》，上海古籍出版社1982年版，上册，第287—288页。

《唐宋诗醇》，继改用乾隆中尹文端所编《斯文精粹》，复改用《御选唐诗》。光绪丁酉以后，帝年已长，择句无须乎人。故自壬午会榜之后，孙文正公从未膺衡文之命。洎科举末造，迭掌文衡，乃由于此。①

光绪年间钦命诗题，大臣在代拟题目时，诗题大多出自《唐宋诗醇》《斯文精粹》《御选唐诗》等几部书。事实上，早在科场加试诗歌之初，《唐宋诗醇》已在书院教育中充当教科书，如陈宏谋于乾隆二十八年所撰《申明书院条规以励实学示》中记载：

> 一、诸生于兼经亦宜讲解，《性理》、《小学》、《近思录》、《大学衍义》不时讲读，《纲目》、诸史、《三通》各量资性以为多寡。经则有御纂诸经，史则有钦定史鉴，古文则有《钦选古文渊鉴》、《钦选唐宋文醇》，诗学则有《钦选唐宋诗醇》，皆宜诵读。仿照《读书日程》，限定功课，月计不足，岁计有余。每日每月皆不离经史，工夫日有知而月无忘，此为好学，诸生毋以迂远而忽之。②

诗学教育以《唐宋诗醇》为课本，显然受科考命题的影响，官方以《唐宋诗醇》出题，下必效之。书院教育以科考为目的，书院藏书也可看出教育内容的大概，如云南开阳书院所藏书目，据记载有："《二谕广训》《古文渊鉴》《性理精义》《斯文精粹》《近思录》《孝经注解》《小学纂注》《吕子节录》《四礼初稿》《四礼翼》《纲鉴正史约》《大学衍义辑要》《朱子治家格言》《书院条规》。"③ 开化府各里

---

① 刘体智：《异辞录》，《清代史料笔记丛刊》，中华书局1988年点校本，第148页。
② 余正焕、左辅：《城南书院志》，《城南书院志·校经书院志略》，岳麓书社2012年点校本，第172页。
③ 《开化府志》卷六《学校·书院义学》，清道光九年刻本。

义学所存书籍大多与开阳书院同,又如所载"以上十馆发存书籍与开阳书院同"①。《斯文精粹》也列入书院教科书的范围,关于此点,一些书信中也做了相关记载,如道光二十一年五月十八日曾国藩的家书中记载:"九弟功课有常。《礼记》九本已点完,《鉴》已看至三国,《斯文精粹》诗、文各已读半本。诗略进功,文章未进功,男亦不求速效。观其领悟,已有心得,大约手不从心耳。"② 曾国藩在向父母问安的书信中提到弟弟读书的情况,涉及书目有《礼记》《资治通鉴》《斯文精粹》,必然为应试所需,当然应试书目并不等同于出题书目,但可作为侧面例证。

综上所述,清代乡、会试诗命题主要以《唐宋诗醇》《御选唐诗》《斯文精粹》三个选本为主,但解读各个选本在命题中的重要性,首先需对这三个选本的选诗情况做简要分析。《御选唐诗·序》中论述了本书的编选目的:"逾岁告成,因付开雕,以示后学。"③ 其充当后学仕进典范之书的意义非常明确。《御选唐诗》对作家及作品的选择较为广泛,其中所选排名前十的诗人及选诗数量为:李白诗歌 126 首,杜甫 80 首,王维 72 首,唐明皇 54 首,钱起 51 首,唐太宗 40 首,岑参 40 首,白居易 40 首,孟浩然 38 首,刘长卿 36 首等,将李白列为唐人第一,位列第三的是王维,前十中还包括两位帝王的诗作。《唐宋诗醇》选入唐人家数及诗歌数量为李白 375 首,杜甫 722 首,白居易 363 首,韩愈 103 首,将杜甫列为唐人第一,白居易位列第三,韩愈居第四,与《御选唐诗》有极大的不同。尹继善的《斯文精粹》在命题中的影响应次于前两个官方选本,此书有国家图书馆藏本,序言中标明为"乾隆七年岁次壬戌仲春尹继善书于西安官署",早于《唐宋诗醇》付梓时间,共一函 20 册,其中包括制艺 10 册、唐文 2 册、唐诗 3 册、宋

---

① 《开化府志》卷六《学校·书院义学》,清道光九年刻本。
② 曾国藩:《湖湘文库·曾国藩全集》,岳麓书社 2011 年版,第 20 册,第 4—5 页。
③ 《皇清文颖》卷首 2,《故宫珍本丛刊》,海南出版社 2000 年影印本,第 646 册,第 131 页。

文2册、赋1册、杂体1册、四六1册,其中,共选入唐诗625首,所选排名前十的诗人及作品数量为:杜甫162首、李白34首、王维33首、刘长卿27首、白居易21首、李商隐20首、岑参17首、韦应物14首、许浑14首、张籍13首。

这三个选本在对唐诗的选择上有明显的不同,首先,在唐诗第一人的认定上,《御选唐诗》所选李白诗歌数量居于第一位,而另外两个选本选入杜诗作品居首。其次,三个选本对诗家的认定上有所不同,《御选唐诗》中选诗数量位列前三的是李白、杜甫、王维,而白居易的地位则远远落后,甚至在白居易之前不光有钱起、岑参这样的名家,还有两位帝王唐明皇及唐太宗,政教色彩鲜明;《唐宋诗醇》主要选入李白、杜甫、白居易、韩愈四家,白居易的地位跃居第三,唐代其他诗人的作品并未选入;《斯文精粹》中选诗数量也以杜甫、李白、王维居前三,上继《御选唐诗》,白居易位列第五,下启《唐宋诗醇》,要了解这三个选本的出题情况,需对清代乡、会试诗题做进一步的解读。

一 命题所用选本对会试诗题的收录情况

清代常科会试诗题67例,出自唐诗的考题有16例,其中嘉庆元年丙辰恩科会试考题《赋得春雨如膏(得稀字)》源于唐代试律诗题,另外15例出自唐人的15首诗歌,《御选唐诗》收录的有10首,《斯文精粹》收录2首,《唐宋诗醇》收录1首,具体收录情况见表2-8。

表2-8　　命题所用选本收录清代常科会试考题情况

时间	诗题	作者	诗歌出处	唐宋诗醇	斯文精粹	御选唐诗
同治元年壬戌科	《赋得千门万户皆春声(得莺字)》	李白	《侍从宜春苑,奉诏赋龙池柳色初青、听新莺百啭歌》	◎	◎	◎
光绪十八年壬辰科	《赋得柳拂旌旗露未干(得春字)》	岑参	《奉和中书舍人贾至早朝大明宫》		◎	◎

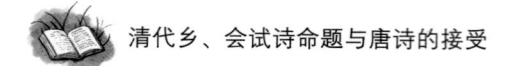

续表

时间	诗题	作者	诗歌出处	唐宋诗醇	斯文精粹	御选唐诗
咸丰二年壬子恩科	《赋得东壁图书府（得心字）》	张说	《恩制赐食于丽正殿书院宴赋得林字》			◎
同治十年辛未科	《赋得移花便得莺（得莺字）》	薛能	《赠隐者》			◎
光绪二十年甲午恩科	《赋得雨洗亭皋千亩绿（得皋字）》	张说	《奉和圣制春日出苑应制》			◎
同治七年戊辰科	《赋得千林嫩叶始藏莺（得藏字）》	郑愔	《奉和春日幸望春宫》			◎
光绪二年丙子恩科	《赋得南山晓翠若浮来（得来字）》	张说	《侍宴隆庆池应制》			◎
光绪十五年己丑科	《赋得马饮春泉踏浅沙（得泉字）》	郎士元	《酬王季友题半日村别业兼呈李明府》			◎
嘉庆二十四年己卯恩科	《赋得敦俗劝农桑（得敦字）》	唐玄宗	《早登太行山中言志》			◎
乾隆五十四年己酉恩科	《赋得草色遥看近却无（得夫字）》	韩愈	《早春呈水部张十八员外二首》（其一）			◎
嘉庆二十五年庚辰科	《赋得惠泽成丰岁（得成字）》	张九龄	《和崔尚书喜雨》			
道光六年丙戌科	《赋得莺声细雨中（得声字）》	刘长卿	《海盐官舍早春》			
光绪十二年丙戌科	《赋得报雨早霞生（得生字）》	耿湋	《华州客舍奉和崔端公春城晓望》			
光绪三年丁丑科	《赋得露苗烟蕊满山春（得烟字）》	曹唐	《送羽人王锡归罗浮》			
光绪十六年庚寅恩科	《赋得城阙参差晓树中（得门字）》	杨巨源	《春日题龙门香山寺》			

如表 2-8 所示，李白诗歌《侍从宜春苑，奉诏赋龙池柳色初青、听新莺百啭歌》被三个选本收录，岑参的《奉和中书舍人贾至早朝大

明宫》被《斯文精粹》和《御选唐诗》收录，换句话说，命题所选诗篇，被《斯文精粹》与《唐宋诗醇》收录的，都被《御选唐诗》收录，这说明常科会试命题以《御选唐诗》出题较多，《斯文精粹》与《唐宋诗醇》相对来说出题少，而这并不等于说被这三个选本收录，考题就一定出自这三个选本，只能说这三个选本出题的可能性大，其中个别考题可能出自其他选本。

宗室会试诗题40例，出自唐诗的考题有13例，出自唐人的13首诗歌，收录在《御选唐诗》中的有8首，《斯文精粹》收录2首，《唐宋诗醇》收录2首，具体情况如表2-9所示：

表2-9　　　　命题所用选本收录清代宗室会试考题情况

时间	诗题	作者	诗歌出处	唐宋诗醇	斯文精粹	御选唐诗
嘉庆二十五年庚辰科	《赋得好雨知时节（得时字）》	杜甫	《春夜喜雨》	◎	◎	◎
道光十二年壬辰恩科	《赋得岁丰仍节俭（得成字）》	白居易	《太平乐词二首》（其一）	◎		◎
同治元年壬戌科	《赋得龙池柳色雨中深（得深字）》	钱起	《赠阙下裴舍人》		◎	◎
嘉庆七年壬戌科	《赋得弧矢威天下（得全字）》	李隆基	《校猎义成喜逢大雪率题九韵以示群官》			◎
道光六年丙戌科	《赋得春风柳上归（得归字）》	李白	《宫中行乐词八首》（其七）			◎
同治十三年甲戌科	《赋得雨中春树万人家（得春字）》	王维	《奉和圣制从蓬莱向兴庆阁道中留春雨中春望之作应制》			◎
同治七年戊辰科	《赋得半溪山水碧罗新（得罗字）》	杜牧	《残春独来南亭因寄张祜》			◎
道光二十五年乙巳恩科	《赋得草色遥看近却无（得春字）》	韩愈	《早春呈水部张十八员外二首》（其一）			◎

清代乡、会试诗命题与唐诗的接受

续表

时间	诗题	作者	诗歌出处	唐宋诗醇	斯文精粹	御选唐诗
咸丰九年己未科	《赋得自有岁寒心（得丹字）》	张九龄	《感遇十二首》（其七）			
光绪三年丁丑科	《赋得凤池近日长先暖（得亭字）》	韩愈	《早春与张十八博士籍游杨尚书林亭寄第三阁老兼呈白冯二阁老》			
光绪九年癸未科	《赋得新树叶成阴（得阴字）》	白居易	《玩新庭树因咏所怀》			
光绪六年庚辰科	《赋得诗成客见书墙和（得墙字）》	姚合	《酬薛奉礼见赠之作》			
光绪十二年丙戌科	《赋得松色入门远（得松字）》	张祜	《题虎丘西寺》			

如表 2-9 所示，杜甫诗歌《春夜喜雨》被 3 个选本收录，钱起的《赠阙下裴舍人》被《斯文精粹》和《御选唐诗》收录，白居易《太平乐词二首（其一）》被《御选唐诗》与《唐宋诗醇》同时收录。宗室会试命题所选唐诗，在《御选唐诗》中收录的多，而《斯文精粹》和《唐宋诗醇》中收录的较少，当然，这三个选本所收诗歌，有可能出自这三个选本，也有可能个别考题出自其他选本，但足以说明《御选唐诗》出题的可能性大。

综合清代常科会试与宗室会试命题中所选唐诗，在《御选唐诗》《斯文精粹》和《唐宋诗醇》中的收录情况，可以看出，三个选本中，会试命题更重视《御选唐诗》，相对而言，《斯文精粹》和《唐宋诗醇》出题较少。此外，无论是常科会试，还是宗室会试命题所选唐诗，都分别有 5 首诗歌并非出自以上 3 个选本，这说明，清人在命题之时，应该还采用其他书目出题，可能少数几个，甚至多个，不可一一考察，只能大致判断出题书目及命题情况。

二 命题所用选本对乡试诗题的收录情况

清代乡试诗命题中,唐诗出题次数居于前五的分别为:杜甫81例、李白45例、白居易35例、许浑18例、韩愈17例,所选作品数量为:杜甫诗51首,李白诗28首,白居易诗24首,韩愈诗9首、文3篇,许浑诗歌10首。综合命题次数与所选作品数量可知,清代乡试诗命题尤为重视杜甫、李白、白居易、韩愈四人,与《唐宋诗醇》所选唐诗四家相同,这是否可以说明清代乡试诗命题主要以《唐宋诗醇》为命题书目呢?有关此点,需对命题所选诗作在各选本中的收录情况做进一步的探究。

清代乡试诗命题所选作品,据统计,《唐宋诗醇》中收录杜甫诗41首、李白诗21首、白居易诗21首、韩愈诗5首,共计收录88首诗歌;《御选唐诗》收录杜甫诗14首、李白诗8首、白居易诗3首、韩愈诗1首,此外收入唐代其他文人之作56首,共计82首,收录命题篇章数量仅次于《唐宋诗醇》;《斯文精粹》收录数量分别为杜甫诗16首,李白诗3首,白居易诗4首,韩愈诗2首、文1篇,唐代其他文人诗作33首、文1篇,共计58首诗歌、2篇文。以李白、杜甫、白居易、韩愈四人诗歌所出考题为例,研究命题书目对这些考题的收录情况,以明确命题中各个选本的重要性,具体收录情况如表2-10所示。

表2-10 杜、李、白、韩诗歌所出乡试诗题在命题书目中的收录情况

	杜甫	李白	白居易	韩愈
御选唐诗		《陪从祖济南太守泛鹊山湖三首(其二)》《九日登巴陵置酒望洞庭水军》		

续表

	杜甫	李白	白居易	韩愈
唐宋诗醇	《宿赞公房》《上韦左相二十韵》《八月十五夜月二首（其一）》《阆山歌》《春日忆李白》《茅屋为秋风所破歌》《陪李北海宴历下亭》《魏将军歌》《望岳三首（其二）》《送段功曹归广州》《送严侍郎到绵州同登杜使君江楼宴》《醉歌行》《草阁》《严公厅宴同咏蜀道画图得空字》《奉赠韦左丞丈二十二韵》《奉赠严八阁老》《游龙门奉先寺》	《古风》《赠裴十四》《赠卢司户》《忆旧游寄谯郡元参军》《宿白鹭洲寄杨江宁》《庐山谣寄卢侍御虚舟》《梦游天姥吟留别》《宣州谢朓楼饯别校书叔云》《送储邕之武昌》《夜泛洞庭寻裴侍御清酌》《登巴陵开元寺西阁赠衡岳僧方外》《与夏十二登岳阳楼》《与贾舍人至于龙兴寺剪落梧桐枝望灉湖》《陪宋中丞武昌夜饮怀古》《秋日与张少府楚城韦公藏书高斋作》	《贺雨》《同钱员外禁中夜直》《村夜》《浦中夜泊》《江楼早秋》《题元十八溪居》《早发楚城驿》《赠江客》《夜归》《秋池二首（其一）》《秋凉闲卧》《春题湖上》《渡淮》《泛太湖书事寄微之》《故衫》《送姚杭州赴任因思旧游二首（其一）》	《荐士》《山石》《谒衡岳庙遂宿岳寺题门楼》
斯文精粹				《答李翊书》
三者皆选	《望岳》《春宿左省》《登兖州城楼》《野望》《夜》《秋兴八首（其五）》	《秋登宣城谢朓北楼》《峨眉山月歌》		《石鼓歌》
御选唐诗与唐宋诗醇	《大云寺赞公房四首（其三）》《醉歌行赠公安颜十少府请顾八题壁》《渼陂行》《古柏行》《送翰林张司马南海勒碑》《奉和贾至舍人早朝大明宫》《送李八秘书赴杜相公幕》《奉和严中丞西城晚眺十韵》	《游泰山六首（其一）》《游泰山六首（其三）》《西岳云台歌送丹丘子》《送友人寻越中山水》《望庐山瀑布》	《太平乐词二首（其一）》《庾楼晓望》	

续表

	杜甫	李白	白居易	韩愈
唐宋诗醇与斯文精粹	《洗兵行》《旅夜书怀》《丹青引赠曹将军霸》《将赴成都草堂途中有作先寄严郑公五首（其三）》《院中晚晴怀西郭茅舍》《送张十二参军赴蜀州因呈杨五侍御》《秋兴八首（其二）》《狂夫》《秦州杂诗二十首（其十六）》《登高》	《太原早秋》	《琵琶引》《余杭形胜》《江楼晚眺景物鲜奇吟玩成篇寄水部张员外》	《调张籍（李杜文章在）》
御选唐诗与斯文精粹			《宴散》	
未收录	《寄裴施州》《王阆州筵奉酬十一舅惜别之作》《赠李十五丈别》《过洞庭湖》《湖中送敬十使君适广陵》《晴二首》（其一）《独坐》《月圆》《陪章留后侍御宴南楼》《夔府书怀四十韵》	《望黄鹤楼》《赠王判官，时余归隐，居庐山屏风叠》《过四皓墓》	《酬别周从事二首（其二）》《答客问杭州》	《南阳樊绍述墓志铭》《峋嵝山》《符读书城南》《将至韶州先寄张端公使君借图经》《古意》《进学解》

如表 2-10 所示，命题所选的 51 首杜诗，《御选唐诗》收录 14 首，《唐宋诗醇》收录 41 首，《斯文精粹》收录 16 首，其中，三个选本都收录的诗歌有 6 首，《御选唐诗》与《唐宋诗醇》重复收录的篇章有 8 首，《唐宋诗醇》与《斯文精粹》重复收录 10 首，有 17 首诗歌仅被《唐宋诗醇》所收，另外还有 10 首诗歌均未收录。命题所选的 28 首李白诗歌，《唐宋诗醇》收入 23 首，《御选唐诗》收入 9 首，《斯文精粹》收入 3 首，其中，三个选本都收录的有 2 首，《御选唐诗》与《唐宋诗醇》共同收录的有 5 首，《唐宋诗醇》与《斯文精粹》都收录

的有 1 首，此外，《御选唐诗》单独收录的有 2 首，《唐宋诗醇》单独收录的有 15 首，另有 3 首诗歌未被收录。命题所选白居易的 24 首诗作，《御选唐诗》收录 3 首，《唐宋诗醇》收录 21 首，《斯文精粹》收录 4 首，其中，《御选唐诗》与《唐宋诗醇》都收录的有 2 首，《御选唐诗》与《斯文精粹》都收录的有 1 首，《唐宋诗醇》与《斯文精粹》都收录的有 3 首，此外，《唐宋诗醇》还单独收录 16 首，有 2 首三个选本均未收录。命题所选韩愈的作品，《御选唐诗》收录 1 首，《唐宋诗醇》收入诗 5 首，《斯文精粹》收入文 1 篇、诗 2 首，其中，《石鼓歌》被 3 个选本收录，《唐宋诗醇》与《斯文精粹》都收录的有 1 首，《斯文精粹》另收录文 1 篇，另有 4 首诗歌、2 篇文三个选本均未收录。

此处所用"收录"一词，并非可以确定考题出于某一选本，而是说明某一选本有出题的可能性，但是，某一选本出题的大致情况还是很明确的，如乡试诗命题中显然以《唐宋诗醇》为重。同时，即便是被多个选本收录的考题，通过文本的对照，也可以排除其中一两个选本，如《唐宋诗醇》与《斯文精粹》都选入《秋兴八首》（其二），但是出题之句"每依北斗望京华"，《唐宋诗醇》原文作"南斗"，显然此题并非出自《唐宋诗醇》；同治三年甲子科广西考题《赋得政简移风远（得风字）》，出自《奉和严中丞西城晚眺十韵》，《唐宋诗醇》和《御选唐宋》中都选入此诗，但《唐宋诗醇》中作"政简移风速"，因而此题应出自《御选唐诗》；道光十四年甲午科江西考题《赋得绕船明月江水寒（得寒字）》，出自白居易的《琵琶引并序》，《唐宋诗醇》与《斯文精粹》都收入此诗，但《唐宋诗醇》中作"绕船月明江水寒"，《斯文精粹》中此句原文与考题同；道光二十年庚子恩科广东考题《赋得江色鲜明海气凉（得凉字）》，《唐宋诗醇》与《斯文精粹》中都收录，但此句《斯文精粹》作"江色澄鲜海气凉"。

即便命题诗作被某个或者多个选本收录，也并不能说明考题必然就出自这些选本，事实上有一些考题例外，如道光二十四年甲辰恩科贵州考题《赋得须臾尽扫众峰出（得峰字）》，出自韩愈诗歌《谒衡岳庙遂宿岳寺题门楼》，只有《唐宋诗醇》收入，但此选本原文作"须

第二章　清代官方的宗唐倾向及唐诗出题概况

臾静扫众峰出",显然,此题并非出自《唐宋诗醇》;又如同治六年丁卯科广东考题《赋得二三豪杰为时出(得时字)》,出自杜甫诗歌《洗兵行》,虽然《唐宋诗醇》与《斯文精粹》都收录此诗,但这两个选本中原文都作"二三豪俊为时出",显然清人在命题中未必是参照这两个选本出题的。

此外,可以确切地说,命题选本除这三个选本之外还有其他本子。如杜诗还有10首命题诗作未被以上三个选本收录,李白有3首,白居易有2首;命题所选初唐诗文,未被收录的有宋之问的《早发始兴江口至虚氏村作》《明河篇》,许敬宗的《奉和过旧宅应制》,杜审言的《经行岚州》,王勃的《九成宫东台山池赋》,李世民的《赋尚书》《祀北岳恒山文》《大唐三藏圣教序》等8篇;盛唐张说的《奉和圣制途经华岳应制》,樊晃的《南中感怀》,张九龄的《望月怀远》《奉和圣制早渡蒲津关》《和裴侍中承恩拜扫旋辔途中有怀寄州县官僚乡国亲故》,陶岘的《西塞山下回舟作》,孟浩然的《晚泊浔阳望庐山》《送元公之鄂渚寻观主张骖鸾》《断句》等,孙逖的《奉和四月三日上阳水窗赐宴应制得春字》,高适的《九曲词三首》(其三),王维的《晓行巴峡》,储光羲的《终南幽居献苏侍郎三首时拜太祝未上》(其三),岑参的《与高适薛据登慈恩寺浮图》,皇甫冉的《送元晟归潜山所居》《宿淮阴南楼酬常伯能》《秋日东郊作》等17篇诗文。

小　　结

本章研究清代官方的宗唐倾向及试律命题中对唐诗的重视。

一、清代帝王通过指导唐诗的编撰,达到"正其轨范"的目的,树立风雅正轨,来弘扬官方的崇唐之意;

二、清代乡、会试诗命题所出各类典籍,唐诗出题数量占绝对优势,命题中所选唐代诗人,与普通选本有所不同,而与官方选本相近;

三、官方所编《御选唐诗》《唐宋诗醇》《佩文韵府》等选本,成为清代乡、会试诗命题的主要题库,对科场命题发挥指挥棒的作用。

第三章 清代乡、会试诗命题与唐人作品

第一节 唐诗分期及四唐作品出题情况

一 唐诗分期概述

初唐、盛唐、中唐、晚唐四分法，基本为学界所接受。宋代严羽在《沧浪诗话·诗体》中按照诗歌风格分别列有"唐初体""盛唐体""大历体""元和体""晚唐体"，明代高棅在《唐诗品汇·总序》中分为初、盛、中、晚四唐。但由于唐诗史与唐代历史发展并非同步，正如钱锺书先生所言："余窃谓就诗论诗，正当本体裁以划时期，不必尽与朝政国事之治乱盛衰吻合。""诗自有初、盛、中、晚，非世之初、盛、中、晚。"① 因而，在时间的界定上，不同的学者也稍有差异。

目前多将初唐划分为618—712年，基本与唐代历史的分期相同，袁行霈先生建议将初唐的下限划在开元八年②，罗时进先生在肯定袁先

---

① 钱锺书：《谈艺录》，中华书局1999年版，第1—2页。
② 袁行霈：《百年徘徊——初唐诗歌的创作趋势》，《北京大学学报》（哲学社会科学版）1994年第6期。

生观点的基础上，提出了修正意见，认为初唐的下限应确定于景龙四年（710，即景云元年）①，本书在初唐的划分上，参照罗时进先生的观点，将初唐划在景龙四年。袁先生将盛唐下限界定在770年的观点较为中肯，中唐时期的下限大致都划在穆宗长庆时期，从敬宗时期开始为晚唐文学，有的在中晚唐时间的划定上虽稍有分歧②，但对本书来说也并无影响。

二 四唐作品出题情况概述

依照上文所述分期方法，将诗题所涉唐代作家作品进行划分，清代会试选入初唐诗人1位，盛唐诗人7位，中唐诗人8位，晚唐诗人4位，各时期作品所出诗题数量如表3–1所示。

表3–1　　　　清代会试诗命题中唐诗所出考题分期

时间	初唐	盛唐	中唐	晚唐	唐诗合计
乾隆			1		1
嘉庆		4			4
道光		1	3		4
咸丰		2			2
同治	1	2	1	2	6
光绪		3	6	2	11
合计	1	12	11	4	28

注：会试诗命题所选1例唐代试律旧题不计入分期。

如表3–1所示，清代会试出自唐诗的考题虽数量有限，但大致也可看出清人命题中的倾向，就各时期出题数量看，以盛唐、中唐为重；具体而言，嘉庆时期命题中唐诗的出题数量增加，道光时期开始，命

---

① 罗时进：《唐诗演进论》，江苏古籍出版社2001年版，第3页。
② 本书中唐时间的划分参照袁行霈先生主编的《中国文学史》与罗宗强先生的《隋唐五代文学思想史》，章培恒先生与游国恩先生的《中国文学史》以文宗大和以后（828—907）为晚唐时期。

题中中晚唐作品出题数量增长明显，同治时期与初盛唐诗出题数量持平，光绪时期中晚唐诗出题数量反超初盛唐。

清代乡试诗命题所选的初唐文人有 7 位，盛唐 19 位，中唐 31 位，晚唐 26 位。① 其中，各个时期作品出题数量分别为 42、189、119、75 例，可见，命题中对各个时期考题的重视程度并不相同（见表 3 - 2）。

表 3 - 2　　　清代乡试诗命题中唐诗所出考题分期及比例变化

时间	唐诗数量	初唐	初唐占唐诗比例（%）	盛唐	盛唐占唐诗比例（%）	中唐	中唐占唐诗比例（%）	晚唐	晚唐占唐诗比例（%）
乾隆	50	9	18	27	54	9	18	5	10
嘉庆	56	6	11	32	57	10	18	8	14
道光	126	9	7	54	43	37	29	26	21
咸丰	31	2	6	14	45	9	29	6	19
同治	44	5	11	17	39	12	27	10	23
光绪	99	3	3	45	45	34	34	17	17
合计	406	34	8	189	47	111	27	72	18

注：唐诗统计中没有出处的 13 例唐代试律旧题不计入分期，另外朱延龄及无名氏的也不计入统计。

如表 3 - 2 所示，就初、盛、中、晚四个时期来看，盛唐诗作在出题中占绝对优势；出自初唐诗作的考题，乾隆时期占比例最多，此后偶有波动，但基本呈递减的趋势；出自中晚唐诗作的考题，道光时期骤增，此后稍有波动。从总体趋势看，乾嘉时期，初盛唐诗歌在命题中占绝对优势；道光时期，中晚唐诗歌在命题中的地位凸显出来，并在道光之后与初盛唐诗歌在命题中所占比例接近，这一点，与会试命题趋势大致相同，究其原因，与清代道、咸时期的诗学倾向有关，显然，道、咸及之后诗坛的崇宋倾向明显地影响了乡试诗命题，因而开

---

① 说明：清代乡试诗命题共选入唐代 84 位有名姓的文人，及两位无名氏的作品，其中朱延龄生平不详，因而本书在划分初、盛、中、晚，对考题探究之时，朱延龄及无名氏没有计入，实际划分以唐代 83 位作家考题为对象。

宋调风气的中晚唐诗歌在此期出题数量增多。

第二节　清代乡、会试诗命题与初唐文人作品

清代会试诗命题选入郑愔一位初唐文人，出题 1 例。乡试诗命题中共选入 7 位初唐文人，出题 42 例，具体情况如表 3-3 所示。

表 3-3　　　　　清代乡试诗命题中初唐文人作品出题数量

时期＼诗人	李世民	宋之问	王勃	沈佺期	杜审言	许敬宗	李显
乾隆	8	2	2		1		
嘉庆	2	1	1	1	1	1	
道光	3	5	2	1	1		
咸丰	1	1					
同治	1	2		2			
光绪	1	1					1
合计	16	12	5	4	3	1	1

注：此表中将唐文出题数量也统计在内，排列顺序大致依照命题时间的先后。

如表 3-3 所示，乡试诗命题所选初唐文人以李世民居首，诗文题共计 16 例，此外，宋之问 12 例，王勃 5 例，沈佺期 4 例，杜审言 3 例，许敬宗、李显都为 1 例，可见，乡试诗命题所选初唐文人，主要以李世民、宋之问为重，且命题时间大致都分布于道光之前，而清人在命题中以李世民及宋之问作品为重，其原因值得深究。

一　命题所选诗人以初唐宫廷文人为主

清代乡、会试诗命题中共选入八位初唐文人，有两位为帝王，如太宗李世民与中宗李显，其余多为宫廷文人，太宗朝选入代表诗人许敬宗，武后朝"文章四友"选入杜审言，中宗朝以沈佺期、宋之问为代表，郑愔也多在宫廷活动；下层文人只有"初唐四杰"中的王勃一

人,很明显,对初唐文人的选择以宫廷文人为重。

唐太宗是英明的帝王,为历代楷模,不仅政治上励精图治,还提倡文教,其开馆阁待学士,即位之前就设立文学馆,虽然他自称文学馆是为了"引礼度而成典则,畅文词而咏风雅"①,实则是"乃锐意经籍,于宫城之西开文学馆,以待四方之士"②,为其日后实现政治抱负做准备,但客观上也促进了文学的发展,如文学馆学士许敬宗即以词章擅长。继位后又设置崇贤馆,自身也投入诗歌创作中,他在《帝京篇序》中说:"予以万机之暇,游息艺文。"③《全唐诗》的编者在卷一中对其评价曰:"既即位,殿左置弘文馆,悉引内学士,番宿更休,听朝之间,则与讨论典籍,杂以文咏。或日昃夜艾,未尝少怠。诗笔草隶,卓越前古,至于天文秀发,沉丽高朗。有唐三百年风雅之盛,帝实有以启之焉。"④换言之,他对唐代风雅文化有开启之功,而清代帝王在科考中加试诗歌,有附庸风雅之意,因而,命题中所选初唐诗歌以李世民为首盖源于此。

李世民多数作品呈现出雍容典雅、端庄中正的特点,与其本人的诗歌主张颇为相关,从诗歌审美上讲,他倡导的是儒家温柔敦厚的诗教观,在《帝京篇·序》中阐释说:"故观文教于六经,阅武功于七德;台榭取其避燥湿,金石尚其谐神人;皆节之于中和,不系之于淫放。"又说:"故述《帝京篇》以明雅志云尔。"⑤可见,他对文化的倡导实以六经为准,强调文化的政教功能,崇尚"中和"之美,追求雅正的诗学观,重视儒家诗教的"乐而不淫,哀而不伤"。形式上要求"释实求华,以人从欲,乱于大道,君子耻之"⑥。以构建中和雅正、文质彬彬的诗歌审美理想,形式上多重声律,用典故。清代科场命题

---

① 董诰等:《全唐文》卷四,中华书局1983年影印本,第49页。
② 王溥:《唐会要》,上海古籍出版社2006年版,下册,第1319页。
③ 吴云、冀宇:《唐太宗全集校注》,天津古籍出版社2004年版,第3页。
④ 彭定求等:《全唐诗》,中华书局1960年版,第1册,第1页。
⑤ 吴云、冀宇:《唐太宗全集校注》,天津古籍出版社2004年版,第3页。
⑥ 吴云、冀宇:《唐太宗全集校注》,天津古籍出版社2004年版,第3页。

中"中正雅驯"的要求，及对"清真雅正"的推崇与此相合，虽然清人所尚的"清真"与初唐诗学的藻丽方面存在差异，但雅正是共同追求。

所选其他文人，高宗、武后时期的诗人如杜审言、宋之问、沈佺期等，或长期处于低位，或逢迎张易之兄弟，中宗朝遭到贬谪，都经历仕途的失意，因而在诗歌创作上有较大的突破，题材不再局限于应制奉和的宫廷诗歌，而是广及羁旅之思、失意之感，多饱含真情实感。他们的诗作多格律谨严，为律诗的定型做出了巨大的贡献。因而，乡试诗命题中又体现出对三人作品的重视，其中，尤以宋之问为重。

二 命题中对宫廷诗作的选择

命题选入初唐文人的十首宫廷诗作，内容涉及宴饮、游乐、咏物、唱和应制等，选诗及命题的具体情况如表3-4所示。

表3-4 清代乡、会试诗命题对初唐宫廷诗作的选择

作者	篇名	出题诗句	时间	地点
李世民	《秋日效庾信体》	岭衔霄月桂	乾隆六十年乙卯恩科	江南
	《秋日二首》（其二）	爽气澄兰沼	乾隆五十七年壬子科	顺天
		爽气澄兰沼	乾隆三十九年甲午科	江南
		秋风动桂林	乾隆二十四年己卯科	贵州
		秋风动桂林	同治六年丁卯科	广西
		秋香动桂林	乾隆四十二年丁酉科	顺天
		秋香动桂林	道光二十年庚子恩科宗室乡试	
		露凝千片玉	咸丰五年乙卯科宗室乡试	
		菊散一丛金	道光八年戊子科宗室乡试	
		蓬瀛不可望	乾隆五十一年丙午科	顺天
	《秋日翠微宫》	秋光凝翠岭	嘉庆三年戊午科	山西
	《赋尚书》	成名由积善	嘉庆十八年癸酉科宗室乡试	

清代乡、会试诗命题与唐诗的接受

续表

作者	篇名	出题诗句	时间	地点
许敬宗	《奉和过旧宅应制》	飞云临紫极	嘉庆二十三年戊寅恩科	顺天
沈佺期	《兴庆池侍宴应制》	秦地山川似镜中	嘉庆十五年庚午科	陕西
			同治九年庚午科	陕西
	《奉和洛阳玩雪应制》	赓歌乐岁丰	同治元年壬戌恩科	顺天
宋之问	《三阳宫侍宴应制得幽字》	石上泉声带雨秋	道光五年乙酉科	山东
			道光十九年己亥科	河南
			道光二十九年己酉科	福建
			同治六年丁卯科	顺天
			光绪二年丙子科	山西
李显	《十月诞辰内殿宴群臣效柏梁体联句》	润色鸿业寄贤才	光绪二十三年丁酉科	云南
郑愔	《奉和春日幸望春宫》	千林嫩叶始藏莺	同治七年戊辰科会试	

所选宫廷之作有应制诗，如许敬宗的《奉和过旧宅应制》，沈佺期的《兴庆池侍宴应制》与《奉和洛阳玩雪应制》，宋之问的《三阳宫侍宴应制得幽字》及郑愔的《奉和春日幸望春宫》；有宫廷咏物之作，如《秋日二首》（其二）及《秋日翠微宫》；有效仿前代宫廷诗之作，如李世民的《秋日效庾信体》；有宫廷文人的附庸风雅联句之作，如李显的《十月诞辰内殿宴群臣效柏梁体联句》；有君臣唱和之作，如《赋尚书》等。

李世民以帝王身份引领诗歌潮流，所选《秋日效庾信体》原文为：

岭衔宵月桂，珠穿晓露丛。蝉啼觉树冷，萤火不温风。
花生圆菊蕊，荷尽戏鱼通。晨浦鸣飞雁，夕渚集栖鸿。
飒飒高天吹，氛澄下炽空。

此诗中作者吟花弄草，无太多真情实感，但一改齐梁宫廷诗歌的轻靡浮艳，只是描写宫廷客观景物，为宫廷诗风的转变，明人徐献忠在《唐诗品》中对其评价说：

> 及乎大业成就，神气充扬，延揽英贤，流徽四座，其游幸诸作，宫徵铿然，六朝浮靡之习，一变而唐，虽绮丽鲜错，而雅道立矣，其为一代之祖，又何疑焉？然宫体之作，世南导之雅正；而《积翠池赋》，魏徵约君以礼。因词立意，又多格心之业，其为风化之端，谅不诬矣。①

此诗与齐梁宫体之作的区别在于，李诗一改齐梁宫体的颓靡之势，扫除与女性相关的轻靡俗艳的内容，而归之于雅正。

李世民的写景之作，也多以宫廷生活为写照，如下列两首诗作：

《秋日二首》（其二）
爽气澄兰沼，秋风动桂林。露凝千片玉，菊散一丛金。
日岫高低影，云空点缀阴。蓬瀛不可望，泉石且娱心。
《秋日翠微宫》
秋日凝翠岭，凉吹肃离宫。荷疏一盖缺，树冷半帷空。
侧阵移鸿影，圆花钉菊丛。摅怀俗尘外，高眺白云中。

《秋日二首》（其二）与《秋日翠微宫》是对秋景的描写，都写秋日节气到来，秋风拂来，天气清爽，或菊花凋零，光辉耀眼散落如金，或残荷败叶，树木凋零；作者或眺望高空，日色照耀，峰峦影动，云影纤绵，或见飞鸿远迁，深知蓬瀛仙境难寻，寄情于自然之景中，气格清爽，意境幽美，但后者更见感伤，万物凋零，秋风萧瑟，格调清冷。这两首诗作，明显受到南朝绮丽文风的影响，正如王世贞所评：

---

① 参见陈伯海主编《唐诗汇评》（增订本），上海古籍出版社2015年版，第1册，第1页。

"唐文皇手定中原，笼盖一世，而诗语殊无丈夫气，习使之也。……《帝京篇》可耳，余者不免花草点缀，可谓远逊汉武，近输曹公。"①以上评论用词虽不免刻薄，但基本还是符合李世民这些诗作的特征。

宫廷期间奉和、扈从、侍宴，宫廷文人创作了大量的应制诗，命题中所选的应制之作，如许敬宗的《奉和过旧宅应制》：

> 飞云临紫极，出震表青光。自尔家寰海，今兹返帝乡。
> 情深感代国，乐甚宴谯方。白水浮佳气，黄星聚太常。
> 岐凤鸣层阁，鄽雀贺雕梁。桂山犹总翠，蘅薄尚流芳。
> 攀鳞有遗皓，沐德抃称觞。

此诗堆砌大量辞藻，错彩镂金，列举大量祥瑞之景来颂扬圣主，点缀升平，为典型的应制之作。辞藻华丽是应制诗作的典型特征，唐人也不例外，宋人葛立方在《韵语阳秋》卷二中评价说："应制诗非他诗比，自是一家句法，大抵不出于典实富艳尔。"②

沈、宋应制诗作，除具备典丽的特征外，还注重格律的谨严，音韵的和谐，翁方纲在《石洲诗话》中评论说："沈、宋应制诸作，精丽不待言，而尤在运以流宕之气。此元自六朝风度变来，所以非后来试帖所能几及也。"③沈、宋应制诗承袭六朝风气，又有所变化，气韵流畅，远超于后代的试帖之作，元稹在《唐检校工部员外郎杜君墓志铭并序》中说："唐兴，学官大振，历世之文，能者互出，而又沈宋之流，研练精切，稳顺声势，谓之为律诗。"④清代乡试诗命题中对沈、宋应制诗的选择，显然有这方面的原因。命题所选沈佺期的诗作，《兴庆池侍宴应制》主要描写中宗出游兴庆宫，有明显的奉和颂圣之意，

---

① 王世贞著，陆洁栋、周明初批注：《艺苑卮言》，凤凰出版社2009年版，第52页。
② 葛立方：《韵语阳秋》，中华书局1985年版，第1册，第14页。
③ 翁方纲：《石洲诗话》，中华书局1985年版，第1册，第2页。
④ 杜甫著，仇兆鳌注：《杜诗详注》，中华书局1979年版，第5册，第2235页。

结尾处还呈现出夸张的附和之词。《奉和洛阳玩雪应制》为典型的应制之作，作品中充满了对御苑雪景的颂扬之语，并与年岁相结合，以降雪之祥瑞，年岁之丰收进一步颂圣，用词藻丽典雅。宋之问极为擅长应制之作，据统计，应制诗作有 30 首左右，多属对精切，辞藻宏丽，少数格调清新，命题所选《三阳宫侍宴应制得幽字》，一反平日应制之作的恢宏典丽之气，更见清幽。所选沈、宋的三首应制之作，《奉和洛阳玩雪应制》虽不是严格意义上的律诗，但诗作明显注重格律，另外两首已经是严格意义上的律诗。

君臣唱和、附庸风雅是宫廷文坛的佳话，被历来帝王所羡慕，命题所选《赋尚书》是一首引史自鉴的诗歌，诗中以阅前代典籍，以前代昏君的恶行，勉励自己要引以为戒。此诗是贞观十一年唐太宗与大臣的分题唱和之作，此诗之外，还存有魏徵的《赋西汉》、李百药的《赋礼记》等①。《十月诞辰内殿宴群臣效柏梁体联句》是中宗朝的联句诗，此外还有太宗朝的《两仪殿赋柏梁体》、高宗朝的《咸亨殿宴近臣诸亲柏梁体》，帝王为了附庸风雅多倡导宫廷唱和，而文人为了得到帝王的青睐，尽量揣摩、迎合帝王的心意，联句诗着重考察诗人的文才与反应能力，具有较高的创作要求。

概言之，命题所选的初唐宫廷之作，李世民一改齐梁宫体诗的轻靡俗艳、油脂滑腻之感，归于庄重典雅，开风气之先；沈、宋之作用词典切、格律谨严，是应制诗中的范式；所选唐中宗的联句诗作为附庸风雅的典范。初唐宫廷文人是命题诗创作的能手，他们的应制诗作是历代无法比拟的。

清人在科考中试诗，是对唐人附庸风雅的附和，命题中选入这些诗作有明显的效仿唐人之意。更为重要的是，应制诗与应试诗有相似之处：功能方面，都是为了迎合官方的要求；风格方面，都讲究典雅

---

① 岳娟娟的《唐代唱和诗研究》对太宗朝君臣分题唱和之作做了归类。（复旦大学出版社 2014 年版，第 215 页）

庄重,宫廷文人在文词的庄雅,辞藻的典丽方面,足以为士子提供范本;体制方面,一般是形式短小的律诗,或六韵、或八韵,清代试律固定为五言六韵,相较而言,应制诗在形式上更为自由,可五律、可七律,可短可长。此外,二者也有相异的地方,如命题方式略有不同,应制是即事赋诗,随机命题,题目不定,而应试是命题诗作,如毛奇龄在《唐人试帖》卷末中说:"唐有应试应制二体,特应制无专本,且其体有七律、长律,但即事而不命题,与应试稍异。若其赋诗之法则无不一辙。"① 但赋诗方法如出一辙。如清人蒋鹏翮在《唐人五言排律诗论·例言》中所说:"闲适之作或因诗而制题,应试、应制之篇则因题制诗者也,起即点清题面。"② 明确说明应制与应试在创作方法上的共同之处。

三 宫廷之外其他作品的选择

宫廷诗作之外,命题中还选入初唐文人的其他诗作八首、序两篇、赋一篇、祭文一篇,一同列入,以观大概,具体命题情况如表3-5所示。

表3-5　　　　　　清代乡试诗命题初唐其他作品出题

作者	篇名	出题诗句	时间	地点
李世民	《望终南山》	碧嶂插遥天	光绪五年己卯科	陕西
	《祀北岳恒山文》	桂华侵月	道光二年壬午科	山西
	《大唐三藏圣教序》	桂生高岭	乾隆六十年乙卯恩科	山西
		仙露明珠	乾隆四十八年癸卯科	顺天
杜审言	《和晋陵陆丞早春游望》	云霞出海曙	乾隆五十九年甲寅恩科	广东
			道光十五年乙未恩科	广东
	《经行岚州》	山疑画里看	嘉庆十三年戊辰恩科	山西

---

① 毛奇龄:《唐人试帖》卷四,康熙四十年刊本。
② 蒋鹏翮:《唐人五言排律诗论》,乾隆二十二年刻本。

第三章　清代乡、会试诗命题与唐人作品

续表

作者	篇名	出题诗句	时间	地点
王勃	《秋日登洪府滕王阁饯别序》	秋水共长天一色	乾隆二十四年己卯科	江西
			道光二年壬午科	江西
		桂殿兰宫	乾隆五十三年戊申恩科	江西
	《滕王阁》	画栋朝飞南浦云	嘉庆十二年丁卯科	江西
	《九成宫东台山池赋》	潭静秋新	道光八年戊子科	贵州
沈佺期	《夜宿七盘岭》	山月临窗近	道光八年戊子科	山西
宋之问	《早发始兴江口至虚氏村作》	桂香多抱露	咸丰五年乙卯科	四川
	《灵隐寺》	天香云外飘	道光元年辛巳恩科	云南
			乾隆四十八年癸卯科	贵州
		楼观沧海日	嘉庆十三年戊辰恩科	浙江
			乾隆二十五年庚辰恩科	浙江
		门对浙江潮	同治九年庚午科	浙江
	《明河篇》	万里无云河汉明	道光十四年甲午科	陕西

如表3-5所示，命题还选入初唐文人的其他诗作，有写景之作，如李世民的《望终南山》，王勃的《滕王阁》；有宦游生活之作，如杜审言的《和晋陵陆丞早春游望》《经行岚州》，沈佺期的《夜宿七盘岭》，宋之问的《早发始兴江口至虚氏村作》《灵隐寺》《明河篇》等；此外，还有两篇序文，《秋日登洪府滕王阁饯别序》与《大唐三藏圣教序》；一篇赋，《九成宫东台山池赋》；一篇祭文《祀北岳恒山文》。其中，《望终南山》是李世民写景之作中不可多得的佳作，原文如下：

《望终南山》

重峦俯渭水，碧嶂插遥天。出红扶岭日，入翠贮岩烟。

叠松朝若夜，复岫阙疑全。对此恬千虑，无劳访九仙。

以终南山的雄壮山势入手，颇具雄浑之气，写山间景色的秀美，

清代乡、会试诗命题与唐诗的接受

环境的清幽雅静,诗歌语言色彩明丽,有淡泊幽远的韵致,不似其多数吟花弄月诗歌的风格纤弱。

唐代士人多宦游经历,或入节度使军幕,希望通过这一途径进入仕途;或在入仕之后,赴边远之地任职;或遭贬谪,沉浮于宦海。杜审言在《和晋陵陆丞早春游望》中曾说:"独有宦游人,偏惊物候新。"王勃在《杜少府之任蜀州》中又说:"与君离别意,同是宦游人。"清代乡试诗命题中多选入初唐文人的宦游之作,相较于宫廷之作,贬谪期间的作品更具真情实感,命题所选宋之问流放期间的作品有三首,原文如下:

《早发始兴江口至虚氏村作》
候晓逾闽峤,乘春望越台。宿云鹏际落,残月蚌中开。
薛荔摇青气,桄榔翳碧苔。桂香多露裛,石响细泉回。
抱叶玄猿啸,衔花翡翠来。南中虽可悦,北思日悠哉。
鬓发俄成素,丹心已作灰。何当首归路,行剪故园莱。

《灵隐寺》
鹫岭郁岧峣,龙宫锁寂寥。楼观沧海日,门对浙江潮。
桂子月中落,天香云外飘。扪萝登塔远,刳木取泉遥。
霜薄花更发,冰轻叶未凋。夙龄尚遐异,搜对涤烦嚣。
待入天台路,看余度石桥。

《明河篇》
八月凉风天气晶,万里无云河汉明。昏见南楼清且浅,晓落西山纵复横。
洛阳城阙天中起,长河夜夜千门里。复道连甍共蔽亏,画堂琼户特相宜。
云母帐前初泛滥,水晶帘外转逶迤。倬彼昭回如练白,复出东城接南陌。
南陌征人去不归,谁家今夜捣寒衣?鸳鸯机上疏萤度,乌鹊桥边一雁飞。

雁飞萤度愁难歇,坐见明河渐微没。已能舒卷任浮云,不惜光辉让流月。

明河可望不可亲,愿得乘槎一问津。更将织女支机石,还访成都卖卜人。

这些作品,一改宫廷诗风的辞藻宏丽,格式拘谨,有真情实感,更见自然,《早发始兴江口至虚氏村作》为贬谪岭南途中所作,诗歌对沿途赏心悦目的南国景致极尽铺排,生北思故园之情,北归不得,又希冀以归隐作寄托。诗歌整体笔下景致灵秀活泼,颇具生活气息。《灵隐寺》是作者贬谪时期之作,诗中描写佛寺的清幽寂静,景致开阔,香气扑鼻,清幽传神,作者沉溺于自然之景的清幽,心存向往。《明河篇》先从八月天气切入,言天气之清爽,银河之澄澈,进而写到洛阳城中的银河景象,大至宫殿,小至从室内着眼,疏密有致,最终以游子思妇作结,寄托自己的不得志之情,诗歌境界优美,词气高华,情致绵邈,流荡着雄浑阔大之气,有盛世之风。

所选沈佺期贬谪期间的作品《夜宿七盘岭》,原文为:

独游千里外,高卧七盘西。晓月临窗近,天河入户低。
芳春平仲绿,清夜子规啼。浮客空留听,褒城闻曙鸡。

此作应为作者流放驩州途中驻足七盘岭之作,诗歌饱含真情实感,将远行千里、山村高卧所见的清幽静谧之景,孤独凄冷之态及羁旅之思措于笔端,艺术上构思巧妙,声律谨严,内容上也颇具个性。

杜审言描写宦游情怀的诗作境界开阔,笔力雄健,如命题所选《和晋陵陆丞早春游望》:

独有宦游人,偏惊物候新。云霞出海曙,梅柳渡江春。

> 淑气催黄鸟,晴光转绿蘋。忽闻歌古调,归思欲沾巾。

以自己长期居于尉、丞、参军等小官的生活常态为写照,开头即写宦游的失意之感,后转入对春景的惊叹之中,海边云霞的阔大之景,梅红柳绿的早春气息,快活的黄鸟,转绿的浮萍,一派春意盎然的景象,一个"惊"字统摄下文,"出""渡""催""转"见节序之迅速,勾出情思,万物自得之态与作者的失意之况,听古调而愈浓,感宦游生涯的苦闷,心生归隐之情。不仅有山水诗歌清新自然姿态,还有大气恢宏的气势,对仗工整,格律和谐,胡应麟在《诗薮》中说:"初唐五言律,'独有宦游人'第一。"《经行岚州》也为作者宦游生涯的写照,其诗曰:

> 北地春光晚,边城气候寒。往来花不发,新旧雪仍残。
> 水作琴中听,山疑画里看。自惊牵远役,艰险促征鞍。

本诗是作者任隰城县(今山西汾阳县西)尉时,途经岚州的作品,作品中春日岚州依旧寒气侵人,残雪犹存,水流汩汩,如着琴声,山披白雪,宛若出画,末句抒情,言俗务缠身,不得久驻足。

所选初唐文人的宦游之作,将笔触深入广阔的社会生活,或表现贬谪生活悲愤抑郁之态,或对眼前蛮荒凄苦的生活环境予以写照,或表现出对故乡生活的深切怀念,或在寻仙访道中寻求解脱,江淹曾在《恨赋》中分析贬谪文人心态时说:"或有孤臣危涕,孽子坠心。迁客海上,流戍陇阴。此人但闻悲风汩起,泣下沾衿。亦复含酸茹叹,销落湮沉。"[①] 论述的比较到位,这些诗作多情感真挚,思想绵邈,意境开阔。风格上,一改宫体诗歌的典雅纤柔,追求自然刚健之气。

---

① (南朝)江淹著,(明)胡之骥注:《江文通集汇注》,中华书局1984年点校本,第9页。

第三节　清代乡、会试诗命题与盛唐文人作品

清代会试命题选入盛唐7位诗人，张说诗作出题3例，张九龄、唐玄宗、李白各2例，王维、岑参、杜甫各1例，共计12例。乡试诗命题选入19位盛唐诗人，出题189例，命题次数及时期如表3-6所示。

表3-6　清代乡试诗命题中盛唐文人作品出题数量

诗人 时期	杜甫	李白	孟浩然	张九龄	王维	李隆基	崔颢	张说	韦迢	王昌龄
乾隆	11	7	2	1	1	1	1	1	2	
嘉庆	17	6	3	1		2		1		1
道光	18	14	4	2	4		1	1		3
咸丰	4	2	1		1					
同治	10	3								
光绪	21	13	2	2	2		2			
合计	81	45	12	7	7	4	4	3	2	4

诗人 时期	岑参	常建	皇甫冉	陶岘	孙颀	孙逖	樊晃	储光羲	高适
乾隆									
嘉庆	1								
道光	1	1	3	1	1				
咸丰		2			1	1			
同治	1	1	1				1		
光绪	1			1				1	
合计	4	4	4	2	2	1	1	1	

盛唐文人作品在命题中差距悬殊，尤以杜甫、李白的作品为重，杜诗居首，李白诗歌次之。命题中对孟浩然、王维诗作也较为重视，此外，张九龄、李隆基诗作出题次数位列前十，可见，乡试诗命题选

择的特殊性。本节对盛唐文人作品命题的研究,不包括杜甫与李白,李、杜诗作出题次数较多,分章论述。

一 命题中对盛唐宫廷诗作的选择

清人在乡、会试命题中,选入盛唐的 12 首宫廷诗作,主要出自盛唐时期某些帝王及文官之手,如李隆基、张九龄、张说、孙逖、王维、岑参等,内容主要涉及应制、巡幸、扈从、游宴、畋猎等,具体命题情况见表 3–7。

表 3–7　　　　　清代乡、会试诗命题所选盛唐宫廷诗作

诗人	诗作	命题诗句	时间	地点
李隆基	《早登太行山中言志》	敦俗劝耕桑	乾隆五十一年丙午科	山西
			嘉庆十八年癸酉科	贵州
		敦俗劝农桑	嘉庆二十四年己卯恩科会试	
	《校猎义成喜逢大雪率题九韵以示群官》	弧矢威天下	嘉庆七年壬戌科宗室会试	
	《游兴庆宫作》	相辉保羽仪	嘉庆十五年庚午科宗室乡试	
	《左丞相说右丞相璟太子少傅乾曜同日上官命宴东堂赐诗》	赤帝收三杰	咸丰八年戊午科宗室乡试	
张说	《恩制赐食于丽正殿书院宴赋得林字》	东壁图书府	乾隆四十五年庚子科	江南
			咸丰二年壬子恩科会试	
		诵诗闻国政	道光十二年壬辰科	山西
	《奉和圣制途经华岳应制》	霁日悬高掌	嘉庆二十四年己卯科	陕西
	《隆庆池侍宴应制》	南山晓翠若浮来	光绪二年丙子恩科会试	
	《奉和春日出苑瞩目应令》	雨洗亭皋千亩绿	光绪二十年甲午恩科会试	
张九龄	《奉和圣制早渡蒲津关》	高掌曙云开	嘉庆二十三年戊寅恩科	山西
			咸丰二年壬子科	陕西
孙逖	《奉和四月三日上阳水窗赐宴应制得春字》	气和先作雨	光绪十七年辛卯科	山西

续表

诗人	诗作	命题诗句	时间	地点
王维	《奉和圣制从蓬莱向兴庆阁道中留春雨中春望之作应制》	雨中春树万人家	同治十三年甲戌科会试	
岑参	《奉和中书贾至舍人早朝大明宫》	柳拂旌旗露未干	光绪十八年壬辰科会试	

命题所选玄宗诗作《早登太行山中言志》为开元十一年从东都洛阳巡幸河东道的作品，原文为：

清跸度河阳，凝旄上太行。火龙明鸟道，铁骑绕羊肠。
白雾埋阴壑，丹霞助晓光。涧泉含宿冻，山木带余霜。
野老茅为屋，樵人薜作裳。宣风问耆艾，敦俗劝耕桑。
凉德惭先哲，徽猷慕昔皇。不因今展义，何以冒垂堂。

此诗以玄宗清早披霜拂雾，巡幸太行山为背景，表现出励精图治、体察民情，实现宏伟政治抱负的理想。《游兴庆宫作》题目又作《暇日与兄弟同游兴庆宫作》，为与兄弟的赏景游乐之作，作品表达了深厚的兄弟情谊，"鼓吹迎飞盖，弦歌送羽卮。所希覃率土，孝弟一同规"。《左丞相说右丞相璟太子少傅乾曜同日上官命宴东堂赐诗》也为宫廷游宴之作，诗中"赤帝收三杰，黄轩举二臣。由来丞相重，分掌国之钧"。借刘邦得张良、萧何、韩信等人才，与轩辕黄帝觅得力牧、风后等贤臣辅佐，表现出玄宗对人才的重视。唐代帝王有参加狩猎的遗风，《校猎义成喜逢大雪率题九韵以示群官》是玄宗的畋猎诗，诗中体现出雄浑阔大的盛世之风。综合命题中所选玄宗的四首诗作，都体现出明显的教化色彩，一首言为君之道，一言兄弟之谊，一言君臣之道，一首承畋猎之风。

所选张说的四首作品，三首应制之作，一首应令之作，其中《恩

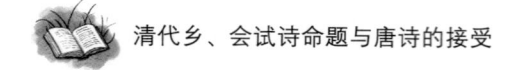

制赐食于丽正殿书院宴赋得林字》原文如下:

> 东壁图书府,西园翰墨林。诵诗闻国政,讲易见天心。
> 位窃和羹重,恩叨醉酒深。缓歌春兴曲,情竭为知音。

丽正殿书院,后改称集贤殿书院,集贤院学士的职能,据《唐六典》记载:"掌刊缉古今之经籍,以辩明邦国之大典,而备顾问应对。凡天下图书之遗逸,贤才之隐滞,则承旨而征求焉。"① 书院是顾问应对之所,因而,清代对此诗的选择具有明显的附庸风雅、注重文教之意。

《奉和圣制途经华岳应制》是张说晚年的应制之作:

> 西岳镇皇京,中峰入太清。玉銮重岭应,缇骑薄云迎。
> 霁日悬高掌,寒空类削成。轩游会神处,汉幸望仙情。
> 旧庙青林古,新碑绿字生。群臣愿封岱,还驾勒鸿名。

此诗气格沉雄壮阔,清人李因培在《唐诗观澜集》中评价张说诗歌说:"燕公五排如幽燕老将,气韵沉雄,时于坚壁中作浑脱舞。后人竭力效之,终不可至。"② 用"气韵沉雄"来评价张说此诗,颇为切合。

所选张九龄、孙逖作品,也有部分奉和应制之作,如张九龄的《奉和圣制早渡蒲津关》:

> 魏武中流处,轩皇问道回。长堤春树发,高掌曙云开。
> 龙负王舟渡,人占仙气来。河津会日月,天仗役风雷。
> 东顾重关尽,西驰万国陪。还闻股肱郡,元首咏康哉。

---

① 李林甫等:《唐六典》,中华书局2014年版,第280—281页。
② 李因培选评,凌应曾注:《唐诗观澜集》卷九,乾隆二十四年刻本。

第三章　清代乡、会试诗命题与唐人作品

前人对此诗评价较多，如胡应麟《诗薮》中评价说："独曲江诸作，含清拔于绮绘之中，寓神俊于庄严之内，如《度蒲关》、《登太行》、《和许给事》、《酬赵侍御》等作，同时燕、许称大手，皆莫及也。"① 此诗除应制之作的典雅庄重之外，还有清拔之气，而清人在科考中所推崇的正是"清"的标准。

王维的《奉和圣制从蓬莱向兴庆阁道中留春雨中春望之作应制》在应制诗中有典范意义，原文如下：

渭水自萦秦塞曲，黄山旧绕汉宫斜。銮舆迥出仙门柳，阁道回看上苑花。

云里帝城双凤阙，雨中春树万人家。为乘阳气行时令，不是宸游重物华。

起笔两句，远望"渭水""黄山"，视野开阔；颔联点题，铺叙题中之意；颈联俯视长安城内宫殿巍峨、高耸入云，千门万户沐浴甘霖，盛世富庶安乐之景跃然笔端；结句有明显颂圣之意，颂扬统治者关心节候、关注民生，写景宏丽，对仗工整，庄重典雅。

岑参的《奉和中书贾至舍人早朝大明宫》也颇有代表性：

鸡鸣紫陌曙光寒，莺啭皇州春色阑。金阙晓钟开万户，玉阶仙仗拥千官。

花迎剑珮星初落，柳拂旌旗露未干。独有凤凰池上客，《阳春》一曲和皆难。

此诗紧扣"早朝"题目，诗中"鸡鸣""曙光""晓钟""星初落""露未干"等，都紧扣"早"字；"金阙""玉阶"铺叙早朝的场

---

① 胡应麟：《诗薮》，中华书局1962年版，第77页。

所"大明宫";"仙仗""千官""旌旗"等围绕"朝"字展开,结局有明显的奉承之意,气势浩荡、场面壮观、语言典雅,"和"意明显。

二 命题所选山水田园之作及"清"的体现

清代科场"清真雅正"的衡文标准影响深远,试律诗体现出"清"的审美追求,因而命题中多选入这类诗作,盛唐山水田园之作,体现出清淡闲雅的特征,尤以王、孟之作为代表,另外还有储光羲、王昌龄等人的一些作品。

命题中共选入王维的五首诗作,分别为《山居秋暝》《酬张少府》《敕借岐王九成宫避暑应教》《送梓州李使君》《晓行巴峡》等,都注重自然景物的描写,尤其是"清"景的描写。《敕借岐王九成宫避暑应教》是奉岐王之命所作,诗中对九成宫的云雾缭绕,山泉挂壁,林间水声喧嚣,树色葱茏之景予以描摹,"隔窗云雾生衣上,卷幔山泉入镜中。林下水声喧语笑,岩间树色隐房栊"。既有宫廷诗作的典丽特征,又见山间闲适作品的清幽静谧,正如《唐诗成法》中所评,"辉煌正大中有典丽清新之致,全无笔墨痕"[①]。《酬张少府》与《山居秋暝》是作者晚年回归辋川别墅的归隐之作,《酬张少府》表现了晚年面对社会现实,无奈选择归隐,过着伴清风明月而洒脱自居的清闲生活"松风吹解带,山月照弹琴。君问穷通理,渔歌入浦深"。《山居秋暝》着重山居清景的描摹,雨后月照松林、泉流石上的清幽恬静之景"空山新雨后,天气晚来秋。明月松间照,清泉石上流。"浣女、渔舟,更见清灵之感,总体呈现出清新朗畅的特征,正如《增订评注唐诗正声》中所引评论:"郭云:色韵清绝。"[②]《送梓州李使君》与《晓行巴峡》一为送别之作,一为行旅之作,两首诗歌都注重异地自然清景的描写,

---

[①] 参见陈伯海主编《唐诗汇评》(增订本),上海古籍出版社2015年版,第1册,第506页。

[②] 参见陈伯海主编《唐诗汇评》(增订本),上海古籍出版社2015年版,第1册,第480页。

如《送梓州李使君》中对雨后山泉倾泻自然景致的描写"山中一夜雨，树杪百重泉"。《晓行巴峡》对南国山水风光的描摹"水国舟中市，山桥树杪行"。

清代乡试命题所选孟浩然的八首诗作，《望洞庭湖赠张丞相》原文为：

八月湖水平，涵虚混太清。气蒸云梦泽，波撼岳阳城。
欲济无舟楫，端居耻圣明。坐观垂钓者，空有羡鱼情。

从秋日洞庭湖的天水相接、水汽蒸腾、波涛汹涌之况写起，以渡湖无舟楫比喻仕进无路，抒发渴望被汲引的迫切心情，写景雄浑阔大，抒发情感委婉含蓄。

所选写景之作，多表现出清新旷远的特征，如《宿建德江》：

移舟泊烟渚，日暮客愁新。野旷天低树，江清月近人。

此诗为开元十八年前往吴越途中的作品，诗歌中不免有羁旅、漂泊之感，诗中并未大肆宣泄情感，而是着墨于自然景物，烟霭迷茫的江边，空旷的郊野，清澄的江水，整体给人一种清新旷远之感。正如《批点唐诗正声》中所评："语少意远，清思痛入骨髓。"①

《夏日南亭怀辛大》是夏日南亭乘凉的闲居之作：

山光忽西落，池月渐东上，散发乘夕凉，开轩卧闲敞。
荷风送香气，竹露滴清响。欲取鸣琴弹，恨无知音赏。
感此怀故人，中宵劳梦想。

---

① 参见陈伯海主编《唐诗汇评》（增订本），上海古籍出版社 2015 年版，第 2 册，第 835 页。

清代乡、会试诗命题与唐诗的接受

夏日乘凉，夕阳西下，池边月上，环境清爽；风吹荷叶，清香扑鼻，露着竹上，景致清幽；弹琴可见乘凉之人的清雅，无知音赏，又见闲雅淡泊。

《宿业师山房期丁大不至》中写景也极其清淡：

夕阳度西岭，群壑倏已暝。松月生夜凉，风泉满清听。
樵人归欲尽，烟鸟栖初定。之子期宿来，孤琴候萝径。

夜幕降临之际，作者待友不至，月光泻在松林间，素雅冲淡，风泉之声，清音绕耳，樵夫归家，鸟雀归巢，作者孤寂的身影站在萝径之中，清淡优雅，在一切清景中，仿佛一丝喘息都是多余的。

"微云淡河汉，疏雨滴梧桐"，"微云""疏雨"，本为极清淡之景，微云浮过银河，疏雨从梧桐树上滴落，更见清幽，《唐诗别裁集》中评曰："'荷风''竹露'，佳景亦佳句也。外又有'微云淡河汉，疏雨滴梧桐'句，一时叹为清绝。"[1]

所选诗作，不仅自然之景清淡，表达心境也极其清雅，如《题大禹寺义公禅房》中说：

义公习禅处，结构依空林。户外一峰秀，阶前群壑深。
夕阳连雨足，空翠落庭阴。看取莲花净，应知不染心。

开元十九年作者游会稽，禅房依山林而建，山峰秀美，沟壑纵深，环境清幽，雨后转晴，夕阳照射下，树木青翠欲滴，心境也变得清洁，景清，境清，心清，《网师园唐诗笺》中评曰："中四写景清真。"[2]

《登安阳城楼》构思颇为精巧，登楼远眺，诗境清绮缥缈"楼台晚

---

[1] 沈德潜：《唐诗别裁集》，上海古籍出版社1979年版，上册，第20页。
[2] 参见陈伯海主编《唐诗汇评》（增订本），上海古籍出版社2015年版，第2册，第819页。

映青山郭，罗绮晴骄绿水洲。向夕波摇明月动，更疑神女弄珠游"。《唐风怀》中引入对此诗歌的评论："季曰：'七言律最难得此清妙，而气味浑融，自是盛唐之音。'"①

总之，命题所选孟浩然诗作，有干谒之作，如《望洞庭湖赠张丞相》；有羁旅之作，如《宿建德江》《晚泊浔阳望庐山》；有怀人之作，如《夏日南亭怀辛大》；有送别之作，如《送元公之鄂渚寻观主张骖鸾》；有登临之作，如《登安阳城楼》等；这些作品表达的情感，或为隐居闲适之意，或为旅途漂泊之感，多以山水景物为写照，表现出清淡闲远的风格特征。

王孟之外，命题中还选入其他文人的山水田园之作，或以幽居生活为写照，如储光羲的《终南幽居献苏侍郎三首时拜太祝未上》（其三），是天宝六、七载出任太祝之前山间隐逸之作，描写环境清幽寂静，"卜筑青岩里，云萝四垂阴。虚室若无人，乔木自成林"。《西塞山下回舟作》是陶岘晚年迁居吴越的作品，诗中对隐居环境描述为"鸦翻枫叶夕阳动，鹭立芦花秋水明。从此舍舟何所诣，酒旗歌扇正相迎"。或以田园生活为依托，如《送元晟归潜山所居》提及秋收及农事"裹露收新稼，迎寒葺旧庐。"《秋日东郊作》描写闲居东郊的生活情景，闲观秋水、坐对青松，见燕之归巢，待菊花冒雨而开，都是淳朴真挚之语，如"闲看秋水心无事，卧对寒松手自栽。""燕知社日辞巢去，菊为重阳冒雨开。"这些作品大都表现田园及隐居生活的清幽闲适，有隐逸之乐，有的还谈及对仕途的渴望。还有一些道观、寺庙之作，也以山水之景为描写对象，如孙逖《宿云门寺阁》以夜宿云门寺所见景象："悬灯千嶂夕，卷幔五湖秋。画壁余鸿雁，纱窗宿斗牛。"清幽至极。

---

① 参见陈伯海主编《唐诗汇评》（增订本），上海古籍出版社2015年版，第2册，第831页。

三 命题所选雄健笔力之作及政治之思

命题中还选入一些笔力雄健之作,有的通过对雄壮山河的描写,言归隐之意,如岑参的《与高适薛据登慈恩寺浮图》及崔颢的《行经华阴》;有的表现对动荡形势的忧心,希望战乱得以平定,如皇甫冉的《宿淮阴南楼酬常伯能》、崔颢的《题潼关楼》及岑参的《奉和相公发益昌》等。《与高适薛据登慈恩寺浮图》以慈恩寺塔的孤高耸立、突兀峭拔,如"塔势如涌出,孤高耸天宫。登临出世界,磴道盘虚空。"重在描述登塔的感受,及由此产生的辞官、皈依佛门的超脱之感,如"净理了可悟,胜因夙所宗。誓将挂冠去,觉道资无穷。"诗歌气势雄伟,境界阔大,语言雄浑豪放,体现出盛唐诗歌的雄浑风貌。《行经华阴》中描写华山高耸,俯瞰帝京,山河险要,气势雄阔,笔力劲健:

岧峣太华俯咸京,天外三峰削不成。武帝祠前云欲散,仙人掌上雨初晴。

河山北枕秦关险,驿树西连汉畤平。借问路旁名利客,无如此处学长生?

对追逐名利之徒鄙薄,结尾表达了求仙访道之情。《宿淮阴南楼酬常伯能》描写登临古迹所见淮阴的荒凉之景"淮阴日落上南楼,乔木荒城古渡头",伤中原战乱"沧波一望通千里,画角三声起百忧",笔力雄劲,意境苍凉。《题潼关楼》中对潼关地势的险要,山川河流的雄壮景致做了描摹:

客行逢雨霁,歇马上津楼。山势雄三辅,关门扼九州。

川从陕路去,河绕华阴流。向晚登临处,风烟万里愁。

结尾生发感慨,生出淡淡的思乡之愁,以及国家政治形势的担忧。

第三章 清代乡、会试诗命题与唐人作品

《奉和相公发益昌》是送杜鸿渐镇蜀的作品，诗歌原文为：

> 相国临戎别帝京，拥麾持节远横行。朝登剑阁云随马，夜渡巴江雨洗兵。
>
> 山花万朵迎征盖，川柳千条拂去旌。暂到蜀城应计日，须知明主待持衡。

开头写出行的仪容盛大场景，次述山路的险峻，颈联写景雄阔秀丽，尾联表达希望早日平定动乱，回朝复命的愿望。

命题中还选入三首边塞诗，有常建的《塞下曲》，高适的《九曲词三首》（其三）及岑参的《献封大夫破播仙凯歌六首》（其三），诗歌原文如下：

> 《塞下曲》
>
> 玉帛朝回望帝乡，乌孙归去不称王。天涯静处无征战，兵气销为日月光。
>
> 《九曲词三首》（其三）
>
> 铁骑横行铁岭头，西看逻迤取封侯。青海只今将饮马，黄河不用更防秋。
>
> 《献封大夫破播仙凯歌六首》（其三）
>
> 鸣笳叠鼓拥回军，破国平蕃昔未闻。丈夫鹊印摇边月，大将龙旗掣海云。

这三首诗歌都是边塞之作，但都未曾言及战争的艰辛，及士卒的悲苦，《塞下曲》以汉朝与乌孙关系的和睦，以汉喻唐，希冀可以平息战争，和平相处；《九曲词三首》（其三）是哥舒翰封西平郡王之后的作品，诗中对哥舒翰及其所率领的军队予以赞扬，并对青海与黄河两地的太平景象颇感欣慰，诗歌写得雄壮嘹亮，节奏明快，场景壮丽，

诗中弥漫着豪迈之气；《献封大夫破播仙凯歌六首》（其三）主要描写封常清破播仙凯旋的情景，境界阔大，气势昂扬，是盛唐时代的雄浑高华之作。三首诗作，无一例外都写和平的景象，可见清人在边塞诗歌的选择上，趋于基调平和、内容典雅的诗作。

第四节　清代乡、会试诗命题与中唐文人作品

清代会试诗命题选入中唐八位诗人的 10 首诗作，具体为韩愈、白居易诗歌各 2 首，刘长卿、钱起、郎士元、耿湋、杨巨源、姚合诗各一首，共计出题 11 例。清代乡试诗命题共选入 31 位中唐文人，命题情况如表 3－8 所示。

表 3－8　　　　　清代乡试诗命题中中唐文人作品出题数量

诗人 时期	白居易	韩愈	刘禹锡	王建	元稹	赵蕃	柳宗元	孟郊	韩翃	韦应物	刘长卿	李端	杨巨源
乾隆	1	3	1	1	1	1							
嘉庆	1	1	2	1			1	1	1				
道光	12	8	5	2			4		2	1	1	1	
咸丰	2	1			1				1	1	1		1
同治	7	1	1							1			1
光绪	12	3	5	1				1	2	1		1	
合计	35	17	14	5	3	2	5	2	6	3	2	2	2

除去表 3－8 所列，另外还有乾隆时期，朱华 2 例；嘉庆时期，卢纶、裴度、吕温、李渤、李贺、鲍溶各 1 例；道光时期，张籍 2 例，张继、权德舆各 1 例；咸丰时期，羊士谔 1 例；光绪时期，钱起出题 2 例，皇甫曾、张南史、戴叔伦、司空曙、戎昱、窦庠出题各 1 例。乾嘉时期，命题选入的中唐文人有 15 位，道光之后加入的有 16 位。所出考题数量，白居易独居中唐之首，且数量遥遥领先，韩愈、刘禹锡

次之，其他文人作品出题较少。命题所选中唐文人流派纷杂，各种风格争妍斗奇，如李肇在《唐国史补》卷下对中唐文人的评论："元和已后，为文笔则学奇诡于韩愈，学苦涩于樊宗师。歌行则学流荡于张籍。诗章则学矫激于孟郊，学浅切于白居易，学淫靡于元稹。俱名为元和体。"① 因白居易诗歌出题较多，另列章节，本节中只讨论白居易之外中唐文人作品的出题情况。

一 命题中对"大历十才子"诗作的选择

命题选入"大历十才子"中的6人，9首诗作，出题14例，具体出题情况如表3-9所示。

表3-9　　　　乡、会试诗命题大历十才子作品出题

作者	篇名	出题诗句	时间	地点
司空曙	《送曲山人之衡州》	衡山碧色映朝阳	光绪十七年辛卯科	湖南
钱起	《赠阙下裴舍人》	龙池柳色雨中深	同治元年壬戌科宗室会试	
	《乐游原晴望上中书李侍郎》	爽气朝来万里清	光绪元年乙亥恩科	顺天
	《晚过横灞寄张蓝田》	林端忽见南山色	光绪二年丙子科	陕西
韩翃	《送王光辅归青州兼寄储侍郎》	蝉声驿路秋山里	道光十一年辛卯恩科	山东
			咸丰五年乙卯科	山东
			光绪十一年乙酉科	山西
			光绪二十三年丁酉科	广西
	《送客归江州》	露湿荷裳已报秋	道光十二年壬辰科宗室乡试	
			同治九年庚午科	江西
李端	《宿洞庭》	月满洞庭秋	道光二十三年癸卯科	湖南
			光绪元年乙亥恩科	湖南
卢纶	《晚次鄂州》	舟人夜语觉潮生	乾隆二十一年丙子科	广东
耿湋	《华州客舍奉和崔端公春城晓望》	报雨早霞生	光绪十二年丙戌科会试	

---

① 李肇：《唐国史补》，《唐国史补·因话录》，上海古籍出版社1979年版，第57页。

如表3-9所示,命题中所选"大历十才子"的诗作,或在酬别中寄归隐之意,如《送曲山人之衡州》与《送客归江州》中描写曲山人的外貌不凡,有仙风道骨,及隐居环境清幽雅静"茅洞玉声流暗水,衡山碧色映朝阳",借历史典故言隐居访道之事,诗歌闲雅疏淡。《送客归江州》中对归隐之所的描写为:

东归复得采真游,江水迎君日夜流。客舍不离青雀舫,人家旧在白鸥洲。
风吹山带遥知雨,露湿荷裳已报秋。闻道泉明居止近,篮舆相访为淹留。

东归隐居,江水哗啦啦流淌,客居青雀舫,见白鸥翔集沙滩,山风吹来,知雨将至,秋露降临,打湿荷衣,所居之所近渊明之居,环境优美,清幽自然,秋景凄清,隐居意浓,作者在此诗中顺天性,任自然,全然沉浸于隐居的喜悦中。

有的作品表达了羁旅之思,如《华州客舍奉和崔端公春城晓望》《晚过横灞寄张蓝田》《宿洞庭》等,《晚过横灞寄张蓝田》描写作者过横灞所见之景,乱水东流、夕阳残照、黄花满地的萧瑟之景"乱水东流落照时,黄花满径客行迟",生归隐之意。李端《宿洞庭》主要描写日暮夕照、水天相接、风吹过云梦泽、月色照耀洞庭之水的景致"白水连天暮,洪波带日流。风高云梦夕,月满洞庭秋"。由景及人,沙上的游人,客船中的炊烟,颇具生活气息,生思乡之情,境界空灵,气势雄浑,景致寥廓,有羁旅孤寂之感。

有仕进之意的表达,如《赠阙下裴舍人》与《乐游原晴望上中书李侍郎》表达希望得到汲引之意,《赠阙下裴舍人》中写景富丽,抒发情感委婉含蓄"阳和不散穷途恨,霄汉长怀捧日新。献赋十年犹未遇,羞将白发对华簪"。《乐游原晴望上中书李侍郎》描写秋晴气爽,乐游原的清旷景致"爽气朝来万里清,凭高一望九秋轻",希望得到重用

"遥想青云丞相府，何时开阁引书生"。《送王光辅归青州兼寄储侍郎》对王光辅得到朝廷重用表示祝贺"身著紫衣趋阙下，口衔丹诏出关东。"驿路上听见秋山蝉声鸣叫，夕阳余晖照耀路旁野草以及河边桥上的萧瑟秋景"蝉声驿路秋山里，草色河桥落照中"。

《晚次鄂州》着重描写战争带来的哀伤，安史之乱中诗人被迫漂泊，因而流露出对战争的厌恶之情，"三湘衰鬓逢秋色，万里归心对月明。旧业已随征战尽，更堪江上鼓鼙声"，有乱离悲秋之感。

以上所选"大历十才子"诗作，多是对生活琐事的描写，诗作多描写自然景物，所写景致几乎都是秋景，为凄清、荒凉、萧瑟之景，境界清幽，格调不高。

二 命题中对刘长卿、韦应物诗歌的选择

清代乡、会试诗命题中共选入刘长卿、韦应物的6首诗作，出题6例，具体命题情况如表3-10所示。

表3-10　　清代乡、会试诗命题刘长卿、韦应物诗歌出题

作者	出处	出题诗句	时间	地点
刘长卿	《送人游越》	月照海门秋	道光元年辛巳恩科	浙江
	《海盐官舍早春》	莺声细雨中	道光六年丙戌科会试	
	《龙门八咏·石楼》	风泉清道心	咸丰元年辛亥恩科	陕西
韦应物	《同德寺雨后寄元侍御李博士》	流云吐华月	道光二年壬午科	河南
	《赠王侍御》	诗似冰壶见底清	咸丰九年己未恩科	福建
	《自巩洛舟行入黄河即事寄府县僚友》	一雁初晴下朔风	光绪五年己卯科	山东

所选韦应物的诗作，都为闲散生活之作，《赠王侍御》是作者在洛阳丞任上的作品，诗中表达了对不受拘束的闲云野鹤生活的向往"心同野鹤与尘远，诗似冰壶见底清。"品性高洁坚贞，叹同僚高升，而自己屈居微职，满腹牢骚，景致萧瑟。《同德寺雨后寄元侍御李博士》是代宗永泰中辞去洛阳丞之后的作品：

> 川上风雨来，须臾满城阙。岧峣青莲界，萧条孤兴发。
> 前山遽已净，阴霭夜来歇。乔木生夏凉，流云吐华月。
> 严城自有限，一水非难越。相望曙河远，高斋坐超忽。

同德寺遇雨，凉雨洗涤万物，景致转而清爽、澄明，心境也变得萧散、孤独，看淡世情，闲淡之情油然而生。白居易评价韦应物的五言曰"高雅闲淡，自成一家之体，今之秉笔，谁能及之"。此诗中表达的正是一种对仕途的淡泊，及追求闲散生活的心态。《自巩洛舟行入黄河即事寄府县僚友》是德宗四年从尚书比部员外郎出为滁州刺史时的作品，诗中描写舟行途中山水相接的开阔景象，寒树凋零、夕阳闪烁水中的细微之景，及安史之乱之后残破的村庄，南飞的孤雁，如"寒树依微远天外，夕阳明灭乱流中。孤村几岁临伊岸，一雁初晴下朔风。"一己的悲伤、忧郁，对前途的担忧，最终无可奈何，只能随波逐流。

命题所选刘长卿的诗歌，《海盐官舍早春》表达了作者年老遭贬，客居异乡的羁宦漂泊之感，写景细腻"柳色孤城里，莺声细雨中"；《送人游越》有秋景的描写"露沾湖色晓，月照海门秋"；《石楼》原文为：

> 隐隐见花阁，隔河映青林。水田秋雁下，山寺夜钟深。寂寞群动息，风泉清道心。

花阁掩映、青林绕河、雁下水田、山寺钟声、风泉入耳，一派清幽闲淡、宁静祥和的诗境，景致极为清新旷远，有寂寞之感。《石洲诗话》中评曰："刘随州《龙门八咏》，体清心远。后之分题园亭诸景者，往往宗之。"①

---

① 翁方纲：《石洲诗话》，中华书局1985年版，第1册，第19页。

三　命题中对韩孟诗派作品的选择

韩孟诗派选入韩愈、孟郊与李贺3人，共出题23例，命题具体情况见表3-11。

表3-11　　清代乡、会试诗命题韩孟诗派出题情况

作者	篇目	出题诗句	时间	地点
孟郊	《赠黔府王中丞楚》	山水千万绕	嘉庆十五年庚午科	贵州
		半在黔中青	光绪十一年乙酉科	贵州
韩愈	《早春呈水部张十八员外二首》（其一）	草色遥看近却无	乾隆五十四年己酉恩科会试	
			道光二十五年乙巳恩科宗室会试	
	《答李翊书》	陈言务去	嘉庆五年庚申恩科	浙江
	《南阳樊绍述墓志铭》	词必己出	道光十九年己亥科	四川
	《岣嵝山》	岣嵝山尖神禹碑	光绪十九年癸巳恩科	湖南
	《石鼓歌》	观经鸿都	乾隆五十七年壬子科	陕西
		珊瑚碧树交枝柯	道光二十六年丙午科	广东
	《荐士》	横空盘硬语	光绪二十年甲午科	江西
	《符读书城南》	经训乃菑畬	乾隆四十四年己亥恩科	浙江
			道光十九年己亥科	陕西
	《调张籍（李杜文章在）》	李杜文章在	道光五年乙酉科	湖北
			光绪十一年乙酉科	福建
	《山石》	清月出岭光入扉	道光元年辛巳恩科	河南
			道光二十六年丙午科	山西
	《将至韶州先寄张端公使君借图经》	曲江山水闻来久	同治九年庚午科	广东
	《古意》	太华峰头玉井莲	咸丰九年己未恩科	陕西
	《进学解》	同工异曲	道光二十四年甲辰恩科	四川
		业精于勤	乾隆五十九年甲寅恩科	贵州
	《谒衡岳庙遂宿岳寺题门楼》	须臾尽扫众峰出	道光二十四年甲辰恩科	贵州
	《早春与张十八博士籍游杨尚书林亭寄第三阁老兼呈白冯二阁老》	凤池近日长先暖	光绪三年丁丑科宗室会试	

续表

作者	篇目	出题诗句	时间	地点
李贺	《蜀国弦》	凉月生秋浦	嘉庆十五年庚午科	四川

所选孟郊诗作《赠黔府王中丞楚》，歌颂黔中地理环境幽美，儒风盛行，"旧说天下山，半在黔中青。又闻天下泉，半落黔中鸣。山水千万绕，中有君子行"。表达了沉沦下僚、年华流逝、怀才不遇的悲伤情感，及希望被汲引之意。意象清冷，幽僻，体现出韩孟诗派意象险怪的特征。

所选李贺诗作《蜀国弦》原文为：

枫香晚花静，锦水南山影。惊石坠猿哀，竹云愁半岭。
凉月生秋浦，玉沙粼粼光。谁家红泪客，不忍过瞿塘。

以蜀国山水为写照，描写少女不忍离别故土之情，想象丰富，有伤感色彩，为拟古乐府。并不涉鬼怪、死亡、游仙、梦幻等主题，意象也不是"狠""奇"的代表。相较而言，命题中所选孟郊、李贺的诗歌，非幽僻、怪奇的代表之作，而是平日生活之作，多自然山水的描写。

命题中所选韩愈的作品，文体形式丰富，有书信体论说文，如《答李翊书》；有墓志铭，如《南阳樊绍述墓志铭》；有词赋体，如《进学解》；而以诗歌为重，共选入11首诗作，命题16次。所选诗作，6首为长篇之作，以散文句法入诗，诗文界限不明确，如《石鼓歌》《荐士》《山石》《符读书城南》《调张籍》《谒衡岳庙遂宿岳寺题门楼》等；有5首短篇诗作，如《早春呈水部张十八员外二首》（其一）、《峋嵝山》、《将至韶州先寄张端公使君借图经》、《古意》、《早春与张十八博士籍游杨尚书林亭寄第三阁老兼呈白冯二阁老》等。多数作品体现出狠重奇险的风格特征，以《峋嵝山》与《石鼓歌》为典型，原文如下：

第三章 清代乡、会试诗命题与唐人作品

《岣嵝山》

岣嵝山尖神禹碑，字青石赤形模奇。科斗拳身薤倒披，鸾飘凤泊拏虎螭。事严迹秘鬼莫窥，道人独上偶见之，我来咨嗟涕涟洏。千搜万索何处有，森森绿树猿猱悲。

《石鼓歌》

张生手持石鼓文，劝我试作石鼓歌。少陵无人谪仙死，才薄将奈石鼓何。

周纲陵迟四海沸，宣王愤起挥天戈。大开明堂受朝贺，诸侯剑佩鸣相磨。

搜于岐阳骋雄俊，万里禽兽皆遮罗。镌功勒成告万世，凿石作鼓隳嵯峨。

从臣才艺咸第一，拣选撰刻留山阿。雨淋日炙野火燎，鬼物守护烦㧙呵。

公从何处得纸本，毫发尽备无差讹。辞严义密读难晓，字体不类隶与蝌。

年深岂免有缺画，快剑斫断生蛟鼍。鸾翔凤翥众仙下，珊瑚碧树交枝柯。

金绳铁索锁纽壮，古鼎跃水龙腾梭。陋儒编诗不收入，二雅褊迫无委蛇。

孔子西行不到秦，掎摭星宿遗羲娥。嗟予好古生苦晚，对此涕泪双滂沱。

忆昔初蒙博士征，其年始改称元和。故人从军在右辅，为我度量掘臼科。

濯冠沐浴告祭酒，如此至宝存岂多。毡包席裹可立致，十鼓只载数骆驼。

荐诸太庙比郜鼎，光价岂止百倍过。圣恩若许留太学，诸生讲解得切磋。

观经鸿都尚填咽，坐见举国来奔波。剜苔剔藓露节角，安置

妥帖平不颇。

  大厦深檐与盖覆，经历久远期无佗。中朝大官老于事，讵肯感激徒媕婀。

  牧童敲火牛砺角，谁复著手为摩挲。日销月铄就埋没，六年西顾空吟哦。

  羲之俗书趁姿媚，数纸尚可博白鹅。继周八代争战罢，无人收拾理则那。

  方今太平日无事，柄任儒术崇丘轲。安能以此尚论列，愿借辩口如悬河。

  石鼓之歌止于此，呜呼吾意其蹉跎。

岣嵝山是衡山主峰，衡山又名岣嵝山，诗歌描写岣嵝山神禹碑字形奇特，书法潇洒，及碑之神秘难测，所用意象"鸾""凤""虎螭""猿猱"等都有飘动、凌厉的特征。《石鼓歌》中意象也有相似之处，如"快剑""生蛟鼍""鸾""凤""珊瑚""碧树""金绳""铁索""古鼎""龙"等，也是飘动、凌厉的意象，且诗中还配合相关动词，"砍""翔""翥""交""跃""腾"等都较有力度，此外，《石鼓歌》中称美宣王之政，用"愤""挥""天""雄俊""万里""万世""第一"等雄阔词汇，明确展示了诗人狠重奇险、雄张恣肆的风格特征，及音律拗折求奇，以文为诗的特点。

也有少数作品体现出清峻雄浑的风格特征，如《山石》：

  山石荦确行径微，黄昏到寺蝙蝠飞。升堂坐阶新雨足，芭蕉叶大栀子肥。

  僧言古壁佛画好，以火来照所见稀。铺床拂席置羹饭，疏粝亦足饱我饥。

  夜深静卧百虫绝，清月出岭光入扉。天明独去无道路，出入高下穷烟霏。

山红涧碧纷烂漫，时见松枥皆十围。当流赤足踏涧石，水声激激风吹衣。

人生如此自可乐，岂必局束为人鞿？嗟哉吾党二三子，安得至老不更归。

此诗描写入寺所见之景，选用"新雨""百虫绝""清月""水声""山红涧碧""松枥"等意象，足见环境的清幽静谧，"荦确""行径微""岭""穷烟霏"等意象，表现了寺庙所处之地的险峻，"大""肥""十围"写景雄阔。

《早春呈水部张十八员外二首》（其一）是作者笔下清新自然之作，原文为：

天街小雨润如酥，草色遥看近却无。最是一年春好处，绝胜烟柳满皇都。

雨水的细滑、春草的似有似无，景致清丽，语言清新优美，观察入微、摹写细致，别出心裁，结句造语新奇，构思新颖，将早春带给人的新鲜、惊奇的心态呈现出来。

命题所选韩愈诗作，就内容而言，有文化古迹的探寻之作，如《岣嵝山》与《石鼓歌》，《岣嵝山》主要描写神禹碑上所刻蝌蚪文，《石鼓歌》主要介绍作诗缘由，石鼓文的书写形式、出土经过，及保存价值，石鼓文被废弃，因而韩愈希冀崇儒之士将其移于太学；有游山水之作，如《山石》与《将至韶州先寄张端公使君借图经》，后者是由潮州刺史改任袁州刺史时，途经韶州之作，诗中表达想要游韶州山水，向张端公索借地图；有的作品表现仕途的失意，如《谒衡岳庙遂宿岳寺题门楼》。此外，还有一些诗歌具有较强的现实功用，如《符读书城南》由两个孩子的不同成长经历，将长大后的差异归因于是否努力读书，告诫其子要努力；《调张籍（李杜文章在）》反映了中唐诗坛的李杜之争，表达了对文坛的看法，及作者对李杜的钦羡之意，并对贬李杜者予以批评；《古意》具有明显的反佛色彩，以极度夸张的手法写华山的灵异，所产莲藕的神异，以路途遥远、崖壁难攀，说明求取玉井所产之莲的虚妄；《荐士》是举荐孟郊之作，从诗歌起源说起，推举历代诗才，并认为孟郊无论诗品还是人品都是佼佼者。

四 命题中对元白诗派作品的选择

清代乡、会试诗命题所选元白诗派各家，以白居易居首，因而单列一章论述，此小节主要讨论乡试诗命题所选张籍、王建、元稹三人的作品，具体出题情况见下表3-12。

表3-12　　清代乡试诗命题元白诗派出题情况

作者	篇名	出题诗句	时间	地点
王建	《十五夜望月寄杜郎中》	冷露无声湿桂花	乾隆五十四年己酉科	广西
			嘉庆十八年癸酉科	江南
			道光十一年辛卯恩科	贵州
	《题薛二十池亭》	远移山石作泉声	道光二十九年己酉科	贵州
	《野池》	菱花结实蒲叶齐	光绪十五年己丑恩科	广西
张籍	《和左司元郎中秋居十首》（其四）	诗语入秋高	道光二十四年甲辰恩科	河南
	《寄和州刘使君》	雨后山光满郭青	道光二十六年丙午科	贵州
元稹	《送王协律游杭越十韵》	云叠海潮齐	乾隆三十九年甲午科	浙江
	《重夸州宅旦暮景色兼酬前篇末句》	绕郭烟岚新雨后	咸丰二年壬子科	贵州
		湖色宵涵万象虚	同治十二年癸酉科	顺天

命题所选元白诗派作品，有酬赠之作，如张籍的《和左司元郎中秋居十首》（其四），此诗描述了清心淡泊、闲散自适的生活状态，自己酿酒、吟诗，风雅有余，如"就石安琴枕，穿松压酒槽。山晴因月甚，诗语入秋高。"《寄和州刘使君》应为宝历元年任主客郎中寄赠刘禹锡之作，诗中想象刘禹锡居郡守之位的闲散生活状态："晓来江气连城白，雨后山光满郭青。到此诗情应更远，醉中高咏有谁听！"诗人寄

情山水，吟诗高咏，希望可以有知音共赏。王建的《十五夜望月寄杜郎中》写中秋月夜怀人，抒发情感含蓄委婉。

所选交往酬赠之作也多注重景致的描摹，如元稹的《送王协律游杭越十韵》，诗中对杭州的风景名胜做了介绍，并对自然风光做了一番描述："江树春常早，城楼月易低。镜澄湖面嶭，云叠海潮齐。"《重夸州宅旦暮景色兼酬前篇末句》中对夸州宅的景致不凡、如临仙境做了总体概述，并具体描写会稽白昼山雨后的烟雾迷蒙，夜晚灯火点点、烟霭楼阁，镜湖的人声喧闹、湖色澄清之景："绕郭烟岚新雨后，满山楼阁上灯初。人声晓动千门辟，湖色宵涵万象虚。"并在结尾对钱塘江大潮的惊涛骇浪进行调侃。

其中不乏专门写景之诗，如《题薛二十池亭》对池亭之景的描写：

每个树边消一日，绕池行匝又须行。异花多是非时有，好竹皆当要处生。

斜竖小桥看岛势，远移山石作泉声。浮萍著岸风吹歇，水面无尘晚更清。

树茂池曲，异花修竹，结构工巧，浮萍着岸，水色澄清，景致幽美。

《野池》描写秋日野池之景：

野池水满连秋堤，菱花结实蒲叶齐。川口雨晴风复止，蜻蜓上下鱼东西。

秋日池水上涨，菱花蒲叶成熟，雨后风平，蜻蜓飞翔、鱼儿跳跃，颇具乡野韵味。

命题所选元白诗派之作，都为闲适生活之作，语言平易清新，自然明快。赵翼在《瓯北诗话》卷四中说："中唐诗以韩、孟、元、白为最。韩、孟尚奇警，务言人所不敢言；元、白尚坦易，务言人所共欲言。……坦易者，多触景生情，因事起意，眼前景、口头语，自能沁人心脾，耐人咀嚼。"[①] 坦易是元白诗派的典型特征，选诗明显体现出此派重写实、尚通俗，诗歌通俗晓畅的特征。而对于深刻反映社会生活的乐府诗作，则一首未选。

五　命题中对刘禹锡、柳宗元诗作的选择

清代乡试诗命题选入刘禹锡的 7 首诗作，柳宗元的 3 首，具体情况如表 3-13 所示。

表 3-13　　清代乡试诗命题刘禹锡、柳宗元作品出题情况

作者	篇目	出题之句	时间	地点
刘禹锡	《八月十五日夜玩月》	秋澄万景清	同治十二年癸酉科	陕西
			乾隆三十九年甲午科	山西
			道光八年戊子科	湖北
			道光十七年丁酉科	湖南
	《送蕲州李郎中赴任》	江上诗情为晚霞	嘉庆十八年癸酉科	四川
			道光二十三年癸卯科	湖北
			光绪十一年乙酉科	湖北
	《洞庭秋月行》	洞庭秋月生湖心	嘉庆二十一年丙子科	湖南
	《始闻秋风》	雕盼青云睡眼开	道光十七年丁酉科	陕西
			光绪五年己卯科	江西
	《送义舟师却还黔南》	问菊新诗手自携	光绪十五年己丑恩科	贵州
		黔江秋水浸云霓	光绪二十三年丁酉科	贵州
	《秋日题窦员外崇德里新居》	秋色墙头数点山	道光二十年庚子恩科	顺天
	《武昌老人说笛歌》	一声占尽秋江月	光绪二十年甲午科	湖北

---

① 赵翼著，江守义、李成玉校注：《瓯北诗话校注》卷四，人民文学出版社 2013 年版，第 109 页。

第三章　清代乡、会试诗命题与唐人作品

续表

作者	篇目	出题之句	时间	地点
柳宗元	《谢李吉甫相公示手札启》	垂露在手	嘉庆十三年戊辰恩科	云南
	《渔翁》	欸乃一声山水绿	道光五年乙酉科	湖南
			道光八年戊子科	广东
		晓汲清湘燃楚竹	道光十五年乙未恩科	湖南
	《得卢衡州书因以诗寄》	橘柚玲珑透夕阳	道光二十三年癸卯科	广东

所选刘禹锡诗作，有写景之作，如《洞庭秋月行》《八月十五日夜玩月》《秋日题窦员外崇德里新居》等，《八月十五日夜玩月》原文为：

　　天将今夜月，一遍洗寰瀛。暑退九霄净，秋澄万景清。
　　星辰让光彩，风露发晶英。能变人间世，翛然是玉京。

八月十五夜，暑热消退，秋气清爽，月色皎洁透亮，露水晶莹，为清新爽朗之作。《秋日题窦员外崇德里新居》也注重景物描写：

　　长爱街西风景闲，到君居处暂开颜。清光门外一渠水，秋色墙头数点山。
　　疏种碧松通月朗，多栽红药待春还。莫言堆案无余地，认得诗人在此间。

窦员外所居环境清雅闲静，门外溪水环绕，墙头远山可见，环境清幽，"碧松""红药"生机无限，语言清新质朴，情感率真自然。

有送别之作，如《送义舟师却还黔南》与《送蕲州李郎中赴任》，《送义舟师却还黔南》描写义舟师行经黔南之景，及对"慈航路"的坚定信念，并想象其还黔南之后，心悟偈语、吟诗赏菊、着履登山的闲逸生活"如莲半偈心常悟，问菊新诗手自携。常说摩围似灵鹫，却

将山屐上丹梯。"

刘禹锡一生多次遭贬,久居荒远贫穷之地,内心充满苦闷哀怨之情,但又不被困境折服,如其《始闻秋风》:

昔看黄菊与君别,今听玄蝉我却回。五夜飕飗枕前觉,一年颜状镜中来。

马思边草拳毛动,雕盼青云睡眼开。天地肃清堪四望,为君扶病上高台。

晚年带病登台,感秋景萧瑟、时光流逝,后两联笔锋一转,诗笔豪放,迟暮之年而思重用,身处逆境不肯屈服,雄浑开阔中蕴含着悲凉之气,诗歌格调昂扬,催人向上。

总之,所选诗作,或写对悟偈登山隐逸生活的向往,或借景表达自己希望被重用之意,写景多优雅闲静、清旷爽朗,有清新之感,多无衰飒之意。感情真挚,不见悲情,多格调高昂,简洁明快。

命题选入柳宗元的作品有诗两首、骈文一篇,柳宗元一生多次遭贬,因而心中充满郁愤不平之气,诗中也多表达不得志的悲怆孤寂之感,如命题所选的《得卢衡州书因以诗寄》:

临蒸且莫叹炎方,为报秋来雁几行。林邑东回山似戟,牂牁南下水如汤。

蒹葭淅沥含秋雾,橘柚玲珑透夕阳。非是白蘋洲畔客,还将远意问潇湘。

诗中宽慰卢衡州,不要抱怨气候的炎热,并对自己所居的柳州环境进行了一番描述,山峰陡峭,如剑戟之尖锐;气候热、水温高、如煮沸之汤。并想象衡州之秀美秋景,雾气迷蒙、蒹葭飘动、夕阳斜照、橘柚玲珑,对友人的宽慰中得见内心的郁郁不平,及柳州生活的凄苦。

《渔翁》描写夜宿西岩所见所感：

渔翁夜傍西岩宿，晓汲清湘燃楚竹。烟销日出不见人，欸乃一声山水绿。

回看天际下中流，岩上无心云相逐。

诗中描写所见汲清湘之水，燃烧楚竹的日常生活场景，烟雾消散，棹歌回旋，山水瞬间变绿，回看行舟之处，白云缭绕。诗歌清丽飘逸、笔触细腻、色调淡雅、境界淡泊悠远，以渔钓生活的闲情逸致，来消解激烈政治斗争中的郁结之情，有超脱之感。

六　命题中对中唐其他文人作品的选择

命题中还选择了上述诗派之外的其他文人，共计17人，选入15首诗作、1篇赋、1篇赞、1篇序文，具体情况见表3-14。

表3-14　清代乡、会试诗命题中唐其他文人作品出题情况

作者	篇目	出题诗句	时间	地点
张继	《九日巴丘杨公台上宴集》	一行斜字早鸿来	道光二十六年丙午科	顺天
皇甫曾	《题赠吴门邕上人》	细泉松径里	光绪十九年癸巳恩科	贵州
张南史	《奉酬李舍人秋日寓直见寄》	五色诏初成	光绪二十年甲午科	顺天
郎士元	《酬王季友题半日村别业兼呈李明府》	马饮春泉踏浅沙	光绪十五年己丑科会试	
戴叔伦	《关山月二首》（其二）	一雁过连营	光绪二十三年丁酉科	甘肃
戎昱	《辰州闻大驾还宫》	不得亲随日月旗	光绪二十七年辛丑补行庚子恩科	广西
杨巨源	《送人过卫州》	次第看花直到秋	咸丰五年乙卯科	福建
			同治九年庚午科	湖北
	《春日题龙门香山寺》	城阙参差晓树中	光绪十六年庚寅恩科会试	
权德舆	《送三从弟长孺擢第后归徐州觐省序》	桂枝在手	道光二十六年丙午科	陕西

续表

作者	篇目	出题诗句	时间	地点
羊士谔	《登楼》	夜添山雨作江声	咸丰五年乙卯科	浙江
裴度	《铸剑戟为农器赋》	寰海镜清	嘉庆十五年庚午科	山东
吕温	《张荆州画赞》	日照泰岳	嘉庆十三年戊辰恩科	山东
李渤	《南溪诗》	岩泉孕灵秀	嘉庆九年甲子科	广西
窦庠	《金山寺》	鳌背参差日气红	光绪十七年辛卯科	江南
鲍溶	《寄福州从事殷尧藩》	海城台阁似蓬壶	嘉庆五年庚申恩科	福建
姚合	《酬薛奉礼见赠之作》	诗成客见书墙和	光绪六年庚辰科宗室会试	
朱华	《海上生明月》	轮抱玉壶清	乾隆五十三年戊申恩科	广东
			乾隆五十七年壬子科	河南
赵蕃	《老人星》	秋分见寿星	乾隆五十四年己酉科	江西
			嘉庆十三年戊辰恩科	河南

所选诗作体现出对国事的关心，如戴叔伦的《关山月二首》（其二），由冬季夜半边塞起战事，表现出对战士辛劳的体恤及长期征战的哀伤"胡笳在何处，半夜起边声。"《辰州闻大驾还宫》表达了不能伴銮驾左右的遗憾之情："渭水战添亡虏血，秦人生睹旧朝仪。自惭出守辰州畔，不得亲随日月旗。"体现出对国家政事的关注与自己实现抱负的愿望。

所选诗作，有酬赠应答之作，如《奉酬李舍人秋日寓直见寄》《酬王季友题半日村别业兼呈李明府》《酬薛奉礼见赠之作》《寄福州从事殷尧藩》等；有登临游览之作，如《南溪诗》《登楼》诗；有游宴之作，如《九日巴丘杨公台上宴集》；有送别之作，如《送人过卫州》。这些诗作，多以写景为主，尤其重视秋景的描写，如《九日巴丘杨公台上宴集》：

凄凄霜日上高台，水国秋凉客思哀。万叠银山寒浪起，一行斜字早鸿来。

谁家捣练孤城暮，何处题衣远信回。江汉路长身不定，菊花三笑旅怀开。

"霜日""秋凉""寒浪""早鸿""菊花"等意象都点明季节是早秋，见浪光席卷、雁阵排空，生思乡之情，奈何路途远阻，只能伴菊花饮酒暂消旅怀。此外，《奉酬李舍人秋日寓直见寄》中描写宫内外秋景："槐落宫中影，鸿高苑外声"；《送人过卫州》追忆旧日相从征南幕府时，二人赏花联句的生活："纵横联句长侵晓，次第看花直到秋"；《登楼》描摹山雨过后，槐柳萧疏，江水上涨、江声洪亮的雄壮之景："槐柳萧疏绕郡城，夜添山雨作江声"，这些诗歌多描摹秋景的萧瑟、凄清。

还有一些诗作写景多清幽寂静，如《春日题龙门香山寺》《题赠吴门邕上人》与《南溪诗》，《题赠吴门邕上人》原文为：

春山唯一室，独坐草萋萋。身寂心成道，花闲鸟自啼。
细泉松径里，返景竹林西。晚与门人别，依依出虎溪。

诗中描写了环境的清幽寂静、优雅不凡，及上人的超凡脱俗，表现出对身心闲适，任花鸟而自适生活的羡慕之情。《南溪诗》开篇就对南溪山的清幽秀丽景色做了介绍："玄岩丽南溪，新泉发幽色。岩泉孕灵秀，云烟纷崖壁。"

第五节 清代乡、会试诗命题与晚唐文人作品

清代会试诗命题选入张祜、曹唐、杜牧、薛能 4 位晚唐文人，出题 4 例；乡试诗命题选入 26 位晚唐文人，出题 75 例，出题数量及时期如表 3－15 所示。

表 3-15　　　　清代乡试诗命题晚唐文人作品出题数量

诗人 时期	许浑	杜牧	张乔	杜荀鹤	刘沧	司空图	赵嘏	李商隐	温庭筠	张祜	崔涂	章碣
乾隆	1	4										
嘉庆	5		1			2						
道光	6	4		3	2		2	1	2	1	1	1
咸丰	1			1		1						
同治	3			1			1		1			1
光绪	3	4		1	1		1	1	1		1	
合计	18	9	5	5	4	3	3	3	3	2	2	2

除上表所列之外，命题所选其他文人及作品出题情况为：嘉庆时期，韦承贻、张丛各1例；道光时期，薛能、唐彦谦、张泌各1例；咸丰时期，李远、司马都、李郢、李洞各1例；同治时期，李群玉2例，徐夤1例；光绪时期，杜光庭2例，薛昭蕴、黄滔各1例。命题中大量选入晚唐文人是从道光时期开始的，所选晚唐文人作品出题数量差距较大，以许浑、杜牧为重。

一　命题所选咏史怀古诗派文人作品

命题选入许浑、杜牧、刘沧诗作17首，出题32例，其中又以许浑诗歌居多，共计10首，杜牧5首，刘沧2首，具体情况见表3-16。

表 3-16　　清代乡、会试诗命题许浑、杜牧、刘沧诗歌出题情况

作者	篇目	出题诗句	时间	地点
许浑	《送杜秀才归桂林》	半帆斜日一江风	道光十二年壬辰科	广西
			道光二十六年丙午科	江南
	《咸阳城东楼》	山雨欲来风满楼	嘉庆六年辛酉科	贵州
		蝉鸣黄叶汉宫秋	咸丰五年乙卯科	陕西
	《行次潼关题驿后轩》	河势抱关来	嘉庆二十一年丙子科	陕西

第三章 清代乡、会试诗命题与唐人作品

续表

作者	篇目	出题诗句	时间	地点
许浑	《钱塘青山题李隐居西斋》	兰叶露光秋月上	道光二十六年丙午科	江西
			同治九年庚午科	山西
			同治十二年癸酉科	河南
			光绪八年壬午科	山东
		芦花风起夜潮来	嘉庆二十三年戊寅恩科	浙江
	《晚自朝台津至韦隐居郊园》	云连海气琴书润	光绪十四年戊子科	广东
	《三十六湾》	三十六湾秋月明	嘉庆十五年庚午科	湖南
	《晨起白云楼寄龙兴江淮上人兼呈窦秀才》	山翠万重当槛出	道光十四年甲午科	山西
			道光十九年己亥科	广西
			同治九年庚午科	福建
	《贻终南山隐者》	山香松桂秋	光绪八年壬午科	广西
	《村舍二首》（其二）	水亭凉月挂渔竿	嘉庆二十三年戊寅恩科	湖南
	《早秋三首》（其一）	远山晴更多	道光十二年壬辰科	贵州
杜牧	《江南春绝句》	多少楼台烟雨中	光绪二十三年丁酉科	江南
	《九日齐安登高》	江涵秋影雁初飞	道光十一年辛卯恩科	湖南
			道光十九年己亥科	湖北
			道光二十四年甲辰恩科	江西
			光绪元年乙亥恩科	河南
			道光二年壬午科宗室乡试	
			光绪十五年己丑恩科	江南
	《题白蘋洲》	秋色正清华	乾隆四十四年己亥恩科	湖南
	《残春独来南亭因寄张祜》	半溪山水碧罗新	同治七年戊辰科宗室会试	
	《寄唐州李玭尚书》	彭蠡秋连万里江	光绪十一年乙酉科	江西
刘沧	《宿题金山寺》	江面山楼月照时	道光十五年乙未恩科	江南
			同治六年丁卯科	江南
	《秋夕山斋即事》	满山寒叶雨声来	光绪元年乙亥恩科	云南
			道光十五年乙未恩科	浙江

命题所选许浑诗作，有送别之作，如《送杜秀才归桂林》，此诗着

重描写去桂林途中的山水风光，两岸碧草如茵，夕阳斜照，江风涌动，瘴雨欲来，昏暗的枫林，火红的荔枝林："两岸晓霞千里草，半帆斜日一江风。瘴雨欲来枫树黑，火云初起荔枝红。"景致秀美；有酬赠之作，如《晨起白云楼寄龙兴江淮上人兼呈窦秀才》，登楼远眺，见山翠万重，水光千里，极目楼中之景，东岩月上，南浦花残："山翠万重当槛出，水华千里抱城来。东岩月在僧初定，南浦花残客未回。"秋日凄清静谧之景描摹尽致。

有咏史怀古之作，如《咸阳城东楼》：

一上高城万里愁，蒹葭杨柳似汀洲。溪云初起日沉阁，山雨欲来风满楼。

鸟下绿芜秦苑夕，蝉鸣黄叶汉宫秋。行人莫问当年事，故国东来渭水流。

登上咸阳城东楼，见蒹葭杨柳似故乡之景，悲情渐生，溪云乍起，日暮西沉，山雨欲来，风满城楼，自然景物的瞬息万变，使作者感叹秦苑、汉宫已经成为过往，而鸟、蝉仍往来于绿芜黄叶之间，通过描写时代风云变幻，寄托人生的沉浮之感。格律多拗句，句式的跌宕起伏中，更见人世变幻。

有羁旅之作，如《行次潼关题驿后轩》，首二联"飞阁极层台，终南此路回。山形朝阙去，河势抱关来。"飞阁高耸，终南回转，群山迤逦朝京阙而去，黄河咆哮而来，语言雄壮；后两联"雁""秋风""蝉""驱马"等意象，不仅写出秋景的萧瑟，同时寄托宦游漂泊的艰辛。

有隐逸之作，如《钱塘青山题李隐居西斋》《晚自朝台津至韦隐居郊园》《贻终南山隐者》等，诗歌原文如下：

《钱塘青山题李隐居西斋》
小隐西斋为客开，翠萝深处遍青苔。林间扫石安棋局，岩下分泉递酒杯。

兰叶露光秋月上,芦花风起夜潮来。湖山绕屋犹嫌浅,欲棹渔舟近钓台。

《晚自朝台津至韦隐居郊园》

秋来凫雁下方塘,系马朝台步夕阳。村径绕山松叶暗,野门临水稻花香。

云连海气琴书润,风带潮声枕簟凉。西下磻溪犹万里,可能垂白待文王。

《贻终南山隐者》

中岩多少隐,提榼抱琴游。潭冷薜萝晚,山香松桂秋。

瓢闲高树挂,杯急曲池流。独有迷津客。东西南北愁。

三首诗歌都描写秋日隐居之况,"翠萝""青苔""林间""兰叶""芦花","雁""塘""村径""松""稻花",以及"薜萝""松桂""高树"等意象,都写出隐居环境的"幽","泉""露光""月","方塘""水""海""风",及"曲池",都体现出"清"的特征,秋景萧瑟,潭水转冷,风过芦花,清冷幽静的环境中,或是林间弈棋,或是泉水流饮,或与琴书作伴,都体现出隐者的高雅情趣,及遗世独立、闲散恣肆的生活方式,寄托着自己对隐居生活的向往之情。

有写景之作,如《三十六湾》、《早秋三首》(其一)、《村舍二首》(其二)等,所描写秋景,或为芦荻花开,枫叶飘零之景"荻花枫叶带离声",三十六湾秋月澄明、清光普洒"三十六湾秋月明"(《三十六湾》);或为早秋时节,萧瑟凋零之景"遥夜泛清瑟,西风生翠萝。残萤委玉露,早雁拂银河。"[《早秋三首》(其一)]《村舍二首》(其二)描写农家闲散恣意的生活状态:"山径晓云收猎网,水门凉月挂鱼竿。花间酒气春风暖,竹里棋声暮雨寒。"景致凄清幽美,有悲戚之感。

总体而言,命题所选许浑诗作,多描写秋景,或秀丽、或萧瑟、或幽雅、或清爽，大多表达了对闲散恣意生活的追求，及作者对隐逸生活的向往之情。

命题所选杜牧的诗作，虽非咏史怀古之作，有的却意蕴深厚，寄托了历史感慨，如《江南春绝句》中感慨"南朝四百八十寺，多少楼台烟雨中。"《九日齐安登高》中发出"古往今来只如此，牛山何必泪沾衣"的感叹。且都不乏写景之句，《江南春绝句》中描写明媚春景，繁华盛开，黄莺啼鸣，村郭山环水绕，春风拂酒旗，一派热闹景象"千里莺啼绿映红，水村山郭酒旗风。"更多的诗作重视秋景描写，或是重阳节登高、赏菊，饮酒所见之景"江涵秋影雁初飞，与客携壶上翠微。尘世难逢开口笑，菊花须插满头归。"（《九日齐安登高》）或是以彭蠡秋江作比，夸赞李尚书的胸襟宽广，气度不凡"时人欲识胸襟否？彭蠡秋连万里江。"（《寄唐州李玼尚书》）或是晚春时节的桃花凋残，溪水碧色之景"一岭桃花红锦黦，半溪山水碧罗新。"（《残春独来南亭因寄张祜》）或是秋景的绚烂多姿，秋气清爽"山鸟飞红带，亭薇拆紫花。溪光初透彻，秋色正清华。"（《题白蘋洲》）总之，既有历史变迁的寄托，又有个人生活体验的表达，写景有明丽疏朗者，有格调悲凉者，体现出作者豪迈不羁、潇洒劲健的风格特征。

命题所选刘沧的诗作，都描写了萧瑟秋景，原文为：

《宿题金山寺》
一点青山翠色危，云岩不掩与星期。海门烟树潮归后，江面山楼月照时。
独鹤唳空秋露下，高僧入定夜猿知。萧疏水木清钟梵，颢气寒光动石池。

《秋夕山斋即事》
衡门无事闭苍苔，篱下萧疏野菊开。半夜秋风江色动，满山寒叶雨声来。
雁飞关塞霜初落，书寄乡间人未回。独坐高窗此时节，一弹瑶瑟自成哀。

《宿题金山寺》描写金山寺所见青山翠绿、云岩高耸、月照山楼、鹤唳秋空的凄清萧疏的景象,"鹤唳""夜猿"更见清冷孤寂,清幽的夜色下,寒光照池水,平添清冷之感。《秋夕山斋即事》描摹秋日山斋所见苍苔横生,野菊盛开的萧瑟秋景,夜半秋风起,寒雨滴残叶,思乡难耐,瑶瑟弹起,更见凄清,哀愁难忍。刘沧这两首诗都以秋景为主,但较许浑诗歌更为悲戚,胡震亨《唐音癸签》卷八中说:"刘沧诗长于怀古,悲而不壮,语带秋意,衰世之音也欤?"① 此评论抓住刘沧诗歌"悲"的特点,有一定道理。

综上所述,命题所选晚唐咏史怀古诗派的作品,多为送别、酬赠、羁旅、隐逸、游览等作,咏史怀古之作极少,但都不乏写景诗句,尤其是秋日凋零、萧瑟、凄清之景。

二 命题所选"温李"等人诗歌

乡试诗命题中选入李商隐与温庭筠的诗作都为三首,且都出题三次,选入唐彦谦的一首诗作,命题一次,从选题数量及内容来讲,对温、李等人诗歌不太重视。

命题中所选的温庭筠的三首诗歌,《南湖》《利州南渡》是描写山水之作,《和友人盘石寺逢旧友》也以写景为主,《南湖》描摹了南湖春日的清丽流美,旷远迷人之景"湖上微风入槛凉,翻翻菱荇满回塘。野船著岸偎春草,水鸟带波飞夕阳。"所描之景自然闲适;《利州南渡》描写日暮渡口的山水美景及万物的自由闲适之态"波上马嘶看棹去,柳边人歇待船归。数丛沙草群鸥散,万顷江田一鹭飞。"《和友人盘石寺逢旧友》写夜宿盘石寺所见夜景"江馆白蘋夜,水关红叶秋。西风吹暮雨,汀草更堪愁。"所写之景,都清丽工细,有清拔之感,不见其乐府

---

① 胡震亨:《唐音癸签》,上海古籍出版社1981年版,第77页。

之作的华美秾丽。所表达情感或羁旅思乡，或隐逸闲适，淡泊名利。

命题所选李商隐的三首诗歌，两首与政治相关，或为对政治局势的担忧，如《杜工部蜀中离席》：

人生何处不离群？世路干戈惜暂分。雪岭未归天外使，松州犹驻殿前军。

座中醉客延醒客，江上晴云杂雨云。美酒成都堪送老，当垆仍是卓文君。

此诗为大中六年李商隐在成都推狱事毕后准备返回梓州时所作，表达作者忧时伤乱的情怀，对离群索居之后的生活状态，及国家动乱，干戈迭起的情形进行了描述，并批判耽于享乐的人，诗歌境界阔大，感慨深沉。《韩碑》叙述元和十二年韩愈受诏撰《平淮西碑》，文中多表彰裴度的功劳，李愬不服，诏令磨去韩愈的文词，令段文昌重撰的事件，诗中以颂扬裴度功绩，批评李愬的自私，表现出作者对国家政治的关心。主要采用散文笔调，诗歌雄健峭拔，颇有气势。《题郑大有隐居》为写景之作，着重于隐居之地的清幽之景"结构何峰是，喧闲此地分。石梁高泻月，樵路细侵云。"描摹工细，隐居之境清幽，鸟兽自得，又闻得清音。

所选唐彦谦作品《秋晚高楼》，描绘了秋日萧索凄清之景：

松拂疏窗竹映兰，素琴幽怨不成弹。清宵霁极云离岫，紫禁风高露满盘。

晚蝶飘零惊宿雨，暮鸦凌乱报秋寒。高楼瞪目归鸿远，如信嵇康欲画难。

松、竹、兰相映，琴音相伴，高雅幽怨，晴日的云淡天高，宿雨之后的晚蝶飘零、暮鸦乱投，极尽凄清之感，表达了作者浓烈的悲秋情怀。

温庭筠与李商隐的诗歌以深婉绮丽风格相近,并称"温李",他们的诗风影响着咸通之后的唐末诗坛,加之唐末礼教的松弛,仕进的艰难,有的文人就寄情爱情、闺阁,以闺情为题材,秉承温李的传统,如命题所选的唐彦谦,但其诗歌已经明显逊色,以流连光景、艳情酬答为多,很少触及重大社会主题。

总之,命题所选诗歌以写景之作为主,以及少数政治诗,由于能代表"温李"等人绮艳风格的爱情诗,与清代乡试诗命题"雅正"的内容要求及"清"的审美追求不相符,因而并未被选入。

三 命题所选晚唐其他文人作品

命题中还选入晚唐其他诗人 21 位,其中包括晚唐前期诗人张祜、赵嘏等,多数晚唐后期诗人,及少数唐末五代文人,具体命题情况见表 3-17。

表 3-17 清代乡、会试诗命题晚唐其他诗人出题情况

作者	篇目	出题诗句	时间	地点
张祜	《题惠山寺》	山色上楼多	道光十九年己亥科	山西
			同治八年己巳补行	贵州
	《题虎丘西寺》	松色入门远	光绪十二年丙戌科宗室会试	
赵嘏	《长安月夜与友人话故山》	蒹葭霜冷雁初飞	道光八年戊子科	陕西
	《越中寺居》	数峰相向绿	道光二十三年癸卯科	广西
	《发剡中》	溪声凉傍客衣秋	光绪二十年甲午科	福建
李群玉	《洞庭遇秋》	湘月生远碧	同治三年甲子科	湖南
	《游玉芝观》	烟开叠嶂明	同治十二年癸酉科宗室乡试	
李远	《送人入蜀》	巴江学字流	咸丰二年壬子科	四川
薛能	《秋夜旅舍寓怀》	满地月明何处砧	道光二十九年己酉科	河南
	《赠隐者》	移花便得莺	同治十年辛未科会试	
李郢	《晚泊松江驿》	红蓼花前水驿秋	咸丰二年壬子科	浙江
曹唐	《送羽人王锡归罗浮》	露苗烟蕊满山春	光绪三年丁丑科会试	
韦承贻	《策试夜潜纪长句于都堂西南隅》	不知谁是谪仙才	嘉庆十八年癸酉科	江西

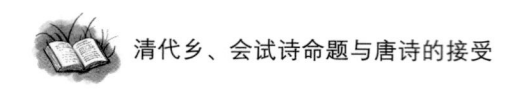

续表

作者	篇目	出题诗句	时间	地点
司空图	《二十四诗品·豪放》	晓策六鳌	嘉庆三年戊午科	江南
	《二十四诗品·高古》	太华夜碧	嘉庆二十三年戊寅恩科	陕西
	《二十四诗品·飘逸》	华顶之云	咸丰十一年辛酉科	陕西
章碣	《癸卯岁毗陵登高会中贻同志》	红树碧山无限诗	道光二十四年甲辰恩科	山西
			同治四年乙丑补行	浙江
杜荀鹤	《题新雁》	红蓼花疏水国秋	道光五年乙酉科	云南
			道光十七年丁酉科	广东
	《夏日留题张山人林亭》	庭中竹撼一窗秋	道光二十三年癸卯科	顺天
	《辞杨侍郎》	湖田稻熟雁来时	咸丰八年戊午科	山东
	《春日山居寄友人》	浅深山色晚晴时	光绪二年丙子科	江西
司马都	《送羊振文先辈往桂阳归觐》	月桂余香尚满襟	咸丰二年壬子科	山东
张丛	《游东观山》	秋光秀远山	嘉庆十二年丁卯科	广西
张乔	《试月中桂》	香满一轮中	乾隆二十五年庚辰恩科	江西
			乾隆四十八年癸卯科	广西
		影超群木外	乾隆五十三年戊申恩科	云南
		香满一轮中	嘉庆二十一年丙子科	山东
		结蕊圆时足	乾隆五十九年甲寅恩科	江西
李洞	《山居喜友人见访》	半潭秋水一房山	咸丰二年壬子科	江南
崔涂	《鹦鹉洲即事》	晓江晴觉蜀波来	道光二十年庚子恩科	湖北
			光绪元年乙亥恩科	湖北
黄滔	《喜侯舍人蜀中新命三首》(其三)	吟经栈阁雨声秋	光绪二年丙子科	四川
徐夤	《游灵隐天竺二寺》	月过楼台桂子清	同治十二年癸酉科	福建
张泌	《长安道中早行》	雁声新度灞陵烟	道光二十年庚子恩科	陕西
薛昭蕴	《浣溪沙》	印沙鸥迹自成行	光绪十一年乙酉科宗室乡试	
杜光庭	《题鸿都观》	众岭秋空敛翠烟	光绪十五年己丑恩科	云南
		双溪夜月鸣寒玉	光绪八年壬午科	云南

命题所选晚唐诗作内容丰富，按照所选诗歌内容可分为以下几类。

（一）言志之作。或表达怀才希望被重用之意，如《鹦鹉洲即事》

与《喜侯舍人蜀中新命三首》（其三），前者为借景抒情之作，诗人眺望鹦鹉洲之景，想起曹操杀祢衡之事"曹瞒尚不能容物，黄祖何曾解爱才"，深为感慨，诗中写鹦鹉洲之景颇见清新，天气转暖，燕雀离去，早晨清江波澜涌动"幽岛暖闻燕雁去，晓江晴觉蜀波来。"结尾为想象之词，有怀才希望被重用之意。后者借贾谊被召宣室，左思被任命为秘书郎，比之于侯舍人新居官位"贾谊才承宣室召，左思唯预秘书流"，并称赞其才华横溢。

或抒发不得志之意，如李群玉的《洞庭遇秋》有不得志之意。章碣的《癸卯岁毗陵登高会中贻同志》为中和三年癸卯岁重阳节诗作，诗中写九日登高时与友人相遇，感漂泊流落，与故人饮酒赋诗"流落常嗟胜会稀，故人相遇菊花时。凤笙龙笛数巡酒，红树碧山无限诗。"并深感仕路之艰辛，抒发作者的愤懑不平之气，诗歌语言愤激，甚至偶有尖酸泼辣之感。

有两首诗歌所写内容与科考有关，如《策试夜潜纪长句于都堂西南隅》（其一）对科考情形作了一番介绍：

  褒衣博带满尘埃，独自都堂纳卷回。蓬巷几时闻吉语，棘篱何日免重来。
  三条烛尽钟初动，九转丹成鼎未开。残月渐低人扰扰，不知谁是谪仙才。

诗中描写举子疲于科场，尘埃满身的狼狈情形，希望早日及第，并对科考中答卷时间等做了一番介绍，忧心不知何人能及第。

《送羊振文先辈往桂阳归觐》为送别之作，作品中描写及第之后的送别之情：

  此去欢荣冠士林，离筵休恨酒杯深。云梯万仞初高步，月桂余香尚满襟。

鸣桹晓冲苍霭发，落帆寒动白华吟。君家祖德惟清苦，却笑当时问绢心。

在晚唐仕进极为困难之时，二人同及第，以万仞云梯、丹桂作比，言欢愉之情，在凄清的秋景中，夸耀友人家风的清白，品德的高尚。

（二）寺庙道观之作。在寺庙所作的诗作有四首，分别为《题惠山寺》《题虎丘西寺》《越中寺居》《游灵隐天竺二寺》等；有道观之作，如《游玉芝观》《题鸿都观》等，其中《题惠山寺》与《越中寺居》表达了大致相似的情感：

《题惠山寺》
旧宅人何在，空门客自过。泉声到池尽，山色上楼多。
小洞生斜竹，重阶夹细莎。殷勤望城市，云水暮钟和。
《越中寺居》
迟客疏林下，斜溪小艇通。野桥连寺月，高竹半楼风。
水静鱼吹浪，枝闲鸟下空。数峰相向绿，日夕郡城东。

诗歌都从寺中景色写起，"泉声""山色""斜竹""细莎"，泉水入池，斜竹丛生、逸出小洞，台阶上铺满蒲草，寺庙环境幽静清雅；"疏林""斜溪""野桥""高竹""鱼吹浪""鸟下空"，疏林溪水，日照野桥，竹林清风，鱼吹浪花，鸟落枝头，一派淡雅清幽之景。表达情感也大致相同，暮色掩映中，云水相接，钟声和鸣"殷勤望城市，云水暮钟和。"与青峰相伴"数峰相向绿，日夕郡城东。"都表达了对远离尘世喧嚣，淡泊闲散生活的追求。

《游灵隐天竺二寺》体现出浓郁的佛教色彩：

丹井冷泉虚易到，两山真界实难名。石和云雾莲华气，月过楼台桂子清。

腾踏回桥巡像设，罗穿曲洞出龙城。更怜童子呼猿去，飒飒萧萧下树行。

诗中"云雾""莲花""桂子""像设"等意象，体现出神秘的佛教色彩，桂子引用典故，据《咸淳临安志》记载："灵隐有月桂峰，相传月中桂子尝堕此峰，生成大树。"

《游玉芝观》描写游玉芝观所见的雪后初晴之景"木落寒郊迥，烟开叠嶂明。片云盘鹤影，孤磬杂松声。"寒郊木落为萧瑟之景，"鹤影""松声"为幽寂之景，诗调清丽。《题鸿都观》是杜光庭笔下的崇慕道教的诗歌，诗中对道观美丽的自然风光做了描写"双溪夜月鸣寒玉，众岭秋空敛翠烟。"月映溪水，溪水如玉，汩汩流动，如敲击玉发出的声音，秋日山岭，烟雾弥漫，翠色迷人。

（三）山居归隐之作。如《夏日留题张山人林亭》《春日山居寄友人》《山居喜友人见访》等，作品都对山居景物做了描写：

《夏日留题张山人林亭》
此中偏称夏中游，时有风来暑气收。涧底松摇千尺雨，庭中竹撼一窗秋。
求猿句寄山深寺，乞鹤书传海畔洲。闲与先生话身事，浮名薄宦总悠悠。

《春日山居寄友人》
野吟何处最相宜，春景暄和好入诗。高下麦苗新雨后，浅深山色晚晴时。
半岩云脚风牵断，平野花枝鸟踏垂。倒载干戈是何日，近来麋鹿欲相随。

《山居喜友人见访》
入云晴斫茯苓还，日暮逢迎木石间。看待诗人无别物，半潭秋水一房山。

《夏日留题张山人林亭》描写夏末转秋，暑期渐消，高松摇动、雨声飒飒，竹叶披拂、秋意弥漫，生归隐之意，淡泊浮名。《春日山居寄友人》描摹春日山居的秀美景色，雨后绿油油的麦苗，晴日傍晚、夕阳晚照、山色渐变、云绕山岩、鸟踏花枝，并感叹战乱不息，而生归隐之意。《山居喜友人见访》描写山居的淡雅之景，依山水而居，秋水半潭、一房山，及友人见访的喜悦心情，语言质朴，情怀淡雅。这三首诗作，所写之景，有春景，有秋光，都体现出隐逸生活的闲适之感，及淡泊浮名、归隐之意。

《游东观山》为写景之作，诗中对东观山的秀美景色予以描述：

岩岫碧屏颜，灵踪若可攀。楼台烟霭外，松竹翠微间。
玉液寒深洞，秋光秀远山。凭君指归路，何处是人寰。

山峦高耸，楼台云雾缭绕，山间松竹翠色，岩洞石乳，如临仙境，有出尘脱俗之感。

（四）行旅及思乡之作。有行旅之作，如《发剡中》与《长安道中早行》，作品都对旅社清冷情景做了描写，如"树色老依官舍晚，溪声凉傍客衣秋"与"客离孤馆一灯残，牢落星河欲曙天。鸡唱未沉函谷月，雁声新度灞陵烟。"或写旅社傍晚树色添寒，溪水清凉；或写旅社的冷清，灯残、星疏、月残，新雁鸣叫；都写旅途的辛苦，如"日暮不堪还上马，蓼花风起路悠悠"与"何事悠悠策羸马，此中辛苦过流年"，或日暮出发，见风吹蓼花，或清晨早行，生孤独之感，策羸马而行，都感叹旅途的艰辛及对漂泊生涯的厌倦之情。写景都凄清萧瑟，另外《长安道中早行》还寄托浮生如梦，壮志难酬之情。

同是行旅之作，有的写旅途中所生思乡情怀，如所选薛能的《秋夜旅舍寓怀》对秋日夜晚在旅舍所见的萧瑟凋零秋景做了描写"三秋木落半年客，满地月明何处砧。渔唱乱沿汀鹭合，雁声寒咽陇云深。"作者见庭院荒芜，西风吹动，木落、月明，凄寒的景致中生出思乡之情,渔唱晚归,雁声悲鸣,更见清冷。末联表现自己品行的坚贞。李郢的《晚泊松江驿》写作者晚泊松江所见的萧疏秋景:"片帆孤客晚夷犹,红蓼花前水驿秋。"见网罟收起,采菱之人晚唱,叹漂泊之苦、生思归之情。多为平日生活之作,写景也多为秋日萧瑟、清冷淡雅之景,色调清冷,表现了避世情怀中浓重的悲凉色彩。

《长安月夜与友人话故山》与《题新雁》也表现出对故乡的思念。原文为:

《长安月夜与友人话故山》
宅边秋水浸苔矶,日日持竿去不归。杨柳风多潮未落,蒹葭霜冷雁初飞。
重嘶匹马吟红叶,却听疏钟忆翠微。今夜秦城满楼月,故人相见一沾衣。

《题新雁》
暮天新雁起汀洲,红蓼花疏水国秋。想得故园今夜月,几人相忆在江楼。

前者写作者与友人相见于长安,而忆及故乡秋日的景色及闲散恣意的生活,表现出对故乡的深情厚谊。作者日日垂钓于宅边秋水旁,见初秋杨柳凋零、蒹葭微霜、大雁南飞,骑马赏红叶、览山景,故人相见,情感更浓。《题新雁》描写秋日见新雁飞来,红蓼花开的清冷之景,而生思乡之情。

此外,还有送别之作,如《送人入蜀》与《辞杨侍郎》,一为送人离去,一为辞别离开,诗中多对送别之时风景进行描写,如《送人入蜀》中,描写碧树参天,驿楼边红花盛开"碧藏云外树,红露驿边楼。"《辞杨侍郎》中描写秋日树叶凋零、猿猴夜鸣,湖边庄稼已熟,大雁飞来之景"霜岛树凋猿叫夜,湖田稻熟雁来时",最后表达不忍惜别之情。

所选司空图的作品，都出自《二十四诗品》，分别出自其中的《豪放》《高古》与《飘逸》，可见清人的审美倾向，"豪放"为阳刚之美；"高古"为高尚古朴、意境深远、闲远古雅、不涉俗韵，是"雅正"的体现；"飘逸"具有超凡脱俗、飞动灵逸及自然清新的特征，体现"清"的标准。

薛昭蕴的《浣溪沙》写秋雨时节，渡头红蓼花开，群鸥躲雨，水边沙地只留下群鸥的脚印"红蓼渡头秋正雨，印沙鸥迹自成行"。一女子伫立渡头，待人归来，而终见燕雀归巢，帆影而尽，只剩秋雨茫茫，诗中景致凄清，意境苍凉。从内容上讲，描写男女之情的诗歌，被科场所鄙弃，清人命题中对这首诗歌的选择，为清代末期科考标准相对松弛的光绪十一年。

总体而言，命题所选晚唐其他文人之作，除个别作品表现出希望被重用之意，多数作品描写晚唐文人真实的生活体验，他们大都经历了社会的动荡、世道的衰败，文人仕进困难，章碣、李郢、司空图、唐彦谦等最终进士及第，但更多文人徘徊于仕途与归隐之间，一生都难得一第，他们久困于科场，奔走于求仕与求职的道路上，或描写疲于科场的狼狈情形，或感叹旅途的艰辛，或体现出对故乡的思念，或秉持"穷则独善其身"之道，过着真正的隐士生活，一旦及第，又自鸣得意，写景多清冷、萧瑟。

小　　结

清代乡、会试诗命题所选的唐人作品，数量庞大，内容丰富，依照初、盛、中、晚划分为四个时期。

一、以初唐文人作品命题，主要集中于道光及之前，命题中以李世民及宋之问作品为重，李世民引领诗坛风雅，宋之问作品格律谨严，初唐宫廷之作在雍容典雅、端庄中正的特点之外，又体现出刚健之气；

二、所选盛唐诗作，涉及少量宫廷之作，王、孟为代表的山水田园之作，及部分边塞诗作，作品或典雅庄重，或追求"清"的审美风格，或体现出命题中对"中正"的追求；

三、命题所选中唐文人，流派纷杂，人物众多，有"大历十才子"、韩孟诗派、元白诗派、刘禹锡、柳宗元及刘长卿、韦应物等派文人，诗作大多以日常生活描写为主，表现闲适之意，所涉景致多为秋景，或凄清、或清冷、或清幽、或清新、或萧瑟之景，多格调不高；

四、命题所选晚唐诗作，多为个人生活的书写，或描写寺庙道观，或写山居归隐，或叹旅途的艰辛，或写对故乡的思念，所写之景多为秋景，或萧瑟、或幽雅、或清爽、或秀丽，语言质朴。

第四章 清代乡、会试诗命题与李白诗歌

清代会试诗命题选入李白诗歌两首，出题 2 例，常科、宗室会试各 1 例；乡试诗命题选入 28 首李白诗歌，出题 45 例，包括普通乡试诗题 43 例，宗室乡试诗题 2 例，分别为嘉庆六年辛酉科与光绪元年乙亥恩科宗室乡试考题。

第一节 清人对李白诗歌的接受

一 御选唐诗选本中的李白诗歌

《御选唐诗》选入李白诗歌 126 首，在所选唐代各家作品中位列第一，侧重于其中的酬赠应答及登览游宴之作[①]，其中酬赠应答之作共计 30 首，以"赠"为题的诗歌有 5 首，如《赠闾丘处士》《赠黄山胡公求白鹇》《口号赠征君鸿》《赠郭将军》《赠汪伦》等；"答"诗 1 首，如《以诗代书答元丹丘》；"寄"诗 8 首，诸如《望终南山寄紫阁隐者》《月夜江行寄崔员外宗之》《书情寄从弟邠州长史昭》等；"别"

---

① 此处对李白诗歌的种类划分参照詹锳先生的《李白全集校注汇释集评》（百花文艺出版社 1996 年版）。

第四章　清代乡、会试诗命题与李白诗歌

诗 5 首，如《江夏别宋之悌》《广陵赠别》《别山僧》；题目含"送"字的诗歌计 11 首。游宴之作 21 首，大多题目中都标有"游"或"宴"字，如《宴陶家亭子》《流夜郎至江夏陪长史叔及薛明府宴兴德寺南阁》《游谢氏山亭》《游南阳清泠泉》《游泰山》等，又以游览诗歌居多；登览之作 16 首，题目中多含"登"或"望"字，如《登单父陶少府半月台》《登太白峰》《九日登巴陵置酒，望洞庭水军》《望庐山瀑布》《望天门山》等。酬赠应答及登览游宴类诗歌占所选李白诗歌总数的一半以上。此外，还选入李白的闲适之作 14 首，如《夏日山中》《独坐敬亭山》《自遣》等；怀古类诗歌 5 首，如《经下邳圮桥怀张子房》《苏台览古》《越中览古》等；咏物、行役类诗歌各 4 首，杂咏、怀人类 3 首，题咏类 1 首。《御选唐诗》在诗歌的选择上，注重奉和应制等宫廷诗作，此选本所选李白诗歌，有"侍从"之作，如《侍从宜春苑，奉诏赋龙池柳色初青、听新莺百啭歌》；有"游宴"之作，如《侍从游宿温泉宫作》；此外，还选入《宫中行乐词》6 首，及《清平调》3 首。就内容而言，偏重于能体现"温柔敦厚"诗歌风格的作品，对于剑拔弩张的衰世憔杀之音，如《古诗》五十九首等类诗歌，不予选录，甚至于像《蜀道难》《梦游天姥吟留别》等李白诗歌的代表作，也均未选录。

《唐宋诗醇》中对李白的评价也极高，《原书凡例》中将李杜并称，其中曰"李杜一时瑜亮，固千古稀有。""李杜名盛而传久，是以评赏家特多。"①《原书纂校后案》中曰："盖李白源出《离骚》而才华超妙，为唐人第一。"② 似乎将李白诗歌置于唐诗中的第一位，实则并非如此。如卷一中言："有唐诗人至杜子美氏，集古今之大成，为风雅之正宗。谭艺家迄今奉为矩矱无异议者。然有同时并出，与之颉颃，上下齐驱，中原势均力敌而无所多让，太白亦千古一人也。"③ 此处首

---

① 爱新觉罗·弘历：《唐宋诗醇》，中国文学出版社 2000 年版，上册，前言第 1 页。
② 爱新觉罗·弘历：《唐宋诗醇》，中国文学出版社 2000 年版，上册，前言第 1 页。
③ 爱新觉罗·弘历：《唐宋诗醇》，中国文学出版社 2000 年版，上册，第 1 页。

先肯定杜诗第一，并认为将杜诗奉为第一是毋庸置疑的，李白与杜甫诗歌并驾齐驱、势均力敌。实则并非如此，《唐宋诗醇》中对李白诗歌的评价以杜诗为参照，换句话说以杜诗的评价标准来衡量李白诗歌，尽管在言辞上极力掩饰，实则认为李白的地位次于杜甫，且此选本中对杜甫诗歌的选录数量远远超于李白。

《唐宋诗醇》对唐宋各家的选择上，体现出明显的忠孝之意。如选入李白诗歌之时，评价说："若其蒿目时政，疚心朝廷，凡祸乱之萌，善败之实，靡不托之歌谣，反覆慨叹，以致其忠爱之志，其根于性情而笃于君上者，按而稽之，固无不同矣。"① 评价李白以杜甫作为参照，认为诗歌所体现出的关心时政、忧心朝廷，对残酷战乱的书写，诗作中体现出的忠君爱国之意，李白诗歌与杜诗相同。

二 清代诗坛对李白的关注

清人也非常注重李白的研究，对李白的关注主要聚焦于三个方面。

（一）推崇李白古体诗歌

李白以古体诗歌见长，因而清人在对李白诗歌的接受中颇为重视古体诗作。如清人对其乐府歌行的褒扬之语：

> 李太白之歌行，祖述《骚》《雅》，下迄梁陈七言，无所不包，奇中又奇，而字字有本，讽刺沉切，自古未有也。（《古今乐府论》）②

> 太白乐府、五言约六百□十余篇，体势多端，要不失《风》《骚》指趣。间涉径露，固属不经意之作；亦摆去拘束。（乔亿《剑溪说诗》卷上）③

---

① 爱新觉罗·弘历：《唐宋诗醇》，中国文学出版社2000年版，上册，第1—2页。
② 冯班撰，何焯评：《钝吟杂录》，中华书局2013年点校本，第143页。
③ 裴斐、刘善良：《李白资料汇编（金元明清之部）》，中华书局1994年版，第2册，第804页。

第四章　清代乡、会试诗命题与李白诗歌

惟《古风》五十九首，语多着实，不徒为神仙缥缈之谈，则后学所当熟复之。第一首开口便说大雅不作，骚人斯起，然词多哀怨，已非正声。……此与少陵"文章千古事"，同一抱负。盖自信其才分之高，趋向之正，足以起八代之衰，而以身任之，非徒大言欺人也。(《退庵随笔》卷二十一)①

清人对李白的古体诗歌评价较高，而能代表李白诗歌成就的正是其古体之作，其古体诗作多祖述风骚传统，古乐府中含讽谕之意，内容多体现出对现实的关注，或关注文运，或抒发怀抱，或咏古伤今，体现出李白上溯风雅、尊复古道的诗学思想，其中一些作品不免有语言直露、不够含蓄的特点，但难掩其散发出的光芒。

李白古体诗作非常多，清人对其古体诗的欣赏，具体体现在哪些方面呢，且看清人的评价：

太白七言古，想落天外，局自变生。大江无风，波浪自涌，白云从空，随风变灭。此殆天授，非人可及。……读李诗者，于雄快之中，得其深远宕逸之神，才是谪仙人面目。(《唐诗别裁集》卷六)②

青莲集中古诗多，律诗少。五律尚有七十余首，七律只十首而已。盖才气豪迈，全以神运，自不屑束缚于格律对偶，与雕绘者争长。……盖开元、天宝之间，七律尚未盛行；至德以后，贾至等《早朝大明宫》诸作，互相琢磨，始觉尽善；而青莲久已出都，故所作不多也。(《瓯北诗话》卷一)③

太白七古不易学。然一种清灵秀逸之气，不可不学，得其一

---

① 梁章钜：《退庵随笔》，《近代中国史料丛刊》第44辑，文海出版社1973年影印本，第1098—1099页。
② 沈德潜：《唐诗别裁集》，上海古籍出版社1979年版，上册，第183页。
③ 赵翼著，江守义、李成玉校注：《瓯北诗话校注》，人民文学出版社2013年版，第8页。

二，俗骨渐轻。(施补华《岘佣说诗》)①

以上几条类似的诗论，说明清人青睐李白的古体诗歌，是因为李白才情横溢，神思超群，诗歌想落天外、气魄宏大，造语惊奇，清新俊逸，不屑于雕章琢句，浑然天成，体式自由，不受拘束，在其俊逸豪放的诗歌中，读出其中意味深远、奔放洒脱的神韵，才是其诗歌的闪光之处，而清人正是欣赏李白诗歌体现出的超绝凡俗的才气、豪放不羁的个性，及自由奔放的诗作。赵翼对李白诗歌古体多于近体的解释有合理之处，李白本身的才气及喜好固然是古体诗多的主要原因，但从唐代诗歌的流变来看，诗歌体式的形成，受诗坛风气及诗歌自身发展的影响，任何诗体的形成都需要有一个流变的过程，李白身逢当时。

(二) 李杜并称及李白才气的钦慕

李杜并称由来已久，元稹在《唐检校工部员外郎杜君墓系铭并序》中评杜诗"至若铺陈终始，排比声韵，大或千言，次犹数百，辞气豪迈而风调清深，属对律切而脱弃凡近，则李尚不能历其藩翰，况堂奥乎？"②有尊杜抑李的倾向，推崇杜甫的近体诗作，尤其是长篇排律，认为杜诗清雄豪放而内蕴深厚，对仗工整、格律谨严，非李诗所能及，这无疑是用杜诗的长处，比之于李诗的短处，诗学趣尚所使而有失公允。白居易也从格律的角度拔高杜诗，如其在《与元九书》中评杜诗"可传者千余首，至于贯串今古，觐缕格律，尽工尽善，又过于李"。宋人更是将杜甫奉为诗学正宗。

清初乔亿就李杜问题做了一番思考，他说：

盖由子美学博而正，其所为诗，大则有关名教，小亦曲尽事

---

① 裴斐、刘善良：《李白资料汇编（金元明清之部）》，中华书局 1994 年版，第 3 册，第 1269 页。
② 杜甫著，仇兆鳌注：《杜诗详注》，中华书局 1979 年点校本，第 5 册，第 2236 页。

第四章 清代乡、会试诗命题与李白诗歌

情;加以诗之法度,至杜乃大备。太白神游八表,学兼内典,见之于诗,多荒忽不适世事用之语;又才为天纵,往往笔落如疾雷之破山,去来无迹,将法于何执之?后之从事于斯者,但随其分之浅深,功之小大,皆于杜有获也,诸体可兼致其力。而太白历千余年,所云问津者,率皆短制,或一二韵之飘洒,其庶几焉。至于大篇,入笔驱辞,能得其山奔海立之势而音韵自若者谁与?……李、杜之诗,固若是焉已矣。以是知杜可宗,李不可轻拟,可不可于李、杜云何先后哉!①

乔亿分析了历来杜诗地位高于李白诗歌的原因,杜诗合乎儒家名教观念,描写细处又能曲尽其妙,诗歌法度森严,格律大备。李诗则游于八荒,多想落天外,不适于世用,天才纵意,没有章法可循。因而就对李杜诗歌的学习来看,杜诗以学力胜,李诗以天分胜,因而学杜多有所获,而受资质所限,李白诗歌很难模仿,因而李杜诗歌实难分高下。乔亿的这一论述代表了清人对李杜诗歌的普遍看法,之后这类言论颇多,如黄子云的《野鸿诗的》中说:

太白以天资胜,下笔敏速,时有神来之句,而粗劣浅率处亦在此。少陵以学力胜,下笔精详,无非情挚之词,晦翁称其诗圣亦在此。学少陵而不成者,不失为伯高之谨饬;学太白不成者,不免为季良之画虎。当时称誉李加乎上者,太白天潢贵胄,加之先达;杜陵布衣,矧夫后起。若究二公优劣,李不逮多矣!然其歌行乐府,俊逸绝群,未肯向少陵北面。②

---

① 裴斐、刘善良:《李白资料汇编(金元明清之部)》,中华书局1994年版,第2册,第807页。
② 裴斐、刘善良:《李白资料汇编(金元明清之部)》,中华书局1994年版,第2册,第822—823页。

清代乡、会试诗命题与唐诗的接受

黄氏对李杜各自优劣的分析更为具体，李白天资出众，下笔神速，语出言表，才华横溢，但不擅长雕章琢句。杜甫则长于学力，下笔精致详尽，感情深厚。学习少陵诗歌，虽不及少陵，但仍可以取得谨慎的效果；学习李白诗歌不成，则反而好高骛远，弄得不伦不类，终究成为笑柄。论及二人诗歌的优劣，认为李白诗歌虽稍逊于杜诗，但李白的歌行乐府，超凡脱俗，毫不逊色。黄氏对于李杜的优劣分析，细致深入，有理有据，较为客观，瑕瑜互见，视野开阔，不被一己宗尚所囿。

李杜并称，对杜诗学力的推崇，李诗天分的崇尚，成为有清一代李杜诗歌接受的特点，杜诗易学，李诗难学，也成为一种普遍接受的倾向，试举几例：

夫二公之诗，一以天分胜，一以学力胜，同时角立，雄视于文场笔海之中，名相齐，才亦相埒，无少逊也。① （《李太白集辑注序·王琦序》）

大概杜、韩以学力胜，学之，刻鹄不成，犹类鹜也。太白、东坡以天分胜，学之，画虎不成，反类狗也。② （《随园诗话》卷四）

太白七古，体兼乐府，变化无方。然则古今学杜者多成就，学李者少成就；圣人有矩矱可循，仙人无踪迹可蹑也。③ （施补华《岘佣说诗》）

以上几家诗学观点有所差异，但都从学力、天分的角度评价李杜，可见，由此分辨李杜已经成为清人的共识，也是对李杜诗歌各自特点较为中肯的评价，而至于李杜的高低，及各自的宗尚，又有所不同。王琦将李杜置于同一高度；袁枚力主"性灵说"，力图打破"格调

---

① 李白著，王琦注：《李太白全集》，中华书局1977年版，下册，第1685页。
② 袁枚著，顾学颉校点：《随园诗话》，人民文学出版社1982年版，上册，第103页。
③ 裴斐、刘善良：《李白资料汇编（金元明清之部）》，中华书局1994年版，第3册，第1268—1269页。

说",通过儒家经典对情感表达的限制,论诗主张创新,因而所引其评论诗歌之语,更强调诗歌的创新,学而出新,而不是亦步亦趋地学习古人;施补华也从是否可以因循的角度,论述学杜诗多于李诗的原因。

总体而言,清人论诗以杜为重,杜诗居于第一,李诗位列第二,但并没有贬抑李诗之意,相反,非常崇尚李白诗歌的天分、才气,认为李白之所以独树一帜,正是因为异于常人的才气。如下所论:

> 不读全唐诗,不见盛唐之妙;不遍读盛唐诸家,不见李、杜之妙。太白胸怀高旷,有置身云汉、糠粃六合意,不屑屑为体物之言,其言如风卷云舒,无可踪迹。子美思深力大,善于随事体察,其言如水归墟,靡坎不盈。两公之才,非惟不能兼,实亦不可兼也。①(贺裳《载酒园诗话又编·李白》)

李杜诗歌在唐代诗史上并驾齐驱,各具特色,李白傲视万物,诗歌聚焦于神仙世界及神驰宇宙,不屑于日常琐事的描写,语言像清风卷动、云朵舒展一样自由奔放,没有踪迹可寻;杜甫诗歌则思力深厚,描写景物都细致入微,随物赋形,就像归墟的水源,没有不能穷形尽相的。二公的才能都别具一格,各有所长,不可兼得。因而清人对于李白诗歌是极为欣赏的,如彭定求在《读李太白集》中说:"三唐多作者,终少此风格。"②而清人所欣赏的李白诗歌呈现出的是什么样的风格特征,如赵翼所述:

> 诗之不可及处,在乎神识超迈,飘然而来,忽然而去,不屑屑于雕章琢句,亦不劳劳于镂心刻骨,自有天马行空,不可羁勒

---

① 裴斐、刘善良:《李白资料汇编(金元明清之部)》,中华书局1994年版,第2册,第681页。
② 彭定求:《彭定求诗文集》,《苏州文献丛书》第3辑,上海古籍出版社2016年点校本,上册,第171页。

之势。①

李白诗歌如天马行空，思想不同凡俗，想象丰富，不拘束于字句章法的雕琢，绝少苦心思索，豪迈奔放之势不可羁勒，而这些特征，究其深层原因为资质禀赋高妙、天性使然，诗歌创作多体现出这一特征，如所评：

> 太白诗"白发三千丈"、"燕山雪花大如席"，语涉粗豪，然非尔便不佳。"十月吴山晓，梅花落敬亭"、"江城五月落梅花"，用语皆活相，又不大段修饰，乃其天分过人处，后人不能步其尘。如少陵言愁断无"白发三千丈"之语，只是低头苦煞耳！故学杜易，学李难。然读杜后，不可不读李，他尚非所急也。②（郭兆麒《梅崖诗话》）

> 太白当希其发想超旷，落笔天纵，章法承接，变化无端，不可以寻常胸臆探测，如列子御风而行，如龙跳天门，虎卧凤阁，威凤九苞，祥麟独角，日五彩，月重华，瑶台绛阙，有非寻常地上凡民所能梦想及者。至其词貌，则万不容袭，蹈袭则凡儿矣。③（《昭昧詹言》卷一二）

李白的才气禀赋体现在其诗歌中，即为诗思的发想无端，语言的超凡脱俗，气势的豪放不羁，章法的无迹可寻，总而言之，即为诗歌中呈现的才华横溢，而清人所瓣香的也正是李白诗歌中才气纵横的特色。

---

① 赵翼著，江守义、李成玉校注：《瓯北诗话校注》卷1，人民文学出版社2013年版，第3页。
② 郭兆麒：《梅崖文钞（附梅崖诗话）》，山右历史文化研究院编《山右丛书·初编》（四），上海古籍出版社2014年点校本，第677页。
③ 方东树：《昭昧詹言》，人民文学出版社1961年点校本，第249页。

（三）以道统尊杜抑李

清代部分文人受道统思想的影响，弘扬杜诗中的忠君爱国思想，体现出明显的扬杜抑李的倾向，如：

> 诗如陶渊明之涵冶性情，杜子美之忧君爱国者，契于《三百篇》上也。如李太白之遗弃尘事，放旷物表者，契于庄、列，为次之。怡情景物，优闲自适者，又次之。叹老嗟卑者，又次之。留连声色者，又次之。攀缘贵要者为下。而皆发于自心，虽有高下，不失为诗。①（《围炉诗话》卷一）
>
> 子美之诗，多发于人伦日用间，所以日新又新，读之不厌。太白饮酒学仙，读数十篇倦矣。读杜集，粗语笨语有之，曾无郛廓语。②（《围炉诗话》卷四）

吴乔将杜诗中的人伦日用，及忧君爱国的思想看成是《诗经》传统的继承，并将儒家经世致用的济世情怀列为上等；认为李白饮酒学仙，以道家为依托，是庄子、列子思想的体现，次于杜甫诗歌；而优游自适、叹老嗟卑、留连景物等类诗歌又次之；以诗歌的社会功用作为诗歌划分的标准，虽带有明显的道统倾向，但其经历明清易代的社会局势，讲求诗歌的思想内容，具有重要的时代意义。

清中期，随着社会的稳定，经济的繁荣，统治的加强，官方对思想文化的控制并没有丝毫的松懈，因而传统文人重视儒家诗教，如纪昀曾在《诗教堂诗集序》中说：

> 人品高则诗格高，心术正则诗体正。陶诗无雕琢之工，亦无巧丽之句，而论者谓如绛云在霄，舒卷自如。李、杜齐名，后人

---

① 吴乔述：《围炉诗话》，中华书局1985年版，第1册，第4页。
② 吴乔述：《围炉诗话》，中华书局1985年版，第2册，第93页。

不敢置优劣,而忠爱悱恻,温柔敦厚,醉心于杜者究多,岂非人品、心术之不同欤?①

纪昀将诗格的高低归因于人品的高低,强调诗歌情感的抒发要符合儒家的性情,而并非表达真情实感就能称之为言志,只有表现忠君爱国的情感,符合温柔敦厚的诗教传统,使得性情趋于正,才能诗格高,因而清人醉心于杜甫诗歌的多,宗崇李白诗歌的少,正是将诗歌的评判上升到道德层面,从诗歌表达思想内容的高低来评判诗歌的优劣。

当然,这只是清人对李杜诗歌接受的一个方面,更多的文人,尤其是清代后期的文人,随着吏治的败坏,士风的堕落,文人对李杜的接受也逐渐发生转变,潘德舆在《作诗本经序》中说:

三代而下诗足绍《三百篇》者,莫李、杜若也,孰敢从而经之哉?朱子则断之曰:"作诗先看李、杜,如士人治本经,本既立,方可看苏、黄以次诸家。"朱子虽未以李、杜之诗为经,而已以李、杜之诗为作诗之经矣。窃怪近代作诗之人之于李、杜也,貌崇而心违之。大李之才,骇其变;服杜之学,憎其朴。简陋省力、华诞悦俗者,则恳恳然求之不衰。盖心专乎唐者,十无一;心专乎盛唐者,百无一;心专乎李、杜者,千无一也。其去《三百篇》安得不远哉?窃不量力,辑李、杜诗千余篇,与《三百篇》风旨无二者,题曰《作诗本经》。②

李杜诗歌都继承《诗经》传统,朱熹虽没有将李杜诗歌列入经书范畴,却将李杜诗歌看成诗学界的经书,作诗歌先应从李杜诗歌学起。潘德舆论述了当时文人对于李、杜诗歌的看法,表面宗崇而内心并不

---

① 纪昀:《纪文达公遗集·文集》卷9,嘉庆十七年刻本。
② 潘德舆:《养一斋诗话》,中华书局2010年辑校本,第261页。

以为然，崇尚李白的才能，又被李诗变化无端所震惊，服膺杜诗又不能接受其朴拙的缺点，将当时学习李杜诗歌之人称为鄙陋、不想费力、虚浮、趋俗的人，潘德舆并非是反对时人学李杜，而是认为时人并没有学到李杜诗歌的精华，他希望扭转当时浮华的习气，使得对李杜诗歌的学习适应时代的要求，体现出经世致用的一面。当然，他对当时诗坛不学唐诗，不重盛唐，甚至不尊李杜的描述，也是符合当时状况的，尤其是自道光时期开始，清人宗宋，因而他呼吁时人应以《诗经》为典范，使诗歌为政教服务，发挥诗歌干预现实、反映现实的作用，以李、杜诗歌为学习的本经。

第二节 乡、会试诗命题所选李白诗作

一 会试诗命题对李白宫廷诗作的重视

清代会试诗命题所选李白的两首诗歌为《侍从宜春苑，奉诏赋龙池柳色初青、听新莺百啭歌》及《宫中行乐词八首》，都是李白做御用文人之时的作品，体现出官方对这类作品的重视，然而这两首作品并不能代表李白诗歌的风格，而是鼓吹休明的官样诗歌，兹录于此。

《侍从宜春苑，奉诏赋龙池柳色初青、听新莺百啭歌》：

> 东风已绿瀛洲草，紫殿红楼觉春好。池南柳色半青青，萦烟袅娜拂绮城。
>
> 垂丝百尺挂雕楹，上有好鸟相和鸣，间关早得春风情。
>
> 春风卷入碧云去，千门万户皆春声。是时君王在镐京，五云垂晖耀紫清。
>
> 仗出金宫随日转，天回玉辇绕花行。始向蓬莱看舞鹤，还过苣若听新莺。
>
> 新莺飞绕上林苑，愿入《箫韶》杂凤笙。

此诗是李白待诏翰林时期的侍从之作,依次点题龙池柳色、莺啼、春游、听莺啭、草绿、柳青、紫烟与紫殿、红楼相互映衬,雕楹垂丝、新莺相呼,一幅生机勃勃、绚丽无比的春景图呈现出来;春声萌动,君王出游、五云垂晖、仗随日转、天回玉辇,是皇家出行的威仪盛大之景,赏花、观鹤、听莺层次分明,典雅宏丽,写得非常有特色。《唐宋诗醇》中评论此诗说:"清圆流丽,可以鼓吹休明。'千门万户'一语,气象颇大。全篇格调想见初唐余响。"①

《宫中行乐词八首》(其七)为奉诏所作,原文为:

> 寒雪梅中尽,春风柳上归。宫莺娇欲醉,檐燕语还飞。
> 迟日明歌席,新花艳舞衣。晚来移彩仗,行乐泥光辉。

此诗所写之景寒梅凋零、柳发新芽,春日莺歌燕舞、繁花盛开,一派繁荣景象,加之皇帝的彩仗,语言绮丽,是典型的宫廷诗作,有齐梁遗风,格调不高,但此诗格律谨严,寄意深沉,又不是齐梁吟花弄草的纤弱风格可比。

二 乡试诗命题对漫游山水及酬赠之作的选择

乡试诗命题共选入 28 首李白诗歌,就诗歌内容而言,主要分为三类:阐述诗歌革新理论之作,漫游山水之作及交往酬赠之作。具体而言《古风》五十九首选入第一首《大雅久不作》,此诗概括风雅源流,表明了李白的文学观点,表达了李白诗歌创作复古、恢复大雅"正声"之意"大雅久不作,吾衰竟谁陈",像孔子一样,要在文学上有所建树,开一代诗风。此诗音节和缓、内质温润,有"大雅"之风。在《古风》的众多篇章中,有表达求仙之意的,如《太白何苍苍》《客有鹤上仙》;有涉及战争的,如《代马不思越》《胡关饶风沙》;有表明

---

① 爱新觉罗·弘历:《唐宋诗醇》,中国文学出版社 2000 年版,上册,第 78 页。

第四章　清代乡、会试诗命题与李白诗歌

心志，抒发不得志、怀才见弃之作，如《燕昭延郭隗》；甚至有一些篇章有明显的讽刺之意，《唐宋诗醇》在选录这些诗作之时也做了明确的评注，如评论《秦皇扫六合》为："极写其盛，正为中间，转笔作地，'茫然使心哀'五字，多少包含，借秦以讽，意深旨远。"① 评《天津三月时》为："此刺当时贵幸之徒，怙侈骄纵而不恤其后也。"② 评《羽檄如流星》为："'群鸟夜鸣'，写出骚然之状。'白日'四句，形容黩武之非，至于征夫之凄惨，军势之怯弱，色色显豁，字字沉痛，结归德化，自是至论。此等诗殊有关系，体近风雅，与杜甫《兵车行》、《出塞》等作，工力悉敌，不可轩轾。"③ 选评《美人出南国》时说："亦前篇之意，但前篇寓意于君，此则谓张垍辈之谮毁也。"④《古风》中的诗歌，或刺权贵骄奢淫逸，怙恶不悛，或刺朝廷穷兵黩武，有的篇目甚至还上刺最高统治者。清人在命题之时，只选入《古风》第一首，而对大多数意含讽刺、求仙等意的诗歌不予选录，多出于"雅正"命题原则的考虑。

李白一生遍历名山大川，作者不仅爱好山水，在山水漫游中，恣情任性、寻亲访友、求仙访道、抒情言志，山水是作者寄托失意悲情的归宿，是作者与他人的友谊缔交之所，是作者精神情感的寄托。清代乡试诗命题所选李白诗作，有出蜀之作《峨眉山月歌》，诗中描写作者秋夜行舟，缺月挂峨眉山，倒映在平羌江中，流水缓缓、波光荡漾之景"峨眉山月半轮秋，影入平羌江水流"。语言清新浅近，音韵和谐，锤炼工整，二十八字中峨眉山、平羌江、清溪、三峡、渝州五个地名相连。王世贞评价此诗："此是太白佳境。然二十八字中，有峨眉山、平羌江、清溪、三峡、渝州，使后人为之，不胜痕迹矣，益见此老炉锤之妙。"⑤ 有开元二十三年游太原之作《太原早秋》，诗人本欲

---

① 爱新觉罗·弘历：《唐宋诗醇》，中国文学出版社2000年版，上册，第4页。
② 爱新觉罗·弘历：《唐宋诗醇》，中国文学出版社2000年版，上册，第12页。
③ 爱新觉罗·弘历：《唐宋诗醇》，中国文学出版社2000年版，上册，第16页。
④ 爱新觉罗·弘历：《唐宋诗醇》，中国文学出版社2000年版，上册，第19页。
⑤ 王世贞著，陆洁栋、周明初批注：《艺苑卮言》，凤凰出版社2009年版，第57页。

施展抱负,奈何没有机会,因而独伤秋景"岁落众芳歇,时当大火流。霜威出塞早,云色渡河秋。"生出淡淡的乡愁,境界阔大。

有笔力豪健的诗作,如《送储邕之武昌》、《游泰山六首》(其一、其三)、《望黄鹤山》及《九日登巴陵置酒,望洞庭水军》等。《送储邕之武昌》开篇即言:"黄鹤西楼月,长江万里情。春风三十度,空忆武昌城。"境界阔大,语言壮丽,气韵天成,《唐宋诗醇》中评论此诗:"健笔凌空,如列子御风而行,泠然善也。"①《游泰山六首》是作者游泰山之作,命题中选入第一首与第三首,其一描写作者登泰山时所见所感,作者沿着玄宗皇帝当年的足迹登泰山,诗中描摹登山途中的幽险奇绝的景致,如"六龙过万壑,涧谷随萦回。马迹绕碧峰,于今满青苔。飞流洒绝巘,水急松声哀。北眺崿嶂奇,倾崖向东摧。"有关此诗,《唐宋诗醇》中引入吴昌祺评语:"笔力矫健,亦从景纯游仙来。"② 其三主要抒发登上日观峰的激昂情怀,及视野所及的开阔雄浑景致,如"黄河从西来,窈窕入远山。凭崖览八极,目尽长空闲。"《望黄鹤山》是作者流放被赦之后,上元元年归江夏所作,诗中描述了黄鹤山的雄伟峭拔、幽美秀丽之景:"四面生白云,中峰倚红日。岩峦行穹跨,峰嶂亦冥密。"诗歌整体清雄豪放,颇具浪漫色彩。这些诗歌或为送别之作,或为漫游山水之作,诗中对意象的选择,对情感的表达如所评:

> 白性本高逸,遇复偃蹇,其胸中磊砢,一于诗乎,发之泰山观日,天下之奇,故足以舒其旷渺,而写其块垒不平之意。是篇气骨高峻,而无恢张之象。后三篇状景奇特,而无刻削之迹。盖浩浩落落,独往独来,自然而成,不假人力,大家所以异人者,在此。若其体近游仙,则其寄兴云尔。③

---

① 爱新觉罗·弘历:《唐宋诗醇》,中国文学出版社2000年版,上册,第141页。
② 爱新觉罗·弘历:《唐宋诗醇》,中国文学出版社2000年版,上册,第147页。
③ 爱新觉罗·弘历:《唐宋诗醇》,中国文学出版社2000年版,上册,第147页。

第四章 清代乡、会试诗命题与李白诗歌

李白高雅脱俗，俊逸跌宕，或经历仕途的失意，或遭遇流放的艰辛屈辱，心中不免郁闷，抑郁不平而不得志，因而寄情山水，登临跋涉，通过山水的壮丽旷远来抒发内心的不平之气，及作者豪放的胸襟。感慨报国无门，登泰山而希望在求仙访道中寻求解脱，但又觉求仙之虚妄，对仕途充满绝望之情；借黄鹤山飞仙之典，抒发自己寄情山水的志向"结心寄青松，永悟客情毕。"山水是诗人的情感寄托，有飞升的愿望，李白笔下又成就了壮美的山水书写。

有清新飘逸的诗作，如《送友人寻越中山水》、《秋登宣城谢朓北楼》、《陪从祖济南太守泛鹊山湖三首》（其二）、《陪宋中丞武昌夜饮怀古》、《与贾至舍人于龙兴寺剪落梧桐枝望灉湖》、《夜泛洞庭寻裴侍御清酌》、《登巴陵开元寺西阁，赠衡岳僧方外》等。《秋登宣城谢朓北楼》描写作者晴日傍晚登上谢朓楼所见秋日清景"江城如画里，山晚望晴空。两水夹明镜，双桥落彩虹。"溪水澄澈透亮宛如明镜，桥影倒映水中，在夕阳照射下更见炫丽，想象丰富，诗风清新灵动；《陪从祖济南太守泛鹊山湖三首》（其二）中书写游览鹊山湖所见清新壮阔之景"湖阔数十里，湖光摇碧山。"《夜泛洞庭寻裴侍御清酌》描绘夜晚舟泛洞庭，绿水荡漾，秋月独照，影随波动之景"日晚湘水绿，孤舟无端倪。明湖涨秋月，独泛巴陵西。"清景中见阔大，如《唐宋诗醇》中所评："'明湖涨秋月'，与'月涌大江流'，同一写景之妙。"①

《送友人寻越中山水》对越中的自然山水、人文景象进行了描摹，表现出作者对越中自然山水的深切热爱"千岩泉洒落，万壑树萦回。东海横秦望，西陵绕越台。湖清霜镜晓，涛白雪山来。"诗句清新自然，"泉""霜镜""涛"等体现出李白清新俊逸的风格特征，《唐宋诗醇》中引入评语："桂临川曰：'太白天才飘逸，长律虽法度整严，而清骨不泯。'"②

---

① 爱新觉罗·弘历：《唐宋诗醇》，中国文学出版社2000年版，上册，第151页。
② 爱新觉罗·弘历：《唐宋诗醇》，中国文学出版社2000年版，上册，第130页。

《陪宋中丞武昌夜饮怀古》是李白随宋若思军队到武昌夜饮之作：

清景南楼夜，风流在武昌。庾公爱秋月，乘兴坐胡床。龙笛吟寒水，天河落晓霜。我心还不浅，怀古醉余觞。

诗中描写了清空静谧的夜色"清景南楼夜"，作者与宋若思饮酒风流，忆晋代庾亮秋夜赏月之风流清兴，伴清美之夜景，听丝竹以娱神，诗中怀古伤今，情致绵邈。《唐宋诗醇》中评此诗曰："八句一气涌出，古无此格。乃古体中之谐调，律篇中之清音。"① 《与贾至舍人于龙兴寺剪落梧桐枝望灉湖》也体现出类似的特点：

剪落青梧枝，灉湖坐可窥。雨洗秋山净，林光澹碧滋。
水闲明镜转，云绕画屏移。千古风流事，名贤共此时。

诗中描写龙兴寺所见之景，秋山经过雨水的涤荡，一尘不染，碧色油然，清脆欲滴，灉湖水转似明镜一般，微云舒卷，观察入微，描摹细致，动静结合，而借景抒发名流相聚之情。

《登巴陵开元寺西阁，赠衡岳僧方外》赞美岳僧的品相不凡"五峰秀真骨"，内心的敞亮"海水照秋月"，言语的沁人心脾"清凉润肌发"，居住环境的超尘脱俗及自己对于这种生活的向往之情，诗歌语言清新飘逸，赏秋月、餐惠风，心态淡泊，《唐宋诗醇》中评论此诗"语言清妙，如霏玉屑"②。

《与夏十二登岳阳楼》清俊豪放俱见：

楼观岳阳尽，川迥洞庭开。雁引愁心去，山衔好月来。

---

① 爱新觉罗·弘历：《唐宋诗醇》，中国文学出版社2000年版，上册，第168页。
② 爱新觉罗·弘历：《唐宋诗醇》，中国文学出版社2000年版，上册，第159页。

第四章 清代乡、会试诗命题与李白诗歌

云间连下榻,天上接行杯。醉后凉风起,吹人舞袖回。

"观""迥"二字,眼界阔大,岳阳楼的高耸,洞庭湖的渺远写出,山岭衔月,景致清新,"云间""天上"想象奇特,诗风飘逸。

所选诗作,最能代表李白诗歌风格特征的有《望庐山瀑布》《赠裴十四》《宣州谢朓楼饯别校书叔云》《西岳云台歌送丹丘子》《梦游天姥吟留别》《忆旧游寄谯郡元参军》《庐山谣寄卢侍御虚舟》《赠王判官,时余归隐居庐山屏风叠》等,这些诗篇,或短章,或长篇,极具个人魅力及特征。

在这些游览之作中,《望庐山瀑布》颇具代表性:

日照香炉生紫烟,遥看瀑布挂前川。飞流直下三千尺,疑是银河落九天。

诗歌以庐山瀑布为背景,描写太阳照射下香炉峰色彩的奇幻多变,动静结合写出瀑布的雄伟壮观,迅猛雄迈之势,"挂""飞流""直下"将大自然的神奇瑰玮,瀑布的喷涌之势及山势的陡峻写出,整体诗歌风格缥缈雄阔,表现出李白豁朗的胸襟、豪放的性格特征。

《赠裴十四》中不言离愁别绪,着重刻画裴十四的超凡脱俗,诗歌从裴十四外在的形貌丰伟、光耀照人,到内在的胸怀宽广"朝见裴叔则,朗如行玉山。黄河落天走东海,万里写入胸怀间。"品行高洁,难受羁束而遗世独立。语言如行云流水,朗畅自如,如《唐宋诗醇》所引吴昌祺评语:"有如生龙活虎,非世人所可驾驭,天实授之,岂人力耶?"[①] 对太白的天才飘逸、豪放不羁称颂有加。

《宣州谢朓楼饯别校书叔云》中作者追忆往昔,感光阴易逝,思及如今,满腹牢骚,登上谢朓楼,不仅念及谢公的才华横溢,更是借谢

---

① 爱新觉罗·弘历:《唐宋诗醇》,中国文学出版社2000年版,上册,第89页。

公之遭遇抒发自己怀才而不被重视的抑郁不得志之情"抽刀断水水更流，举杯消愁愁更愁。"秋日送别，高楼畅饮，思及自己才华横溢、志向远大，终究不被重用，充满愤懑忧伤之情，生出散发弄舟的归隐之意，"人生在世不称意，明朝散发弄扁舟。"诗歌激情豪迈、气韵奔放，风格清雄豪放。

《西岳云台歌送丹丘子》描写了华山的山势高耸峻绝，黄河的气势磅礴、奔腾咆哮的气势"西岳峥嵘何壮哉！黄河如丝天际来。黄河万里触山动，盘涡毂转秦地雷。"并引入传说写华山之景"三峰却立如欲摧，翠崖丹谷高掌开。白帝金精运元气，石作莲花云作台。"使得山河蒙上神秘色彩，想落天外，超凡脱俗，表现出对仙境中闲适之态的向往之情，颇具有浪漫色彩。胸襟阔大，气势豪迈，笔力劲健，《唐宋诗醇》中评此诗"健笔凌云，一扫靡靡之调"①。

《梦游天姥吟留别》是作者经历仕途失意，于天宝三载赐金放还后的作品，因而作者深感权贵的排挤，诗歌借梦游天姥山，表现了对现实社会的深切不满，以及对权贵的蔑视之情，抒发个人狷介狂放、不卑不屈的叛逆心情，此诗还对求仙的虚妄予以揭示，进而对山水有所沉迷"且放白鹿青崖间，须行即骑访名山。安能摧眉折腰事权贵，使我不得开心颜！"一般认为此诗是天宝四载作者将南下游吴越时别东鲁诸友的作品，因而又名《别东鲁诸公》。现实的黑暗使得诗人在梦境中追寻自由，想象奇特，大胆夸张，梦境现实相接，亦虚亦实，极具浪漫主义色彩。《唐宋诗醇》中对此诗评论说：

> 七言歌行本出楚骚、乐府，至于太白，然后穷极。笔力优入圣域，昔人谓其以气为主，以自然为宗，以俊逸高畅为贵，咏之使人飘扬欲仙，而尤推其《天姥吟》、《远别离》等篇，以为虽子美不能道。盖其才横绝一世，故兴会标举非学可及。正不必执此，

---

① 爱新觉罗·弘历：《唐宋诗醇》，中国文学出版社2000年版，上册，第79页。

谓子美不能及也。此篇夭矫离奇，不可方物，然因语而梦，因梦而悟，因悟而别，节次相生，丝毫不乱。若中间梦境迷离，不过词意伟怪耳。胡应麟以为无首无尾，窈冥昏默，是真不可以说梦也。特谓非其才力学之，立见颠踣，则诚然耳。①

就此诗体制而言，太白此诗杂言相间，骚体并用，思绪飘忽，笔随而至，体制不受拘束，如天马行空，堪称唐人绝佳之作。清人此评论中认为此篇是太白"气""自然""俊逸高畅"的代表，可谓实至名归，章法谨严，构思精密，才气横溢，为才人之诗的代表，并非学力能及，是太白诗歌中的代表之作，冠绝古今。

《忆旧游寄谯郡元参军》是作者对自己与元演四次聚散经历的追忆，细致描述了李白入仕之前豪放不羁的游乐生活："黄金白璧买歌笑，一醉累月轻王侯。""手持锦袍覆我身，我醉横眠枕其股。"多豪放之语，如"一溪初入千花明，万壑度尽松风声。"以及离朝之后的颓唐之态"北阙青云不可期，东山白首还归去。"细追当年情事，颇多感慨，语言奔放，笔墨饱蘸，抒发情感酣畅淋漓，又不失含蓄，篇章纵意自如。《唐宋诗醇》中评此诗曰："此篇最有纪律可循，历数旧游，纯用序事之法，以离合为经纬，以转折为节奏，结构极严而神气自畅。至于奇情胜致，使览者应接不暇，又其才之独擅者耳。"② 此诗篇章结构谨严，气韵流畅，清人极为称赞此诗的才气纵横。

《庐山谣寄卢侍御虚舟》是作者流放被赦之后游庐山的作品：

我本楚狂人，凤歌笑孔丘。手持绿玉杖，朝别黄鹤楼。五岳寻仙不辞远，一生好入名山游。庐山秀出南斗旁，屏风九叠云锦张，影落明湖青黛光。

---

① 爱新觉罗·弘历：《唐宋诗醇》，中国文学出版社2000年版，上册，第123页。
② 爱新觉罗·弘历：《唐宋诗醇》，中国文学出版社2000年版，上册，第112页。

清代乡、会试诗命题与唐诗的接受

金阙前开二峰长，银河倒挂三石梁，香炉瀑布遥相望，回崖沓嶂凌苍苍。翠影红霞映朝日，鸟飞不到吴天长。登高壮观天地间，大江茫茫去不还。黄云万里动风色，白波九道流雪山。好为庐山谣，兴因庐山发。

闲窥石镜清我心，谢公行处苍苔没。早服还丹无世情，琴心三叠道初成。遥见仙人彩云里，手把芙蓉朝玉京。先期汗漫九垓上，愿接卢敖游太清。

作者在诗歌中表达了性嗜山水的特征，夸耀庐山的雄奇秀美，周边景色的壮阔磅礴，以及作者流连山水、求仙访道的愿望，是政治理想破灭之后寄情山水的超脱之态。而这首诗歌的特别之处在于诗歌的艺术魅力，《唐宋诗醇》中对评论此诗说："天马行空，不可羁绁。桂临川曰：'全篇开阖轶荡，冠绝古今，即使工部为之，未易及此。高岑辈恐亦胁息。其襟期雄旷，辞旨慷慨，音节浏亮，无一不可。'"① 此诗文气豪放，不受拘束，思绪飘忽不定，从自我写到庐山，又从庐山言及求仙，不受章法束缚，信手拈来，胸襟坦荡，狂放不羁，气势雄奇豪放，节奏明朗，在唐代诗歌中独树一帜，是李白的代表作之一。

总之，清人在乡试诗命题中所选李白诗歌，不涉及古诗中的怨声女调，而是主要表现出对其雄健笔力的山水书写，及清新俊逸风格之作的偏爱，选诗所涉山水之景，或是浩瀚的江河、奔腾怒哮的黄河，或是雄壮陡峻的山峦，或是雄奇秀美的瀑布，其笔下的山水形象，或高耸突兀，或气势磅礴，或奇幻朦胧，表现出惊心动魄、排山倒海的非凡气势，焕发出不同寻常的光彩，诗中虽不乏清明秀丽山水之景及闲适自在心境的书写，但能代表其诗歌风格的还是雄奇壮美山水的描写之作，这类诗作更符合《唐宋诗醇》的选评特征"夫论古人之诗，当观其大者、远者，得其性情之所存，然后等厥材力，辨厥渊源，以

---

① 爱新觉罗·弘历：《唐宋诗醇》，中国文学出版社2000年版，上册，第117页。

定其流品。一切悠悠耳食之论,奚足道哉?"① 雄壮山水中熔铸了李白天仙般的视角、浪漫的气质、个性化的特征,及作者喷薄的激情,昂扬不屈的斗志,傲岸不屈的品格,强大的生命力,不乏求仙归隐之意,但更多是豪放不羁、奋发向上精神的感召,歌唱祖国的山川名胜,雄健奔放的语言,长短错落的章法,和谐的音节,神奇的想象,大胆的夸张,极具浪漫主义色彩,诗歌如天马行空,不受羁勒。

第三节 乡、会试诗命题出自李白诗歌的考题特征

一 李白诗歌出题概况

清代会试诗命题出自李白诗歌的考题有 2 例,乡试诗命题出自李白诗歌的考题有 45 例,共计 47 例,就所选考题内容而言,多涉写景之句,及少数文学典故与求仙类考题,具体命题情况如下表 4-1 所示。

表 4-1　　清代乡、会试诗命题出自李白诗歌考题

诗题	时间	地点	所出诗作
《赋得山衔好月来（得楼字）》	乾隆四十五年庚子科	湖南	《与夏十二登岳阳楼》
《赋得山衔好月来（得阳字）》	咸丰七年丁巳补行科	湖南	
《赋得山衔好月来（得来字）》	光绪二十三年丁酉科	湖南	
《赋得明湖涨秋月（得秋字）》	乾隆五十九年甲寅恩科	湖南	《夜泛洞庭寻裴侍御清酌》
《赋得黄鹤西楼月（得秋字）》	嘉庆五年庚申恩科	湖北	《送储邕之武昌》
《赋得峨眉山月半轮秋（得秋字）》	道光八年戊子科	四川	《峨眉山月歌》
	光绪八年壬午科	四川	
《赋得海水照秋月（得秋字）》	道光二十年庚子恩科	湖南	《登巴陵开元寺西阁,赠衡岳僧方外》

---

① 爱新觉罗·弘历:《唐宋诗醇》,中国文学出版社 2000 年版,上册,第 1 页。

续表

诗题	时间	地点	所出诗作
《赋得波光摇海月（得摇字）》	同治十二年癸酉科	江南	《宿白鹭洲寄杨江宁》
《赋得陇寒惟有月（得寒字）》	光绪十七年辛卯科	甘肃	《过四皓墓》
《赋得湖清霜镜晓（得寻字）》	乾隆五十一年丙午科	浙江	《送友人寻越中山水》
	道光二年壬午科	浙江	
《赋得天影落江虚（得虚字）》	乾隆五十七年壬子科	江南	《秋日与张少府楚城韦公藏书高斋作》
《赋得清景南楼夜（得清字）》	嘉庆十五年庚午科	湖北	《陪宋中丞武昌夜饮怀古》
《赋得疑是银河落九天（得泉字）》	道光十五年乙未恩科	贵州	《望庐山瀑布》
《赋得万壑度尽松风声（得声字）》	道光二十三年癸卯科	江西	《忆旧游寄谯郡元参军》
	光绪五年己卯科	云南	
《赋得湖光摇碧山（得湖字）》	道光二十六年丙午科	山东	《陪从祖济南太守泛鹊山湖三首》（其二）
《赋得湖光摇碧天（得摇字）》	光绪元年乙亥恩科宗室乡试		
《赋得涛白雪山来（得来字）》	光绪十一年乙酉科	浙江	《送友人寻越中山水》
《赋得登高无秋云（得无字）》	嘉庆六年辛酉科宗室乡试		《九日登巴陵置酒，望洞庭水军》
《赋得云色渡河秋（得秋字）》	嘉庆十二年丁卯科	山西	《太原早秋》
	光绪八年壬午科	山西	
《赋得云色渡河秋（得河字）》	同治元年壬戌恩科	河南	
《赋得雨洗秋山净（得山字）》	道光八年戊子科	江南	《与贾至舍人于龙兴寺剪落梧桐枝望湖》
《赋得秋色无远近（得秋字）》	道光八年戊子科	广西	《赠卢司户》
《赋得长风万里送秋雁（得秋字）》	道光十五年乙未恩科	山西	《宣州谢朓楼饯别校书叔云》
	光绪八年壬午科	江南	
《赋得江城如画里（得秋字）》	道光十二年壬辰科	湖北	《秋登宣城谢朓北楼》
《赋得石作莲花云作台（得峰字）》	道光二十九年己酉科	陕西	《西岳云台歌送丹丘子》
《赋得石作莲花云作台（得台字）》	光绪二十年甲午科	陕西	
《赋得中峰倚红日（得仙字）》	乾隆五十七年壬子科	湖北	《望黄鹤山》

第四章 清代乡、会试诗命题与李白诗歌

续表

诗题	时间	地点	所出诗作
《赋得日照香炉生紫烟（得烟字)》	嘉庆二十一年丙子科	江西	《望庐山瀑布》
	光绪十九年癸巳恩科	江西	
《赋得黄河从西来（得来字)》	道光十四年甲午科	山东	《游泰山六首》（其三）
《赋得平明登日观（得明字)》	道光二十九年己酉科	山东	
《赋得黄河落天走东海（得河字)》	咸丰九年己未恩科	河南	《赠裴十四》
《赋得黄河落天走东海（得东字)》	光绪二十年甲午科	甘肃	
《赋得一生好入名山游（得游字)》	同治九年庚午科	四川	《庐山谣寄卢侍御虚舟》
《赋得八月枚乘笔（得观字)》	乾隆五十三年戊申恩科	浙江	《送友人寻越中山水》
《赋得荆门倒屈宋（得章字)》	乾隆五十九年甲寅恩科	湖北	《赠王判官，时余归隐居庐山屏风叠》
《赋得众星罗秋旻（得文字)》	嘉庆五年庚申恩科	江西	《古风》（其一）
《赋得蓬莱文章建安骨（得安字)》	光绪十一年乙酉科	湖南	《宣州谢朓楼饯别校书叔云》
《赋得登高望蓬瀛（得登字)》	道光十五年乙未恩科	山东	《游泰山六首》（其一）
《赋得海客谈瀛洲（得洲字)》	光绪五年己卯科	广东	《梦游天姥吟留别》
《赋得千门万户皆春声（得莺字)》	同治元年壬戌科会试		《侍从宜春苑，奉诏赋龙池柳色初青、听新莺百啭歌》
《赋得春风柳上归（得归字)》	道光六年丙戌科宗室会试		《宫中行乐词八首》（其七）

如上所列考题，以月为意象的有10例，所出诗句，"山衔好月来"，山岭月出，"衔"字更见轻松灵动，想象丰富，构思新颖，为清新之景；"明湖涨秋月"为月色照耀下，湖色澄明透亮，月影倒映水中随波涌动之态，《唐宋诗醇》中原评曰："譬之于云有无心出岫之意，'明湖涨秋月'，与'月涌大江流'，同一写景之妙。"① 这一评论似乎有一定的道理，但"月涌大江流"更见气势的阔大，"明湖涨秋月"强调湖水与月色合而为一的虚白缥缈之感；"黄鹤西楼月"为风清月朗之景；"峨眉山月半轮秋"为对秋夜静谧清丽景致的考察；"波光摇海

---

① 爱新觉罗·弘历：《唐宋诗醇》，中国文学出版社2000年版，上册，第151页。

月"为水中月影随波荡漾的清幽缥缈之境;"陇寒惟有月"为清冷凄寒之景;"海水照秋月"为秋夜皎洁月色与海水交融下澄明透彻之态。以上所涉以月为意象的考题,或清新,或清虚,或清丽,或清幽,或清冷,或清澄,有一个共同的特征,即为"清",月景多呈现出澄明清虚的状态,体现出清人在命题中对"清"景的重视。

同治十二年癸酉科江南考题《赋得波光摇海月(得摇字)》,《清代朱卷集成》中所收刘至顺考卷,诗歌原文为:

> 白鹭洲边宿,怀人正此宵。水连天一色,波与月同摇。
> 滚雪初平岸,排云迥傍霄。影澄双镜晃,浪涌万珠跳。
> 清韵才飞笛,凉痕欲上桡。钟声来古寺,渔火动寒潮。
> 金碧楼台静,空明岛屿遥。蓬瀛欣在望,蟾窟桂香飘。

此诗本房加批为"清新俊逸,兼擅胜场"①,此年江南乡试江学普朱卷本房加批为"词清句丽"②;延清朱卷本房加批为"清新开府,俊逸参军",及赵粹甫夫子枇"清词丽句必为邻"③;朱鸿绶朱卷加批为"清思浣月健笔凌云"④。无论是"清新""清词",还是"清思",都体现出清人在试律审美方面对"清"的追求。李白自己在诗歌中多次强调"清"的审美追求,如赞美韦良宰诗作称"清水出芙蓉,天然去雕饰。"(《经乱离后,天恩流夜郎,忆旧游书怀赠江夏韦太守良宰》)评价谢朓诗歌曰"诗传谢朓清"(《送储邕之武昌》)"蓬莱文章建安骨,中间小谢又清发"(《宣州谢朓楼饯别校书叔云》)。

还有一些考题,所选出题诗句中一些意象含有"清"的特征,如"湖清霜镜晓""天影落江虚""清景南楼夜""涛白雪山来""湖光摇

---

① 顾廷龙:《清代朱卷集成》,成文出版社1992年版,第157册,第307页。
② 顾廷龙:《清代朱卷集成》,成文出版社1992年版,第157册,第129页。
③ 顾廷龙:《清代朱卷集成》,成文出版社1992年版,第157册,第265—266页。
④ 顾廷龙:《清代朱卷集成》,成文出版社1992年版,第157册,第389页。

碧山""疑是银河落九天""万壑度尽松风声"等，这些出题之句所包含的意象"湖""江""河""风""涛"等，虽境界有所不同，但都体现出"清"的特征。如"天影落江虚"为天边实景映照江间，产生的浑融虚浮之景，颇具空灵之感；"湖清霜镜晓"为镜湖澄澈静谧之景；"清景南楼夜"为月色之下清幽静谧之景；"湖光摇碧山"为碧山倒映在澄澈的湖水中，微波荡漾，影随波动的动态澄澈清幽之景；"涛白雪山来"为对波涛汹涌洁白壮阔景象的考察。这些诗句描写之景，举凡倒映江中的天影，澄澈的湖面，清幽的夜色，湖中山的倒影，汹涌的波涛等，这类雄阔壮丽的景色都写入作者笔底，尤以"疑是银河落九天"及"万壑度尽松风声"更为豪放壮阔，"疑是银河落九天"为作者神思驰骋之景，颇具想象色彩，描写庐山瀑布雄奇壮丽的景色；"万壑度尽松风声"颇具豪壮气势。显然，清人在命题中也颇为欣赏李诗中的雄壮之景及豪放之语。

命题中还选入一些描写秋景之句，如"登高无秋云""云色渡河秋""雨洗秋山净""秋色无远近""长风万里送秋雁"等，秋日多清爽无云，如"登高无秋云"写九月九日，万里无云的清爽旷远之景；"雨洗秋山净"写秋雨的凉爽，秋山雨后的洁净；"秋色无远近"为概括性考题，颇具想象空间；"长风万里送秋雁"为秋清气爽，大雁南飞之景，为豪放语。

李白性嗜山水，一生都在山水中漫游，笔下多描写山水之句，如清人李兆洛在《郑愿廷先生诗文集序》中言：

  泾川山水之美，李白之所亟赏也，诗篇稠叠，读者艳之。林峦溪涧明秀之气，固宜钟而为文采风流之士，白诗所称："粲粲吴与史，衣冠耀天京。"意必一时英亮，而至今无能举其名者。白所往来投赠，则有万巨、汪伦，于汪氏池馆尤眷眷；而二人无一诗传后世,盖久而佚之耳。①

李兆洛此处从安徽泾川山水与李诗的渊源谈起,李白酷爱山水,游踪广布,泾川为其中之一,李白诗中对安徽的名山黄山、九华山、天柱山多有描写,漫游泾川、秋浦山水,往来于宣城和当涂之间,结识汪伦等人。清人在命题之时,也多选入李诗中描写各地自然山水之句,总括江南山水的优美如画,如"江城如画里";"平明登日观"为发兴式的考题,有充分的想象空间,易于考生发挥,写作空间大;比拟华山山形如开在云台之上的莲花,如"石作莲花云作台";山峰日照之景,如"中峰倚红日"为日照黄鹤山之景,"日照香炉生紫烟"为对太阳照射下香炉峰缥缈奇幻,雄奇磅礴之景的考察,颇具浪漫色彩;笔底黄河之景,如"黄河从西来"笼统谈黄河的渊源,"黄河落天走东海"借黄河的奔腾磅礴气势比喻友人胸襟的宽广博大,为气势壮阔之景;"一生好入名山游"很好地诠释了李白一生的经历,李白对名山的喜爱,不仅与其豪放阔达、不受拘束的天性有关,更有特殊的意义,他一生徘徊于儒道之间,作者在经历仕途的失意、生活的挫折之后,总是遁入名山,求仙访道寻求精神寄托,甚至可以说山川等景物为李白的精神命脉。命题中也选入一些与游仙相关的诗句,如"登高望蓬瀛"为对作者想象之景的考察,而又是对典故的引用,充满浪漫色彩;"海客谈瀛洲"具有虚幻缥缈的色彩,考生对此题的作答多敷衍典故,并依太白诗歌之意,揭示此事的虚无缥缈与虚妄。

命题所选李白诗句,有的涉及对文学典故的考察,如"八月枚乘笔"是对枚乘杰出文思与广陵曲江观涛典故的考察;"蓬莱文章建安骨"借用典故称美李云之文得建安刚健之风骨;"荆门倒屈宋"借典故表现自己才华的出众,为对杰出才能的自得之词;"众星罗秋旻"表述

---

① 李兆洛:《养一斋文集》卷2,《清代诗文集汇编》,上海古籍出版社2010年影印本,第493册,第23页。

了李白对唐代诗坛的认知,认为人才辈出如秋日天空的繁星罗布。

会试诗命题所选的两句诗"千门万户皆春声""春风柳上归",都以春景命题,前者气象阔大,将春声萌动、万物复苏的景象描写出来,描绘出一幅欣欣向荣的春景图,不仅庄重典雅,还暗示着国家的安定,百姓生活的安康;"春风柳上归"将柳树人格化,好似春风使得柳色归来,造语新奇。唐代试律诗题多春景类考题,如《迎春东郊》《春从何处来》《春色满皇州》《长安早春》等,此二题不过是依例而出。

二 命题的地域性特征

清代乡试诗命题中,有 15 省乡试以李白诗歌命题,所选的李白诗歌,在各省命题的次数并不相同,湖南乡试命题次数最多,为 6 次,湖北、江西乡试分别为 5 次,山东、浙江 4 次,江南、山西、四川命题 3 次,河南、甘肃、陕西都为 2 次,广东、广西、贵州、云南都为 1 次,此外,宗室命题 2 次。只从各省乡试选择李白诗歌命题的次数,并不能说明什么问题,需对命题中所选的李白诗歌做进一步探究(见下表 4-2)。

表 4-2　　　　　　　乡试诗命题所选李白各地诗作

地点	选诗数量	命题次数	所选诗作
湖南	6	8	《与夏十二登岳阳楼》《夜泛洞庭寻裴侍御清酌》《与贾至舍人于龙兴寺剪落梧桐枝望灉湖》《赠卢司户》《登巴陵开元寺西阁,赠衡岳僧方外》《九日登巴陵置酒,望洞庭水军》
山东	5	8	《梦游天姥吟留别》、《忆旧游寄谯郡元参军》、《陪从祖济南太守泛鹊山湖三首》(其二)、《游泰山六首》(其一)、《游泰山六首》(其三)
江西	4	6	《秋日与张少府楚城韦公藏书高斋作》《赠王判官,时余归隐居庐山屏风叠》《望庐山瀑布》《庐山遥寄卢侍御虚舟》

续表

地点	选诗数量	命题次数	所选诗作
湖北	3	3	《望黄鹤山》《送储邕之武昌》《陪宋中丞武昌夜饮怀古》
安徽	2	4	《宣州谢朓楼饯别校书叔云》《秋登宣城谢朓北楼》
陕西	2	3	《西岳云台歌送丹丘子》《过四皓墓》
浙江	1	4	《送友人寻越中山水》
山西	1	3	《太原早秋》
四川	1	2	《峨眉山月歌》
江苏	1	1	《宿白鹭洲寄杨江宁》
	1	1	《古风》（其一）
	1	2	《赠裴十四》

　　如表 4-2 所示，命题所选李白诗作，为作者各地之作，所涉地域广泛，包括湖南、山东、江西、湖北、安徽、陕西、浙江、山西、四川、江苏等多省之作，其中《古风》及《赠裴十四》没有查明确切地点，所以另外标出，所涉 10 省，除安徽外的 9 省都在乡试诗命题中选择李白诗歌。命题所选李白诗歌在创作之地与命题之地上是否相关，或者说存在什么关系，有待于进一步探究。

　　据统计，所选李白诗歌在创作之地与命题之地上完全一致的有浙江、山东、陕西 3 省之作，浙江乡试的四次考试，乾隆五十一年丙午科与道光二年壬午科考题《赋得湖清霜镜晓（得寻字）》，乾隆五十三年戊申恩科考题《赋得八月枚乘笔（得观字）》及光绪十一年乙酉科考题《赋得涛白雪山来（得来字）》等，都出自《送友人寻越中山水》，"湖清霜镜晓""涛白雪山来"是对镜湖之景的考察，镜湖为浙江名湖；山东乡试，道光十五年乙未恩科考题《赋得登高望蓬瀛》，出自《游泰山六首》（其一），道光十四年甲午科考题《赋得黄河从西来》与道光二十九年己酉科考题《赋得平明登日观》都出自《游泰山六首》（其三），道光二十六年丙午科考题《赋得湖光摇碧山》出自《陪从祖济南太守泛鹊山湖三首》（其二）；陕西乡试，道光二十九年

第四章 清代乡、会试诗命题与李白诗歌

己酉科考题与光绪二十年甲午科考题，都出自《西岳云台歌送丹丘子》，命题之句"石作莲花云作台"是对西岳华山的考察。这3省命题诗作或创作于本地，或与本地有关联，都体现出命题中对创作于本地诗作的重视。

此外，湖南乡试命题的6例考题，5例出自与本地有关的诗作，如乾隆四十五年庚子科，咸丰七年丁巳补行科，及光绪二十三年丁酉科都以"山衔好月来"之句命题，出自《与夏十二登岳阳楼》；乾隆五十九年甲寅恩科考题《赋得明湖涨秋月（得秋字）》，出自《夜泛洞庭寻裴侍御清酌》；道光二十年庚子恩科考题《赋得海水照秋月（得秋字）》，出自《登巴陵开元寺西阁，赠衡岳僧方外》，这三首诗作都创作于湖南。四川乡试命题所出3例考题，其中道光八年戊子科与光绪八年壬午科考题都出自《峨眉山月歌》，命题之句"峨眉山月半轮秋"以峨眉山月景为题。山西乡试命题所出3例考题，2例出自《太原早秋》中的"云色渡河秋"之句，如嘉庆十二年丁卯科与光绪八年壬午科考题《赋得云色渡河秋（得秋字）》。湖北乡试所出5例考题，3例出自本地相关之作，乾隆五十七年壬子科考题《赋得中峰倚红日（得仙字）》，出自《望黄鹤山》；嘉庆五年庚申恩科考题《赋得黄鹤西楼月（得秋字）》，出自《送储邕之武昌》；嘉庆十五年庚午科考题《赋得清景南楼夜（得清字）》，出自《陪宋中丞武昌夜饮怀古》。江西乡试所出5例考题，2例出自《望庐山瀑布》，如嘉庆二十一年丙子科考题与光绪十九年癸巳恩科考题《赋得日照香炉生紫烟（得烟字）》，以江西胜景庐山为考察对象。此外，有8例考题在创作之地与命题之地上没有明显联系。

综上所述，清代考官在命题之时，倾向于选择创作于本地的作品，甚至具体到以描写考试之地名胜的诗句为题，但由于李白诗歌创作的有限性，出自其诗作的考题并不能完全符合命题之地的人文地理，因而，部分考题所涉诗作在创作之地与命题之地上并不具有一致性。

清代乡、会试诗命题与唐诗的接受

小　　结

本章以清代乡、会试诗命题与李白诗歌的接受为研究内容。

一、清人对李白诗歌的接受态度不一，官方选本选录李白诗歌，《御选唐诗》多选酬赠应答及登览游宴之作，注重能体现"温柔敦厚"诗风的作品，对于剑拔弩张的衰世愀杀之音不予选录；《唐宋诗醇》从"忠孝"的角度出发，以杜诗为参照评价李诗，认为李白诗歌的地位仅次于杜诗；清代文人推崇李白古体诗歌，钦慕李白的才气，部分文人以道统尊杜抑李。

二、会试诗命题重视李白的宫廷诗作，乡试诗命题以漫游山水及酬赠之作为主，崇尚其笔力雄健及清新俊逸之作，《古风》选入一首，对大多意含讽刺、求仙、怨声女调之意的诗歌不予选录。

三、所出考题内容多涉写景之句，有少数文学典故及求仙类考题，所选考题多体现出对"清"景的重视，部分考题体现出明显的地域特征。

第五章 清代乡、会试诗命题与杜甫诗歌

清代会试诗命题选入1首杜诗，出题1例；乡试诗命题共选入51首杜诗，出题81例，涉及杜甫各地诗作，出题范围广、数量大。乡试诗命题所选历代文人作品，杜诗所出的考题数量最多。因而，对命题中杜诗的出题情况进行探究，显得非常有意义。

第一节 杜诗在乡试诗命题中的独尊地位及原因分析

一 清代官方对儒家诗教的推崇

清朝统治者入关后重视文教，推崇儒学，清世祖不仅自己崇儒，还作为国策推行"今天下渐定，朕将兴文教，崇经术，以开太平。尔部即传谕直省学臣，训督士子，凡经学、道德、经济、典故诸书，务须研求淹贯，博古通今。明体则为真儒，达用则为良吏"①。康熙皇帝也制定了"崇儒重道"的基本国策，他谕令："文章以发挥义理，关系

---

① 《世祖章皇帝实录》卷90，顺治十二年三月，《清实录》，中华书局1985年影印本，第3册，第712页。

世道为贵，骚人词客，不过技艺之末，非朕之所贵也。"① 认为文章要表现儒家伦理道德，关乎政治时用，其实就是强调文化要为政治服务，而文人词客，不过是末流，是政治统治的点缀，因而对文人不予重视。同时对为政治服务的文化也做了明确的规定，康熙皇帝曾谕礼部、翰林院曰："朕披阅载籍，研究义理，凡厥指归，务期于正。诸子百家，泛滥诡奇，有乖经术。今搜访藏书善本，唯以经学史乘，实有关系修齐治平助成德化者，乃为有用。其他异端诐说，概不收录"② 提出崇"正"的文化观念，认为诸子百家为旁门左道，违背了经学之道，重视经史实用之学，认为这两门学问与修身、齐家、治理国家天下有关，有助于官方的道德教化。并在《御选唐诗》的选编中弘扬"温柔敦厚"的诗教观，其中曰："是编所取，虽风格不一，而皆以温柔敦厚为宗，其忧思感愤、倩丽纤巧之作，虽工不录，使览者得宣志达情，以范于和平，盖亦用古人以正声感人之义。"③ 乾隆皇帝也推崇雅正诗学，乾隆三十年四月谕内阁诸臣曰："原任刑部尚书王士禛积学工诗，在本朝诸人中，流派较正。"④ 将王士禛立为"正"的标杆。并在《唐宋诗醇·原序》中言："有文醇不可无诗醇，且以见二代盛衰之大凡，示千秋风雅之正则也。"⑤ 乾隆时期政治稳定、经济繁荣、国家强盛，儒学的独尊地位进一步加强，文化也为政治服务。

诗坛领袖以沈德潜为代表，推崇"温柔敦厚"的诗教观，他在《重订唐诗别裁集序》中说："诗虽未备，要藉以扶掖雅正，使人知唐诗中有'鲸鱼碧海''巨刃摩天'之观，未必不由乎此。至于诗教之尊，可以和性情，厚人伦，匡政治，感神明，以及作诗之先审宗指，

---

① 《圣祖仁皇帝实录》卷43，康熙十二年八月至十月，《清实录》，中华书局1985年影印本，第4册，第572页。
② 章梫纂，曹铁注译：《康熙政要》，中州古籍出版社2015年版，第300—301页。
③ 《皇清文颖》卷首2，《故宫珍本丛刊》，海南出版社2000年影印本，第646册，第131页。
④ 《清史列传》卷9，中华书局1987年点校本，第3册，第659页。
⑤ 爱新觉罗·弘历：《唐宋诗醇》，中国文学出版社2000年版，上册，第1页。

继论体裁，继论音节，继论神韵，而一归于中正和平，前序与凡例中论之已详，不复更述。"①重视儒家诗教，推崇雅正诗学，以发挥诗歌的政教功能为宗旨，使得诗歌的宗旨、体裁、音节、神韵等都归于"中正和平"，即既要表达感情，又要合乎礼制的规范，并将杜甫、韩愈诗歌定义为雅正诗学的代表。

翁方纲的"肌理说"推崇的正是儒家诗教，他在《志言集序》中说："义理之理，即文理之理，即肌理之理"，又说"士生今日，经籍之光，盈溢于世宙，为学必以考证为准，为诗必以肌理为准。"②他将"肌理"分为义理与文理两个方面，义理即"言有物"，即诗歌要体现儒家伦理思想，合乎政教规范；文理即"言有序"，指诗歌创作所遵循的规律与法则。"肌理说"就是以学问为根本，以考据学的方法入诗，将诗歌的内容归于儒家教化之内。

二　杜诗的忠孝之旨及清人对杜诗的推崇

杜甫出身于儒学世家，其在《进雕赋表》中说："自先君恕、预以降，奉儒守官，未坠素业矣。"③他深受家学的影响，早年在谈及政治理想时说"致君尧舜上，再使风俗淳"。(《奉赠韦左丞丈二十二韵》)，只是以儒学的方式做了诠释，并未提及具体的政治理想，也没有像其他文人一样，心怀立功边塞或封侯入相的政治目标，这一点恰恰说明崇儒的家学渊源对他的深刻影响。

崇儒的倾向内化在其诗歌中，即为忧国忧民的精神品格和"一饭不忘君"的忠君理想，宋人周紫芝在《乱后并得陶杜二集》中说"少陵有句皆忧国"，正是对杜诗忧国忧民精神的肯定。清人多从儒家诗教的角度对杜诗予以推崇，尤以是康乾政治统治稳定时期更为明显，如

---

① 沈德潜：《唐诗别裁集》，上海古籍出版社 1979 年版，序言第 3—4 页。
② 翁方纲：《志言集序》，郭绍虞《中国历代文论选》，上海古籍出版社 2001 年版，第 3 册，第 524 页。
③ 杜甫著，仇兆鳌注：《杜诗详注》，中华书局 1979 年点校本，第 5 册，第 2172 页。

仇兆鳌《杜诗详注·序》中有如下论述：

> 甫当开元全盛时，南游吴越，北抵齐赵，浩然有跨八荒、凌九霄之志。既而遭逢天宝，奔走流离，自华州谢官以后，度陇客秦，结草庐于成都瀼西，扁舟出峡，泛荆渚，过洞庭，涉湘潭。凡登临游历，酬知遣怀之作，有一念不系属朝廷，有一时不痌瘝斯世斯民者乎？读其诗者，一一以此求之，则知悲欢愉戚，纵笔所至，无在非至情激发，可兴可观，可群可怨。岂必辗转附会，而后谓之每饭不忘君哉。①

仇氏主要结合杜甫经历论述，杜甫遭逢国难，几经辗转，所作诗作内容时刻体现出对朝廷的牵挂，对民生的担忧，感情自然流露，全不见刻意的痕迹，更不用牵强附会。浦起龙的《读杜提纲》也表达了相似的看法："说杜者动云每饭不忘君，固是。然只恁地说，篇法都坏。……益信从前客秦州之始为寇乱，不为关辅饥，原委的然。"② 认为杜诗忠君爱国之意不着痕迹，并引《史记》中太史公对屈原的评价，谈论杜甫诗歌的忠孝之意。

沈德潜从儒家诗教出发评论杜诗曰："少陵才力标举，纵横挥霍，诗品又一变矣。要其感时伤乱，忧黎元，希稷、皋，生平抱负，悉流露于楮墨间，诗之变，情之正也。"③ 认为杜诗继承了圣人作诗的宗旨，体现出忠孝之意，沈德潜作为官方诗学的领袖，极力推崇杜诗的忠君爱国之意。

《唐宋诗醇》也以官方的立场扬杜，据统计其中共选入杜诗 722 首，占所选诗歌总数的约 27%，莫砺锋先生认为《唐宋诗醇》有明显

---

① 杜甫著，仇兆鳌注：《杜诗详注》，中华书局 1979 年点校本，第 1 册，序言第 1 页。
② 浦起龙：《读杜心解》卷首，中华书局 1961 年版，第 1 册，第 62—63 页。
③ 沈德潜撰，王宏林笺注：《说诗晬语笺注》，人民文学出版社 2013 年版，第 159 页。

第五章 清代乡、会试诗命题与杜甫诗歌

的崇杜倾向,①《唐宋诗醇·原书纂校后案》中说:"杜甫源出于《国风》、《二雅》而性情真挚,亦为唐人第一。"②认为杜诗体现了忠孝的传统,评价杜诗说:"至谓其一饭未尝忘君,发于情、止于忠孝,诗家者流断以是为称首。呜呼,此真子美之所以独有千古者矣!予曩在书窗,尝序其集,以为原本忠孝,得性情之正,良足承三百篇坠绪。兹复订唐宋六家选,首录其集而备论之,匪唯赏味其诗,亦藉以为诗教云。"③认为杜甫忠君爱国,遵从雅正诗学,诗歌情感表达有节制,思想情感遵从正道,以忠孝为宗旨,继承风骚传统,因而才能千古独尊,并明确表明《唐宋诗醇》选录杜诗,并不是因为欣赏杜诗,而是因为杜诗可以宣扬儒家诗教,有助于政治教化。《唐宋诗醇》中选入杜诗中符合"温柔敦厚"诗教的部分,对钱谦益原注中有违清廷统治的话语,做了明显改动。

翁方纲也非常推崇杜诗,他在《七言律诗钞·凡例》中高度评价了杜甫七律"七律至杜公,千古一人"④,并著有专门的研杜之作《杜诗附记》,在《杜诗附记·自序》中详述了学习杜诗的过程,他说:"杜诗继《三百篇》而兴者也,毛传、郑笺尚不能划一,况杜诗乎?余幼而从事焉,始则涉鲁訔、黄鹤以来诸家所谓注释者味之,无所得也。继而读所谓千家注、九家注,益不省其所以然。于是求近时诸前辈手评本,又自以小字钞入诸家注语,又自为诠释,盖三十余遍矣。"⑤讲述自己学习宋代杜诗注本,及清代杜诗注本,并抄诸家杜诗注语,可见,翁方纲对杜诗的重视,他在《石洲诗话》卷一中说:"杜公之学,所见直是峻绝。其自命稷、契,欲因文扶树道教,全见于《偶题》一

---

① 莫砺锋:《论〈唐宋诗醇〉的编选宗旨与诗学思想》,《南京大学学报》2002年第3期。
② 爱新觉罗·弘历:《唐宋诗醇》,中国文学出版社2000年版,上册,前言第1页。
③ 爱新觉罗·弘历:《唐宋诗醇》,中国文学出版社2000年版,上册,第200页。
④ 翁方纲:《七言律诗钞》卷首,乾隆四十六年刊本。
⑤ 翁方纲:《杜诗附记》,《续修四库全书》,上海古籍出版社2002年影印本,第1704册,第225页。

篇，所谓'法自儒家有'也。此乃羽翼经训，为风、骚之本，不但如后人第为绮丽而已。"① 认为杜诗体现了风、骚的传统，为儒家诗教的外化。因此，杜诗本身的忠孝之旨决定了其在乾嘉诗坛的地位。

"性灵说"反对儒家伦理道德的禁锢，从"性灵说"的角度对杜诗予以肯定，《随园诗话》卷十四中言："人必先有芬芳悱恻之怀，而后有沉郁顿挫之作。人但知杜少陵每饭不忘君；而不知其于友朋、弟妹、夫妻、儿女间，何在不一往情深耶？……此种风义，可以兴，可以观矣。"② 一改君主社稷为重的观点，强调杜甫与朋友、妻子、儿女间的普通情感。赵翼评价杜甫说："其真本领仍在少陵诗中'语不惊人死不休'一句。盖其思力沉厚，他人不过说到七八分者，少陵必说到十分，甚至有十二三分者。其笔力之豪劲，又足以副其才思之所至，故深人无浅语。……此非性灵中本有是分际，而尽其量乎？出于性灵所固有，而谓其全以学力胜乎？"③ 认为杜甫思想深厚，运笔豪劲，因而抒发情感能够达到别人不可及的深度，并认为杜诗所得成就源于天分，性灵使然。"性灵说"的提出，以及诗歌俗化、市民化的倾向，打破了诗界"雅正"的追求，从"性灵说"的角度对杜诗予以阐释。

道咸时期，诗坛风尚转而崇宋，以程恩泽、祁寯藻、何绍基、曾国藩、郑珍、莫友芝等为代表，宗法宋诗，陈衍在《石遗室诗话》中称："道咸以来，何子贞（绍基）、祁春圃（寯藻）、魏默深（源）、曾涤生（国藩）、欧阳磵东（辂）、郑子尹（珍）、莫子偲（友芝）诸老，始喜言宋诗。何、郑、莫皆出程春海侍郎（恩泽）门下，湘乡诗文字，皆私淑江西。"④ 论诗多以苏轼、黄庭坚为宗，上溯杜甫、韩愈，诗歌创作尤推郑珍，钱仲联评价说："子尹诗盖推源杜陵，又能融香山之平

---

① 翁方纲：《石洲诗话》，中华书局1985年版，第1册，第15页。
② 袁枚著，顾学颉校点：《随园诗话》，人民文学出版社1982年版，上册，第498页。
③ 赵翼著，江守义、李成玉校注：《瓯北诗话校注》，人民文学出版社2013年版，第43页。
④ 陈衍：《石遗室诗话》，商务印书馆1929年版，第1册，第1页。

第五章 清代乡、会试诗命题与杜甫诗歌

易、昌黎之奇奥于一炉，而又诗中有我，自成一家面目。"① 郑珍诗歌博采众家之长，首崇杜甫。相较于宋诗派，"同光体"诗人取径颇宽，论诗以元祐为宗，上及元和、开元，如陈衍所言："诗莫盛于三元：上元开元，中元元和，下元元祐也。"② 确立唐诗经典地位的前提下，师法宋诗，甚至上溯晋、宋颜延之、谢灵运、陶渊明等人，虽不专宗杜诗，但杜诗最先开启宋诗风气，其地位自是不必言。

清代主流诗风演变，如陈衍所言，以高位主持诗教者，前有王士禛、沈德潜，后有祁寯藻、曾国藩。王、沈生际承平，诗为"正风正雅"。祁、曾身逢乱世，诗为变风变雅。杜诗集正变于一身，如《原诗·内篇上》中所评："变化而不失其正，千古诗人惟杜甫为能。"③ 杜诗首先开启宋诗风气，清初田雯说："今之谈风雅者，率分唐、宋而二之。不知唐之杜、韩，海内俎豆之矣。宋梅、欧、王、苏、黄、陆诸家，亦无不登少陵之堂，入昌黎之室。"④ 宋代诗歌，无论是梅尧臣、欧阳修、王安石，还是苏轼、黄庭坚、陆游等人的诗歌，无不是从杜诗、韩诗变化而得，而韩诗又师从于杜，清人宗宋，实则是宗杜甫、韩愈开创的宋型诗，虽具体师法对象有所不同，但只要宗宋，必然会肯定杜诗的地位。因而，无论诗坛宗唐还是宗宋，杜诗都具有不可撼动的地位，如今人所评："至于杜甫，其诗风格多样，为百代师，宗唐祖宋者无不推为至尊。"⑤ 清代诗坛对杜诗的推重，是杜诗在乡试诗命题中居首的主要原因。

---

① 钱仲联：《论近代诗四十家》，《梦苕庵清代文学论集》，齐鲁书社1983年版，第138页。
② 陈衍著：《石遗室诗话》，商务印书馆1929年版，第1册，第3页。
③ 叶燮著，蒋寅笺注：《原诗笺注》，上海古籍出版社2014年版，第114页。
④ 田雯：《古欢堂集·杂著》卷1，郭绍虞《清诗话续编》，上海古籍出版社1983年点校本，上册，第695页。
⑤ 邬国平、王镇远：《中国文学批评通史·清代卷》，上海古籍出版社1996年版，第347页。

第二节 乡试诗以杜诗命题的地域特征

一 命题所选作品以巴蜀诗作为重

清代乡试诗命题所选杜诗,涉及杜甫东都、齐赵、长安、秦州及出峡之后的作品,具体选诗情况及命题次数见表 5-1。

表 5-1　　　　　　　乡试诗命题所选杜甫各地诗作

时期	选诗数量	出题次数	所选诗作
东都	2	6	《游龙门奉先寺》《洗兵行》
齐赵	3	7	《望岳》《登兖州城楼》《陪李北海宴历下亭》
长安	13	17	《春日忆李白》、《奉赠韦左丞丈二十二韵》、《渼陂行》、《送张十二参军赴蜀州因呈杨五侍御》、《上韦左相二十韵》、《醉歌行》、《魏将军歌》、《大云寺赞公房四首》(其三)、《奉赠严八阁老》、《奉和贾至舍人早朝大明宫》、《春宿左省》、《送翰林张司马南海勒碑》、《望岳三首》(其二)
秦州	3	3	《宿赞公房》、《秦州杂诗二十首》(其十六)、《野望》
巴蜀	27	45	《狂夫》、《茅屋为秋风所破歌》、《奉和严中丞西城晚眺十韵》、《送严侍郎到绵州同登杜使君江楼宴》、《送段功曹归广州》、《陪章留后侍御宴南楼》、《王阆州筵奉酬十一舅惜别之作》、《阆山歌》、《将赴成都草堂途中有作先寄严郑公五首》(其三)、《丹青引赠曹将军霸》、《独坐》、《院中晚晴怀西郭茅舍》、《旅夜书怀》、《晴二首》(其一)、《秋兴八首》(其二)、《秋兴八首》(其五)、《古柏行》、《草阁》、《夔府书怀四十韵》、《夜》、《月圆》、《赠李十五丈别》、《八月十五夜月二首》(其一)、《登高》、《送李八秘书赴杜相公幕》、《寄裴施州》、《严公厅宴同咏蜀道画图得空字》
出峡	3	3	《醉歌行赠公安颜十少府请顾八题壁》《过洞庭湖》《湖中送敬十使君适广陵》

如表 5-1 所示,命题所选杜甫各地诗作,数量相差较大,其中,又尤以巴蜀诗作为重,占所选杜诗总数的一半以上,包含成都、梓州、

阆州、夔州等地之作。作品内容多日常生活的描写，作者经战乱奔波，在草堂暂时过上安稳的日子，草堂环境清幽，风景秀丽，诗中对草堂生活的细腻描写，如"风含翠篠娟娟净，雨裛红蕖冉冉香"，翠色的竹子，冉冉的荷花清香。(《狂夫》)；将返草堂，想象浣花溪的清丽，草堂的荒芜，如"竹寒沙碧浣花溪，橘刺藤梢咫尺迷"。(《将赴成都草堂途中有作先寄严郑公五首》其三)；阆山游玩，沉浸于阆州山水的美景，灵山、玉台二山，白碧辉映，松间薄云浮动，奇石环清江"松浮欲尽不尽云，江动将崩未崩石"，景致幽美，山势峭拔，气敌嵩华(《阆山歌》)；迁居夔州，描写草阁秋日清旷景致"鱼龙回夜水，星月动秋山"(《草阁》)；有的诗作还从总体上描摹蜀地特征"华夷山不断，吴蜀水相通"(《严公厅宴同咏蜀道画图得空字》)作品对所居环境的描写极其细腻，竹子、荷花、浣花溪、橘树刺、藤萝、荒疏的庭院，阆州的山水、松云、江水、奇石，夔州的草阁、鱼龙、星月、秋山，一草一木，目之所及，无不入作者笔底。

巴蜀之地的节序推移，景物变幻，都触发作者的心灵，作者屈居幕府，或见秋日河流缩水的空旷清爽"江敛洲渚出，天虚风物清"(《独坐》)；或观山城雨疏云淡之态"幕府秋风日夜清，澹云疏雨过高城"(《院中晚晴怀西郭茅舍》)；都生悲秋之情，抒发对官场的厌倦而心系草堂。寄居夔州，或见秋露已降，秋气清爽之景"露下天高秋水清"(《夜》)；或见狂风肆虐，沙滩上凄清空旷之境"风急天高猿啸哀，渚清沙白鸟飞回"(《登高》)；感叹寄居异乡，卧病难归的悲愁之情。巫山久雨，见天霁转晴，作者想象峡外清新明丽之景"碧知湖外草，红见海东云"[《晴二首》(其一)]；皓月当空，而思及故乡同洒清辉"故园松桂发，万里共清辉"(《月圆》)，异乡的晴日、秋夜、秋风、秋雨、秋江、圆月，无一不触发作者的思归之情，感叹对官场的厌倦，穷老潦倒，漂泊孤独，仕途无望，功业无成，希冀归隐而生思乡之情，抒发了普天之下遭遇仕途坎坷羁旅文人的普遍情感，造语新奇，写景或阔大，或工细，自然平淡而蕴藉深厚。

命题中还选入杜甫与友人的交往之作，如其与忘年之交严武的送别之作《送严侍郎到绵州同登杜使君江楼宴》，写景细腻平淡，而层次分明，意蕴深厚，写出灯光散落的明暗变化，深夜月景的深邃静谧"灯光散远近，月彩静高深"，发出暮年送别的深沉感慨"此会共能几，诸孙贤至今"，有沧桑之感；与普通朋友送别的经营寒暄，如"幸君因旅客，时寄锦官城"（《送段功曹归广州》），别时及别后的描写，写景锤炼工，心思细腻，如"峡云笼树小，湖日荡船明"，仇兆鳌曰："三峡山高，故云笼树而小。洞庭湖阔，故日荡船而明。"① 与亲人送别的真挚情感，语句唠叨，几番担忧，孤独惆怅，语简意深，如"良会不复久，此生何太劳"（《王阆州筵奉酬十一舅惜别之作》），秋景寒怆"万壑树声满，千崖秋气高"，"千崖秋气高"为崖壑交错，秋气纵横之态，雄放之外，颇见凄然，因而王嗣奭《杜臆》中说："起来二句，笔力雄壮，而别景已觉怆然。"② 异地送别的穷愁哀绝，如《赠李十五丈别》中言夔州人所居环境的奇僻险绝、风土恶劣"峡人鸟兽居，其室附层颠。下临不测江，中有万里船"，不舍之情娓娓道来；送人入京恋阙意浓，情感豪放、急切"贪趋相府今晨发，恐失佳期后命催"，摹景雄奇壮伟、惊心动魄，如"巫峡秋涛天地回"（《送李八秘书赴杜相公幕》）；友人谪贬的宽慰之词，如《寄裴施州》中追溯与裴相交以来的经历"自从相遇减多病，三岁为客宽边愁"。同为酬赠之作，却因关系的亲疏，身份的差别，际遇的好坏，环境的好恶，表达不同的情感，可谓写尽酬赠的不同情态；所写送别之景，或尖新，或劲峭，或雄壮，无所不能，或平淡而内蕴深厚，或兀傲不平刚直不屈。

就艺术成就而言，格律工细，如"野云低度水，檐雨细随风"《陪章留后侍御宴南楼》，杨伦《杜诗镜铨》中评论曰："诗之豪放不必言，通首格律甚细。"③ 意蕴深厚，笔健词雄，如阔大沉雄之景"地平

---

① 杜甫著，仇兆鳌注：《杜诗详注》，中华书局1979年点校本，第2册，第929页。
② 王嗣奭：《杜臆》，上海古籍出版社1983年版，第170页。
③ 杜甫著，杨伦笺注：《杜诗镜铨》，上海古籍出版社1998年版，第458页。

第五章　清代乡、会试诗命题与杜甫诗歌

江动蜀，天阔树浮秦"（《奉和严中丞西城晚眺十韵》），涵盖乾坤，虚实远近结合；心忧国乱而言"朝廷烧栈北，鼓角漏天东"（《陪章留后侍御宴南楼》）；旅夜咏怀，而言"细草微风岸，危樯独夜舟。星垂平野阔，月涌大江流。"（《旅夜书怀》）语言精警，对仗工整，工细雄浑相间，足见功力。晚年咏怀之作及组诗，《夔府书怀四十韵》《秋兴八首》等，可谓登峰造极之作，《夔府书怀四十韵》从安史战乱写起，往事历历在目，战争的苦难，生活的艰辛，仕途的坎坷，困穷的惆怅，思想博大，情感深沉，学力深厚，对仗整齐，语言典雅，章法严谨，为杜甫才华、学识的综合体现。《秋兴八首》选入其二、其五，其二写日暮怅望长安，感猿哀鸣、笛声悲号，月已上，而仍旧沉浸在悲情孤独之中，暗自伤怀难寐。其五则笔势大转，长安宫殿巍峨、景致庄严，气势阔大，一派祥和盛大气象，孤城沦落，老病感愤，心中郁愤之情自是难掩"一卧沧江惊岁晚，几回青琐点朝班"。这组诗歌是艺术巅峰之作，沈德潜《杜诗偶评》中评论说："怀乡恋阙，吊古伤今，杜老生平，具见于此。其才气之大，笔力之高，天风海涛，金钟大镛，莫能拟其所到。"[1]

清人在命题中对杜甫巴蜀诗作的重视，与其接受倾向有关。清代诗坛虽一度宗唐，但迩宋风气贯穿始终，杜甫蜀地之作，将日常生活大量写入诗歌，开宋诗风气，如宋人葛立方评曰："然自唐至宋，已数百载，而草堂之名，与其山川草木，皆因公诗以为不朽之传。盖公之不幸，而其山川草木之幸也。"[2] 大量将日常生活写入诗歌，杜诗开风气之先，宋人就继承这一倾向，清人张问陶、郑珍、莫友芝等也体现出相似的特点，而杜甫描写山水草木的诗句，开辟奇峭山水的新境界，如施补华所评："入蜀诸诗，作游览诗者，必须仿效。盖平远山水，可

---

[1] 沈德潜：《杜诗偶评》卷4，乾隆十二年赋闲草堂刻本。
[2] 葛立方：《韵语阳秋》，中华书局1985年版，第1册，第51页。

以王、孟派写之；奇峭山水，须用镂刻之笔。"① 在王孟清丽明秀的山水书写外，开创新境界，不仅为诗界独创，对书画界也颇有影响。巴蜀诗作艺术成就高，纵意所如，浑然天成，不见雕琢痕迹，杜甫自称"老去诗篇浑漫与""晚节渐于诗律细"，仇兆鳌解释曰："律细，言用心精密。漫与，言出手纯熟。熟从精处得来，两意未尝不合。"② 其晚年诗歌老成挥洒自如的境界，多被清人认可，清四川才子彭端淑推崇杜甫入蜀后诗作，他在《题杜工部草堂》中也说："公倘不来蜀，胸襟何由阔。蜀中得公诗，山川为增色。"尤重杜甫夔州诗作，他说："工部至夔州后诗，年愈老，识愈精，阅历弥深，而笔力弥健，不独《秋兴》、《诸将》等篇，为前此未有。"③ 乾嘉时期也不乏其人，如所评："学杜诗不可泥于黄涪翁、刘须溪之见，涪翁专乎生涩古奥，须溪独主僻险奇峭。不知杜陵此种笔墨，散见于篇什，以振作其平弱，错综其板直，故某篇间或点缀一二语而自不觉也。……学杜诗，当从其细腻熨帖、老气无敌处着意索解，乃见其自然工夫。"④ 其自然细腻的诗作，从成都生活之作开始，夔州时期有所继承。对杜甫诗歌的这种认识，被广泛接受，乾隆时期，三晋著名布衣诗人张晋说："杜陵诗法老宗工，今古骚坛一举空。莫道后人工变化，有谁能出范围中。"⑤ 宗魏晋盛唐的诗人王闿运也推崇杜甫入蜀后诗，他说："其五言由秦人蜀诸作皆可观。入湖南以后，多泛响矣。"⑥ 当然，也不乏批评者，如赵翼评论杜甫夔州之后诗说："今观夔州后诗，惟《秋兴八首》及《咏怀古

---

① 施补华：《岘佣说诗》，王夫之等《清诗话》，上海古籍出版社1978年版，下册，第979—980页。
② 杜甫著，仇兆鳌注：《杜诗详注》，中华书局1979年点校本，第4册，第1603页。
③ 彭端淑：《雪夜诗谈》卷上，乾隆四十二年刻本。
④ 《静居绪言》，郭绍虞《清诗话续编》，上海古籍出版社1983年点校本，下册，第1639页。
⑤ 张寅彭、黄刚：《唐诗论评类编》（增订本），上海古籍出版社2015年版，下册，第1131页。
⑥ 张寅彭、黄刚：《唐诗论评类编》（增订本），上海古籍出版社2015年版，下册，第1134页。

迹五首》，细意熨帖，一唱三叹，意味悠长；其他则意兴衰飒，笔亦枯率，无复旧时豪迈沉雄之概。"① 认为杜甫夔州之后诗歌多意兴衰丧，但也认可《秋兴八首》，为有选择的推崇。清人大多推崇杜甫巴蜀诗作，但因流派的不同，侧重点又有所不同，诚如今人所评"宋诗派则主要倾慕杜甫夔州以后那种苍老健硬的作品"②。

二 乡试诗以杜诗命题的地域性特征

清代有17省乡试以杜诗为题，各省乡试所出杜诗考题的数量不同，其中，以四川省居首，出题18例，山东省次之，有10例，陕西省7例，云南6例，广西5例，江南、贵州4例，广东、湖南、顺天、甘肃、河南3例，江西、浙江、福建、山西分别为2例，湖北1例，另有3例宗室考题不计入，总之，以四川、山东、陕西三省为重，具体命题情况如表5-2所示。

表5-2　　　　　　四川乡试诗命题出自杜诗的考题

时间	题目	杜诗出处
乾隆四十八年癸卯科	《赋得月彩静高深（得楼字）》	《送严侍郎到绵州同登杜使君江楼宴》
乾隆五十九年甲寅恩科	《赋得赏月延秋桂（得延字）》	《夔府书怀四十韵》
嘉庆三年戊午科	《赋得词源倒流三峡水（得流字）》	《醉歌行》
嘉庆五年庚申恩科	《赋得新月动秋山（得秋字）》	《草阁》
嘉庆六年辛酉科	《赋得清高金茎露（得金字）》	《赠李十五丈别》
嘉庆九年甲子科	《赋得攀桂仰天高（得高字）》	《八月十五夜月二首》（其一）
嘉庆十三年戊辰恩科	《赋得攀桂仰天高（得香字）》	
道光元年辛巳恩科	《赋得浣花草堂（得诗字）》	《从事行赠严二别驾》
道光五年乙酉科	《赋得天虚风物清（得秋字）》	《独坐》

---

① 赵翼著，江守义、李成玉校注：《瓯北诗话校注》，人民文学出版社2013年版，第59页。

② 邬国平、王镇远：《中国文学批评通史·清代卷》，上海古籍出版社1996年版，第347页。

续表

时间	题目	杜诗出处
道光十二年壬辰科	《赋得澹云疏雨过高城（得清字）》	《院中晚晴怀西郭茅舍》
道光二十三年癸卯科	《赋得万点蜀山尖（得秋字）》	《送张十二参军赴蜀州因呈杨五侍御》
道光二十九年己酉科	《赋得每依北斗望京华（得心字）》	《秋兴八首》（其二）
咸丰八年戊午科	《赋得万里桥西一草堂（得西字）》	《狂夫》
同治六年丁卯科	《赋得巫峡秋涛天地回（得秋字）》	《送李八秘书赴杜相公幕》
光绪五年己卯科	《赋得竹寒沙碧浣花溪（得溪字）》	《将赴成都草堂途中有作先寄严郑公五首》（其三）
光绪十七年辛卯科	《赋得峡云笼树小（得云字）》	《送段功曹归广州》
光绪十九年癸巳恩科	《赋得吴蜀水相通（得图字）》	《严公厅宴同咏蜀道画图得空字》
光绪二十三年丁酉科	《赋得正直原因造化功（得功字）》	《古柏行》

　　四川乡试命题所选杜诗多为本地作品，有成都期间的作品，如《狂夫》为草堂时期生活状况的真实反映，《独坐》与《院中晚晴怀西郭茅舍》为在严武幕做参军时的作品；《将赴成都草堂途中有作先寄严郑公》是广德二年从阆州归成都途中所作；《送严侍郎到绵州同登杜使君江楼宴》为绵州送别严武之作。所选夔州期间的诗作较多，如《夔府书怀四十韵》及《送李八秘书赴杜相公幕》，《草阁》应为夔州所建居所的描写，《赠李十五丈别》中描述了夔州的风土，《八月十五夜月二首》（其一）应为大历二年瀼西作品，《秋兴八首》为作者在夔州时遥望长安的诗作，《古柏行》为对夔州武侯庙前古柏的咏叹之作。梓州期间诗作如《送段功曹归广州》。后人所见"浣花草堂"虽为缅怀杜甫所建，但杜甫在成都确实住过一段时间，并在浣花溪畔建了草堂，其诗《从事行赠严二别驾》中言"成都乱罢气萧索，浣花草堂亦何有。"《醉歌行》与《送张十二参军赴蜀州因呈杨五侍御》虽非本地诗作，但考题所出之句"万点蜀山尖"与"词源倒流三峡水"，所含意象"蜀山""三峡"都为蜀地山水，是对四川风物的考察。

第五章 清代乡、会试诗命题与杜甫诗歌

表5-3　　　　　　　　　山东乡试诗命题出自杜诗的考题

时间	题目	杜诗出处
乾隆四十二年丁酉科	《赋得造化钟神秀（得宗字）》	《望岳》
嘉庆三年戊午科	《赋得一览众山小（得东字）》	
嘉庆十八年癸酉科	《赋得红见东海云（得红字）》	《晴二首》（其一）
道光二年壬午科	《赋得齐鲁青未了（得秋字）》	《望岳》
道光十七年丁酉科	《赋得安得广厦千万间（得才字）》	《茅屋为秋风所破歌》
道光二十四年甲辰恩科	《赋得荡胸生层云（得云字）》	《望岳》
同治九年庚午科	《赋得安得广厦千万间（得欢字）》	《茅屋为秋风所破歌》
同治十二年癸酉科	《赋得荡胸生层云（得层字）》	《望岳》
光绪元年乙亥恩科	《赋得平野入青徐（得楼字）》	《登兖州城楼》
光绪十四年戊子科	《赋得海右此亭古（得亭字）》	《陪李北海宴历下亭》

山东乡试诗命题所选杜诗以本地作品为主，《望岳》为描写泰山之作，《登兖州城楼》与《陪李北海宴历下亭》分别为杜甫两次游齐鲁时的作品，"平野入青徐"与"海右此亭古"是对山东地理与名胜的考察。此外，《晴二首》是夔州期间的作品，《茅屋为秋风所破歌》是草堂期间的作品，这两首作品所出考题，"红见东海云"为"红见海东云"之误，考官以此命题，大约也是为了贴切山东临海的地理特征，"安得广厦千万间"表达天下寒士被庇佑的愿望，在哪个省份出题都合情理。

表5-4　　　　　　　　　陕西乡试诗命题出自杜诗的考题

时间	题目	杜诗出处
嘉庆九年甲子科	《赋得东来紫气满函关（得东字）》	《秋兴八首》（其五）
道光十一年辛卯恩科	《赋得露下天高秋气清（得清字）》	《夜》
道光十五年乙未恩科	《赋得东来紫气满函关（得东字）》	《秋兴八首》（其五）
咸丰八年戊午科	《赋得水面月出蓝田关（得陂字）》	《渼陂行》
光绪十一年乙酉科	《赋得月傍九霄多（得多字）》	《春宿左省》
光绪十四年戊子科	《赋得华岳峰尖见秋隼（得秋字）》	《魏将军歌》
光绪二十三年丁酉科	《赋得西岳崚嶒竦处尊（得尊字）》	《望岳》

陕西省乡试诗命题所选杜诗，《望岳》《魏将军歌》《渼陂行》都为陕西期间的作品，前两首诗歌都涉及华山的描写，如"华岳峰尖见秋隼"与"西岳崚嶒竦处尊"，《渼陂行》是游览渼陂之作，《春宿左省》为长安期间夜直之作。此外，《秋兴八首》为夔州期间作品，但考题所出诗句"东来紫气满函关"借老子西游函谷关典故回顾长安城景象，是对本地典故的考察；"露下天高秋气清"为夔州自然之景，用于陕西省考试也未尝不可。

此外，湖南省乡试诗考题也具备以上特征，如湖南乡试所选杜诗《过洞庭湖》与《湖中送敬十使君适广陵》，都创作于湖南，出题之句"湖光与天远"与"秋晚岳增翠"都是洞庭湖边景色的描写。

乡试诗命题所选诗作在创作之地与命题之地上的一致性，是多方面因素促成的。首先，与杜甫的人生经历与创作成果有关。就杜诗而言，四川、陕西、山东期间的作品颇具代表性，是其不同阶段人生与艺术的总结，杜甫一生行迹广布，遍及河南、山西、江苏、浙江、山东、河北、陕西、甘肃、四川、湖北、湖南11省。从开元十九年游吴越到大历五年去世，正好40个年头，这40年中，开元二十三年进士落第，二十四年开始了"放荡齐赵间，裘马颇清狂"[①]的漫游生活，据作者在《壮游》中记载"快意八九年，西归到咸阳"，所存作品虽为数不多，却体现出青年时代作者的锐意奋发、狂放不羁，是其登上诗坛的标志，因而命题中多此地诗作的考察；天宝五载到长安至天宝十四载离开，客居长安时间大约为十年，其间作者锐意仕进，是求仕生涯的基本写照，不仅进行了两次正式的求仕活动，还多次干谒，可谓备尝仕途的艰辛，生活的窘迫，但仍怀有极强的用世之志，在创作上取得丰收，不仅作品数量大增，且多气势豪迈、景致阔大恢宏；乾元二年抵达成都到大历三年去夔出峡，时间大约也为十年，西南漂泊的生活多以作者个人生活体验为主，进入人生总结阶段，不仅作品数

---

① 杜甫著，仇兆鳌注：《杜诗详注》，中华书局1979年点校本，第3册，第1441页。

第五章 清代乡、会试诗命题与杜甫诗歌

量较多,艺术上也达到顶峰,因而,无论从其人生经历,还是从创作来讲,这三地都具有重要意义,在山东、陕西、四川三地所作诗歌成果丰硕,且艺术水平较高,为乡试诗命题选择这三地诗作提供了前提条件。

其次,考官对乡试命题之地文化的重视。命题所选作品多体现出创作之地的地域文化色彩,无论是四川的巫山、巫峡、蜀山、浣花溪,陕西的华山、渼陂、长安的宫殿,还是山东的泰山、兖州的城楼、历下亭,都带有创作之地的地域特征,而这些自然景观本就令人心存景仰,加之杜诗赋予其文化意蕴,因而更得后代文人的青睐。如《清实录》中记载:

> 四川成都城,年久倾圮。恩准动项兴修,酌定章程一折,自应如此办理。省会城垣,工程浩大。……至成都素称名胜,如王羲之帖内称:"城池门屋楼观,皆是秦司马错所修。"现在省城,是否尚系旧基,或经数次兵燹之后,遗迹渐湮?……至其余如诸葛亮庙,杜甫诗所称丞相祠堂者,庙内古柏,是否尚存?又如杜甫诗中浣花草堂、万里桥等处古迹,并着一并查明,绘图贴说呈览。①

清代官方在准备修成都府城之时,还注重对成都城内名胜古迹的修缮,其中就包括杜诗中所写的丞相祠堂、浣花草堂、万里桥等古迹,可见清人对这些景观的重视。同时所选作品蕴含的情感,或表达与友人的深厚情谊,或表现旷达疏放的生活方式,或感慨漂泊潦倒、功业难成的抑郁感伤,而无论是乡野狂放生活的自得,对于建功立业的渴望,还是希冀摆脱拘束的理想,都是古代文人的普遍情感,故地重游,

---

① 《高宗纯皇帝实录》卷1173,乾隆四十八年正月下,《清实录》,中华书局1986年影印本,第23册,第726—727页。

容易引起命题考官的共鸣。

最后，以创作于本地的作品命题，更易于选拔优秀的人才。出自本地作品的考题，带有本土色彩，所涉及的自然景观及地域文化，当地考生较为熟悉，利于在同等条件下选拔栋梁之材，因而无论从考官个人的价值取向，还是考生答题的角度来看，选择富有命题之地文化色彩的考题，都具有重要意义。当然，由于杜甫一生行迹有限，命题省份较多，因而，并非所有乡试考题都具备这一特征。

三　江浙考官及杜诗研究的地域倾向

清代乡试以杜诗命题的考官，大多为进士出身的文人，多通于诗歌创作，甚至还著有专门的诗集，如叶观国著有《绿筠书屋诗抄》，吴芳培著有《云樵诗集》等。有的考官诗文、书法皆通，如翁同龢、王维珍、林召棠、李宗昉、何凌汉等，其中王维珍是"葛沽四大书家"之一，以书法著称，又精于文学创作，其笔下有不少反映现实的诗作，著有《莲西诗赋集》；林召棠著有《心亭居诗文集》；李宗昉著有《闻妙香室文集》。陈同礼、余集工诗擅画，余集著有《秋室诗钞》；黄钺诗文书画皆通；王赠芳虽宗宋儒，也擅长诗文创作，《清史列传》中称其诗"不拘体格，不主门户家数，以性情酝酿出之，缠绵恺恻，粹然有德之言"[1]，著有《慎其余斋诗集》。

其中不乏崇杜之人，如李德仪能背诵所有杜诗，如所评："诗话：小磨熟精选理，以词赋擅名，散馆试《乾清宫赋》列第一，为时传诵。潘文勤称其能背诵少陵全集，无一字遗忘。咸丰中，入直上书房。集中多与诸邸唱和之作。"[2] 道咸时期的"宋诗派"对杜诗也多宗崇，所选考官，程恩泽、曾国藩即为"宋诗派"的代表人物，程恩泽论诗以韩愈、黄庭坚为宗，追求诗歌的险怪奇崛，上溯杜诗；曾国藩论诗最

---

[1] 《清史列传》卷73，中华书局1987年点校本，第19册，第6012页。
[2] 徐世昌：《晚晴簃诗汇》卷149，中华书局1990年点校本，第7册，第6500页。

第五章 清代乡、会试诗命题与杜甫诗歌

推崇黄庭坚，却也崇尚杜诗，其在《致温弟》中称："吾之嗜好，于五古则喜读《文选》，于七古则喜读昌黎集，于五律则喜读杜集，七律亦最喜杜诗，而苦不能步趋，故兼读元遗山集。"① 道咸时期的"经世派"也崇尚杜诗，黄爵滋论诗宗法黄庭坚，也推崇杜诗，《晚晴簃诗汇》中称"诗循杜、韩正轨，纵横跌宕，才气足以发其所学"；② 孙锵鸣也为经世派人物，诗歌成就高，孙诒让对其诗歌评价曰："诗古体渊源少陵，近体似东坡，词喜稼轩、白石，尤华妙精深。文则兼涉众家，渊懿清雅，出入唐宋。"③ 孙毓汶著有专门的研杜之作《迟庵集杜诗》。考官陈宝琛为"同光体"闽派代表人物，其诗虽学王安石，但深谙杜诗，诗歌创作中常引用杜诗，或化用杜诗，如其诗歌《荫坪叠落花前韵四首索和己未及今十年矣感而赋此》（其一）中"恨紫愁红又一时，开犹溅泪落滋悲"之句，"溅泪"即出自杜甫《春望》，"忍覆长安乱后棋"之句，化用杜甫《秋兴八首》（其四）中"闻道长安似弈棋"之句。

另外，还有一些考官，虽不以诗歌著称，但都精通文墨。其中，有擅长书法者，如邹梦皋、黄轩、平恕、戚人镜、柏锦林、晏端书、李文田、吴宝恕等；有工于绘画之人，如戴兆春、王泽、沈兆沄等；有长于目录学的彭元瑞；有通于经史的学者，如胡长龄长于经学，潘祖荫、黄群杰、丁仁长博通经史；有理学家，如李棠阶、孙诒经等；丁守存通天文、历算，善制造；有精通印学的黄经，杨庆麟不仅承家学治印，还长于绘画、收藏；此外，还有清末维新派人物，如李端棻。

这些各专所长的考官，为什么会在命题中不约而同地选择杜诗，为此，笔者进一步统计了考官的籍贯。

---

① 曾国藩：《湖湘文库·曾国藩全集》，岳麓书社2011年版，第20册，第58页。
② 徐世昌：《晚晴簃诗汇》卷131，中华书局1990年点校本，第6册，第5644页。
③ 张宪文：《孙诒让遗文辑存》，浙江人民出版社1990年版，第271页。

表 5-5　　　　　　　清代乡试诗以杜诗命题的考官籍贯

时间	浙江	江苏	江西	广东	安徽	山东	江南	顺天	直隶	湖南	河南	湖北	福建
乾隆	5		3	1		1	7	1	2				2
嘉庆	4	3	6	1	5	1	1	1	1	2	1	1	
道光	6	6	3	2	2	1		4	1	3	2		1
咸丰		3			1	1	1						
同治	1	2		1		2		1	1	1		1	
光绪	3	5	3	1	3		1		3	4			2
合计	19	19	15	9	9	9	8	8	7	7	6	6	5

清代乡试诗命题，各省乡试考题由考官所出，顺天乡试除外，考官分正副主考，乡试的省份各 1 人。笔者对《清秘述闻三种》中，以杜诗命题的考官籍贯进行了统计，宗室及顺天乡试考题为钦命，不计入。如表 5-5 所示，将考官籍贯在五次及以上的省份列出，此外，广西、四川籍考官各 3 人，甘肃、陕西籍考官各 2 人，山西、云南、贵州各 1 人，另有旗籍 10 人，可见，考官籍贯所涉地域之广，不仅汉籍人数众多，旗籍考官也较多，又尤以浙江及江苏籍考官居多。

清代江浙之地是杜诗研究最为繁盛的地区，有的学者还对各省研杜的家数做了统计[①]，其中，以浙江、江苏二省为重，不仅研究者众多，且有代表性的杜诗注本，多出于江浙之地。以杜诗命题的考官籍贯，及杜诗研究繁盛之地，都为江苏、浙江二省，这是偶然还是有某种联系，这一点值得深入分析。

据统计[②]，江苏籍考官，各府所出数量不等，苏州府有 10 人，常州府 6 人，扬州府 4 人，淮安府、江宁府、镇江府各 1 人，明显以苏州、常州、扬州三府人数居多。而清代江苏杜诗学研究，又以苏州府、

---

① 据蔡锦芳统计，清代杜诗研究家数在 20 家以上的有五省，分别为浙江 90 家、江苏 74 家、安徽 36 家、山东 25 家、福建 22 家。（《杜诗学史与地域文化》，浙江大学出版社 2015 年版）
② 此处将江南乡试诗中的江苏籍考官也统计在内。

第五章 清代乡、会试诗命题与杜甫诗歌

常州府、扬州府称盛。就杜诗注本而言，苏州府以钱谦益的《钱注杜诗》与朱鹤龄的《辑注杜工部集》为代表，钱注本诗史结合，以诗证史，注杜简明扼要；朱注补钱注之不足，注重杜诗的编年，保留钱注之精华，详释典故，考证今事，二者都影响深远。此外，何焯的《义门读书记·杜工部集》，以考据学的方法研究杜诗，注重文字的校勘较为客观，《杜诗镜铨》多征引此书；沈德潜的《杜诗偶评》多选佳作，精简适当，流传广泛，影响较大。常州府杜诗研究，以浦起龙的《读杜心解》与杨伦的《杜诗镜铨》为代表，前者体现出浓厚的忠君思想，但在地理考证、诗歌评点上较有见地；后者以朱鹤龄的《辑注杜工部集》为底本，编年校对详细，注释评点简洁精当，集仇注以来注杜的精华。此外，李长祥、杨大鲲的《杜诗编年》，顾宸的《辟疆园杜诗注解》，邵长蘅所撰《邵长蘅评杜诗钞》及蒋金式的《批注杜诗辑注》较有影响。扬州府相对逊色，大致有汤启祚的《杜诗笺》，郑沄校刻的《杜工部集》，乔亿的《杜诗义法》，以及朱宗大的《杜诗识小》等。

浙江籍考官，据笔者统计，杭州府 7 人，嘉兴府 5 人，绍兴府 4 人，湖州、金华、温州各 1 人。观清代浙江省杜诗研究状况，以嘉兴府居首，有代表性的为朱彝尊的《朱竹垞先生杜诗评本》，查慎行的《杜诗抄》，江浩然的《杜诗集说》，刘濬编撰的《杜诗集评》，沈曾植为赵次公《杜诗注》残本所作的题跋，以及王国维的《批校分门集注杜工部诗》等，可谓名家辈出，其中朱彝尊、查慎行、沈曾植、王国维等大家都参与其中，可见，此地评杜风气之盛，其中朱彝尊的《朱竹垞先生杜诗评本》较有价值，仇兆鳌的《杜诗详注》及刘濬的《杜诗集评》多引此书。杭州杜诗学也较为兴盛，多集杜之作，如王延祚的《病余集杜诗》，王余高的《迟庵集杜诗》，陈本的《集杜少陵诗》及施学濂的《耦堂集杜》等，此外还有杭世骏抄《杜工部集》、梁诗正的《笺注杜诗》及梁同书的《旧绣集》等，尤以施鸿保的《读杜诗说》较有价值，此书旨在纠正《杜诗详注》之误，并引入赵次公、王嗣奭、钱谦益、朱鹤龄、仇兆鳌等多人的评论，对杜诗的一些特征做

清代乡、会试诗命题与唐诗的接受

了阐发。相较而言，绍兴杜诗学颇显衰弱，以家学传承为代表的倪元瓒之子倪会宣著有《杜诗独断》，顾廷纶撰有《少陵诗钞》，其子顾淳庆有《杜诗注解节抄》，此外还有宁锜所撰《杜诗摘参》，邢树抄的《杜工部诗集》，王霖撰《弇山集杜诗钞》等，都不甚突出。

  清代乡试以杜诗命题的考官，多出自杜诗学繁荣的江浙之地，乃至下属州县，也颇为吻合，显然，这并非巧合，出于江浙之地的考官，明显受到此二地杜诗研习风气的影响。而江浙文人推崇杜诗，与其世运遭际密不可分。明清易代，江浙地区激烈抵抗清军，情绪激昂，态度坚决，降清后，又受清军的屠杀凌虐，清代的最高统治者仍对江苏、浙江一带民风较为不满，并多次对江南文人予以打压，江浙一带成为文字狱频发的地区，发生于浙江一省的就有《明史》案、"查嗣庭案""吕留良案"，甚至一度出现停止浙江乡、会试的举动，这使得本就依附感弱的江南文人，心灵更加破碎不堪，因而产生不愿仕进或者中途归隐之士，杜诗成为士人的情感寄托，清人借杜诗或伤国乱，或寄故国哀思，抒发身逢乱世的慷慨之声，如清初李长祥注杜就有寄慨之意。乾嘉时期，受顾炎武等经世致用思想，及清代官方高压文化政策的影响，考据学盛行，江浙之地以"吴派"为代表，考据学无疑促进了杜诗学的繁荣，清人也多用考据学的方法研究杜诗。道光时期，外敌入侵，江浙一带较早受到侵扰，士人宗杜热潮高涨，经世派多学习杜诗，从杜诗中寻求寄托，钱泰吉为曹培亨所作《跋曹孺岩先生集杜诗册》中云："自来集杜诗者，文信公最著。盖蒙难抗节，慷慨悲歌，与少陵忠君爱国之心异代同揆，信可谓诗史矣。然惟五言集句二百首，不及他体。近时梁山舟学士，各体皆备，《频罗庵集》脍炙人口，不以书法掩也。"[①] 所论文天祥集杜，体现乱世安身立命之旨，内忧外患的社会局势，战争不断，清人饱受家破人亡及颠沛流离之苦，极为关注杜诗，甚至将杜诗融入诗歌创作。清人将杜诗抬到无以复加的高度，认为杜

---

① 钱泰吉：《甘泉乡人稿》余稿卷1，同治十一年刻、光绪十一年增修本。

诗可与六经媲美，如龚鼎孳在《杜诗论文·序》中称："诗之有少陵，犹文之有六经也。前乎此者，于此而指归；后乎此者，于此而阐发。文无奇正，必始乎经；诗无平险，必宗乎杜。此少陵之诗与六经之文，并不朽于天地间也。"① 清人学杜，极为普遍，无论宗唐派、崇宋派、桐城派、经世派，无不以杜诗为尊，甚至渗透到书法、绘画等领域及日常生活中，杜诗融入了清人的内质，与其精神、血肉相存亡，因而，身兼各长的文人在命题中自然择取杜诗。

第三节 乡、会试诗命题出自杜诗考题分类及命题要求

清代乡、会试诗命题出自杜诗的 82 例考题，就内容而言，可分为自然景物、仕进、时政、文学、德行、祥瑞六个方面，其中写景之题最多，共 47 例，仕进之题次之，有 13 例，对政治关注的考题有 9 例，文学类考题 6 例，德行类考题 5 例，祥瑞类考题 2 例。

一 自然景物类考题

杜甫诗歌风格特征的论述，较早的为《进雕赋表》中的自我认定："则臣之述作，虽不能鼓吹六经，先鸣数子，至于沉郁顿挫，随时敏捷，扬雄、枚皋之徒，庶可企及也。"② 此处，他将自己的诗歌风格定义为沉郁顿挫，这是杜诗的主导风格。然而杜甫作品数量较多，风格多样，宋代王安石评论说："故其诗有平淡简易者，有绮丽精确者，有严重威武若三军之帅者，有奋迅驰骤若泛驾之马者，有淡泊闲静若山谷隐士者，有风流酝藉若贵介公子者。"③ 杜诗本身蕴含多样化的风格

---

① 吴见思：《杜诗论文》龚序，康熙十一年常州岱渊堂刻本。
② 杜甫著，仇兆鳌注：《杜诗详注》，中华书局 1979 年点校本，第 5 册，第 2172 页。
③ 陈正敏：《遁斋闲览》，胡仔《苕溪渔隐丛话·前集》卷 6，人民文学出版社 1962 年点校本，第 37 页。

特征，除沉郁顿挫之外，又兼有清新、绮丽、俊逸、闲散、蕴藉等风格特征。

命题所选杜甫诗句，以自然景物描写居多，所选考题，多气格清旷之景，如下所列：

道光五年乙酉科四川考题《赋得天虚风物清（得秋字）》。典出《独坐》："江敛洲渚出，天虚风物清。"

道光十一年辛卯恩科陕西考题《赋得露下天高秋气清（得清字）》。

咸丰二年壬子科河南考题《赋得露下天高秋气清（得秋字）》，典出《夜》："露下天高秋气清，空山独夜旅魂惊。"

道光十二年壬辰科四川考题《赋得澹云疏雨过高城（得清字）》，出自《院中晚晴怀西郭茅舍》："幕府秋风日夜清，澹云疏雨过高城。"

同治元年壬戌恩科宗室考题《赋得渚清沙白鸟飞回（得飞字）》，典出《登高》："风急天高猿啸哀，渚清沙白鸟飞回。"

这些命题诗句所写之景，或为河流缩水后的清拔阔远之景，或为秋露之后空阔清新之感，或为山城雨疏云淡之态，或为秋日沙滩凄清空旷之境，格调清旷，色调偏冷，感触细腻，体现出清人在命题中对"清"的追求。

命题所选诗句，多以月为意象：

如乾隆三十年乙酉科云南考题《赋得万里共秋辉（得清字）》，典出《月圆》："故园松桂发，万里共清辉。"

乾隆三十六年辛卯科江南考题《赋得月涌大江流（得源字）》。

乾隆四十八年癸卯科江西考题《赋得月涌大江流（得秋字）》。

乾隆六十年乙卯恩科湖北考题《赋得月涌大江流（得秋字）》，典出《旅夜书怀》："星垂平野阔，月涌大江流。"

乾隆四十八年癸卯科四川考题《赋得月彩静高深（得楼字）》，典出《送严侍郎到绵州同登杜使君江楼宴》："灯光散远近，月彩静高深。"

第五章 清代乡、会试诗命题与杜甫诗歌

乾隆五十三年戊申恩科广西考题《赋得月傍九霄多（得秋字）》。

道光二十九年己酉科云南考题《赋得月傍九霄多（得秋字）》。

光绪十一年乙酉科陕西考题《赋得月傍九霄多（得多字）》，典出《春宿左省》："星临万户动，月傍九霄多。"

乾隆五十九年甲寅恩科四川考题《赋得赏月延秋桂（得延字）》。

光绪十七年辛卯科浙江考题《赋得赏月延秋桂（得秋字）》，典出《夔府书怀四十韵》："赏月延秋桂，倾阳逐露葵。"

嘉庆五年庚申恩科四川考题《赋得新月动秋山（得秋字）》，典出《草阁》："鱼龙回夜水，星月动秋山。"

嘉庆九年甲子科宗室考题《赋得月林散清影（得清字）》，典出《游龙门奉先寺》："阴壑生虚籁，月林散清影。"

咸丰八年戊午科陕西考题《赋得水面月出蓝田关（得陂字）》，典出《渼陂行》："船舷暝戛云际寺，水面月出蓝田关。"

光绪五年己卯科甘肃考题《赋得陇月向人圆（得圆字）》，典出《宿赞公房》："相逢成夜宿，陇月向人圆。"

同为写月，境界也有所不同，或写月光洒下的清莹皎洁之态，或写月影映江，月随江涌的阔大气势，或写深夜月出的深邃静谧，或写香气弥漫之夜的清美圆融，或写秋夜山月的清寒幽远，或写月出水面的清新俊美，以上月景，有圆月，有山月，有林间之月，有花香弥漫之月，有深夜月出之境，有水面月出之景，多为作者笔下澄澈明静，清新静谧之景，大多体现出"清"的审美追求。

考题所出诗句多以云为意象，所列如下：

嘉庆十八年癸酉科山东考题《赋得红见东海云（得红字）》，典出《晴二首》（其一）："碧知湖外草，红见海东云。"

嘉庆十三年戊辰恩科宗室考题《赋得野云低度水（得低字）》，典出《陪章留后侍御宴南楼（得风字）》："野云低度水，檐雨细随风。"

道光二十四年甲辰恩科云南考题《赋得晴天养片云（得晴字）》，典出《秦州杂诗二十首》（其十六）："落日邀双鸟，晴天养片云。"

清代乡、会试诗命题与唐诗的接受

道光二十四年甲辰恩科山东考题《赋得荡胸生层云（得云字）》与同治十二年癸酉科山东考题《赋得荡胸生层云（得层字）》，典出《望岳》："荡胸生层云，决眦入归鸟。"

光绪十七年辛卯科四川考题《赋得峡云笼树小（得云字）》，典出《送段功曹归广州》："峡云笼树小，湖日荡船明。"

以云为意象的考题，或为久雨日出，日光照射之下的清新明丽之景；或为崖谷深邃，片云舒卷，清新洒脱之态；或为心间云雾徘徊的清新缥缈之感；或为峡谷之云的清新幽远；或自然之景，或心中之感，或明丽之境，或洒脱之态，同为写云，景象各异，杜甫思力的深厚，诗思的细腻，可见一斑。

杜诗所出与水相关的考题有：

光绪十九年癸巳恩科四川考题《赋得吴蜀水相通（得图字）》，典出《严公厅宴同咏蜀道画图得空字》："华夷山不断，吴蜀水相通。"

光绪二十年甲午科山西考题《赋得远水兼天净（得天字）》，典出《野望》："远水兼天净，孤城隐雾深。"

嘉庆六年辛酉科湖南考题《赋得湖光与天远（得天字）》，典出《过洞庭湖》："湖光与天远，直欲泛仙槎。"

这三个考题，或总体描述吴地与蜀地水相连的特征，或细致描摹远处水天相接，清澄明净之景，或写湖面广阔无垠，波光粼粼，天遥水阔之境，或工细，或阔大，多体现出"清"的特征。

以上命题所选诗句，或景致清新秀美，或境界清新旷远，或以月为写照，或以云为依托，或以水为描写对象，多数为对杜诗中"清"景之句的选择，少数考题除外，杜甫善于向六朝诗歌学习，严羽说"少陵诗，宪章汉魏，而取材于六朝；至其自得之妙，则前辈所谓集大成者也"[①]。学习的正是清新的风格特征，他自称："清词丽句必为

---

① 严羽著，郭绍虞校释：《沧浪诗话校释》，人民文学出版社1983年版，第171页。

邻。"① 而乡试诗命题中对部分"清"景之句的选择，与清代诗歌考试的标准颇为相关，如李宗昉所言："尝谓诗之有律，犹文之有法。文贵清真雅正，试律尤贵典显清灵。"②

所选写景之题，有的具有明显的地域特征，或为清幽静谧的草堂如咸丰八年戊午科四川考题《赋得万里桥西一草堂（得西字）》，典出《狂夫》："万里桥西一草堂，百花潭水即沧浪。"道光元年辛巳恩科四川考题《赋得浣花草堂（得诗字）》；光绪五年己卯科四川考题《赋得竹寒沙碧浣花溪（得溪字）》，典出《将赴成都草堂途中有作先寄严郑公五首》（其三）："竹寒沙碧浣花溪，橘刺藤梢咫尺迷。"对草堂的地理位置、浣花溪畔翠竹掩映，沙色洁白之景进行考察。有的体现出蜀地山水险峻奇峭的特征，或是峥嵘劲峭的蜀山，如诗句"千崖秋气高"被命题六次，分别为乾隆四十四年己亥恩科贵州，嘉庆二十一年丙子科广西，道光五年乙酉科贵州，道光二十九年己酉科广西，咸丰二年壬子科云南，及光绪二年丙子科甘肃考题，可见，清人对此题尤为偏爱，"千崖秋气高"为崖壑交错，秋气纵横之景，雄放之外，颇见凄然，王嗣奭在《杜臆》中评曰："起来二句，笔力雄壮，而别景已觉怆然。"③ 或是雄奇壮伟、惊心动魄的蜀水，如同治六年丁卯科四川考题《赋得巫峡秋涛天地回（得秋字）》，为波涛汹涌，怒折天地的巫峡之景。道光二十三年癸卯科四川考题《赋得万点蜀山尖（得秋字）》，为山川绵延，峥嵘错综之势。

此外，还有一些描写自然景物的考题，体现出明显的地域特征，如：

乾隆四十二年丁酉科山东考题《赋得造化钟神秀（得宗字）》，典出《望岳》："造化钟神秀，阴阳割昏晓。"

道光二年壬午科山东考题《赋得齐鲁青未了（得秋字）》，典出

---

① 杜甫著，仇兆鳌注：《杜诗详注》，中华书局1979年点校本，第2册，第900页。
② 《三校批点青云集合注》，光绪戊子年（1888）刻本，李宗昉序。
③ 王嗣奭：《杜臆》，上海古籍出版社1983年版，第170页。

《望岳》："岱宗夫如何，齐鲁青未了。"

光绪元年乙亥恩科山东考题《赋得平野入青徐（得楼字）》，典出《登兖州城楼》："浮云连海岱，平野入青徐。"

道光二十六年丙午科广西考题《赋得已觉气与嵩华敌（得山字）》，典出《阆山歌》："那知根无鬼神会，已觉气与嵩华敌。"

道光八年戊子科湖南考题《赋得秋晚岳增翠（得秋字）》，典出《湖中送敬十使君适广陵》："秋晚岳增翠，风高湖涌波。"

光绪二十三年丁酉科陕西考题《赋得西岳崚嶒竦处尊（得尊字）》，典出《望岳三首》（其二）："西岳崚嶒竦处尊，诸峰罗立似儿孙。"

嘉庆九年甲子科陕西考题《赋得东来紫气满函关（得东字）》及道光十五年乙未恩科陕西考题《赋得东来紫气满函关（得东字）》，典出《秋兴八首》（其五）："西望瑶池降王母，东来紫气满函关。"

光绪十四年戊子科山东考题《赋得海右此亭古（得亭字）》，典出《陪李北海宴历下亭》："海右此亭古，济南名士多。"

这些考题所涉之景，或为泰山雄奇秀美、气势磅礴的概括虚写；或为泰山青色绵延，无边无际壮阔景象的描摹；或为兖州城楼登楼所见青州、徐州绵延千里之阔大气势的书写；或为灵秀耸立、气敌嵩岳的阆山；或为深秋南岳的清幽秀美之景；或为高耸突兀、巍峨矗立的华山；或借老子西游函谷关典故回顾长安城景象；或写李北海历下亭的历史悠久，或泰山、或阆山、或衡山、或华山、或是绵延广袤的青州、徐州，或是长安城往日的富丽辉煌，都是杜甫笔下各地景物的描写，带有明显的地域色彩，而这些考题多具有雄浑豪放的特征。沈德潜在《重定唐诗别裁集序》中说："新城王阮亭尚书选《唐贤三昧集》，……而于杜少陵所云'鲸鱼碧海'，韩昌黎所云'巨刃摩天'者，或未之及。余因取杜、韩语意定《唐诗别裁》，而新城所取，亦兼及焉。"① 显然，从王士禛到沈德潜，清代诗坛对于杜诗的态度发生了转变，沈德潜所欣赏的正是杜甫"鲸鱼碧海"之作。另外，翁方纲在《石洲诗话》中说："杜之魄力声音，皆万古所不再有。其魄力既大，故能于正位卓立铺写，而愈觉其超出；其声音既大，故能于寻常言语，皆作金钟大镛之响。此皆后人之必不能学，必不可学者。苟不揣分量，而妄思攀援，未有不颠踬者也。"② 沈、翁推崇的是杜甫雄浑阔大的风格。

二 政治民生类考题及其他考题

清代乡试诗命题出自杜诗的考题，有的从政治民生的角度出题，具体而言，可以分为人才类、德行类及时政类考题等，从人才角度所出考题，如下所列：

乾隆六十年乙卯恩科广东考题《赋得攀桂仰天高（得香字）》，典出《八月十五夜月二首》（之一）："转蓬行地远，攀桂仰天高。"

嘉庆六年辛酉科山西考题《赋得攀桂仰天高（得天字）》。

嘉庆九年甲子科四川考题《赋得攀桂仰天高（得高字）》。

嘉庆十三年戊辰恩科四川考题《赋得攀桂仰天高（得香字）》。

嘉庆二十一年丙子科浙江考题《赋得攀桂仰天高（得秋字）》。

光绪十五年己丑恩科江西考题《赋得攀桂仰天高（得天字）》。

同治三年甲子科顺天考题《赋得一洗万古凡马空（得龙字）》，典出《丹青引赠曹将军霸》："须臾九重真龙出，一洗万古凡马空。"

道光二十年庚子恩科云南考题《赋得雕鹗在秋天（得秋字）》，典出《奉赠严八阁老》："蛟龙得云雨，雕鹗在秋天。"

道光二十九年己酉科四川考题《赋得每依北斗望京华（得心字）》，典出《秋兴八首》（其二）："夔府孤城落日斜，每依北斗望

---

① 沈德潜：《唐诗别裁集》，上海古籍出版社1979年版，序言第3页。
② 翁方纲：《石洲诗话》，中华书局1985年版，第1册，第12页。

京华。"

光绪八年壬午科甘肃考题《赋得应图求骏马（得求字）》，典出《上韦左相二十韵》："应图求骏马，惊代得麒麟。"

光绪十四年戊子科陕西考题《赋得华岳峰尖见秋隼（得秋字）》，典出《魏将军歌》："魏侯骨耸精爽紧，华岳峰尖见秋隼。"

光绪十九年癸巳恩科顺天考题《赋得秋鹰整翮当云霄（得□字）》，典出《醉歌行赠公安颜十少府请顾八题壁》："天马长鸣待驾驭，秋鹰整翮当云霄。"

所列人才类考题，虽具体意象有所不同，但大致都表达了仕进之意，《八月十五夜月二首》（其一）为作者漂泊西南时期的作品，"转蓬行地远，攀桂仰天高"之句，以蓬草随风飘零，比喻自身的流离转徙，远离政治中心，仕进艰难，科考以此命题，有明显的仕进之意；"每依北斗望京华"通过作者远在夔州，遥望长安，思考杜甫个人的兴衰荣辱，国家的治乱兴衰，望京华，体现出作者明显的用世之意。命题中还选用一些高大威猛的动物意象，来抒发个人志向，赞扬曹霸笔下所画之马精神抖擞、豪气勃发，称"一洗万古凡马空"；他还以马作比，夸赞韦见素身逢其时，称"应图求骏马"；称美严武官得其时时说"雕鹗在秋天"；颂扬魏将军的骁勇威猛言"华岳峰尖见秋隼"；夸赞颜氏才气孤标称"秋鹰整翮当云霄"。无论是雄健勇猛的飞禽，还是超凡脱俗、骁腾待驭的骏马，都为才能杰出，堪担大任者的比喻，多为赞美他人之词，同时也是自己志向的表达，体现出盛唐环境孕育的自信风度，体现出豪放的风格特征。

杜甫目睹大唐由盛转衰的局势变化，心系国家社稷，诗歌中体现出忧国忧民的政治情怀，命题中对他这类诗句的选择，体现出对政治民生的关注，如：

同治三年甲子科广西考题《赋得政简移风远（得风字）》，典出《奉和严中丞西城晚眺十韵》："政简移风速，诗清立意新。"

道光十七年丁酉科山东考题《赋得安得广厦千万间（得才字）》

第五章　清代乡、会试诗命题与杜甫诗歌

和同治九年庚午科山东考题《赋得安得广厦千万间（得欢字）》，典出《茅屋为秋风所破歌》："安得广厦千万间，大庇天下寒士俱欢颜，风雨不动安如山。"

同治元年壬戌恩科湖南考题《赋得净洗甲兵常不用（得河字）》和同治六年丁卯科贵州考题《赋得净洗甲兵长不用（得兵字）》，典出《洗兵行》："安得壮士挽天河，净洗甲兵长不用！"

同治六年丁卯科广东考题《赋得二三豪杰为时出（得时字）》，典出《洗兵行》："二三豪俊为时出，整顿乾坤济时了。"

光绪二年丙子科福建考题《赋得南飞觉有安巢鸟（得飞字）》，典出《洗兵行》："东走无复忆鲈鱼，南飞觉有安巢鸟。"

光绪十九年癸巳恩科河南考题《赋得词人解撰河清颂（得人字）》，典出《洗兵行》："隐士休歌《紫芝曲》，词人解撰《清河颂》。"

"政简移风远"从为政角度命题，强调省刑薄赋，移风惠民之策的重要性；"安得广厦千万间"为杜甫经历乱世的苦难，感困穷窘迫时发出的呐喊，体现出仁者的情怀；"净洗甲兵长不用"表达了作者久经战乱，希望国家长享太平的愿望；"二三豪杰为时出"对力挽狂澜，重整河山的行为颇感欣慰；"南飞觉有安巢鸟"借鸟之归巢喻百姓生活和乐，天下太平；"词人解撰河清颂"，"河清"为太平的象征，为文人撰写词章歌颂太平之景。道咸时期，随着清代局势的转衰，清人从杜诗中寻求精神寄托，聚焦时政，反映社会现实，抒发爱国情感，因而在命题中选择与时局相关的诗句来命题，特殊时代背景下，杜甫诗歌引起清人的共鸣。这些与时局相关的诗句，是杜甫身逢乱离困窘发出的呐喊之声，及期待重整乾坤的雄壮之语，空前的盛世造就了诗人宽广的胸襟、豪迈的气势，动乱的时局，又使得诗人郁愤填胸，因而作者在表达情感时，多用雄浑豪放之语。清代乡试诗命题中，对杜诗雄浑豪放之句的选择，体现出清人的接受倾向。如《唐诗别裁集》中对杜甫的近体诗歌评论说："杜诗近体，气局阔大，使事典切，而人所不可及处，尤在错综任意，寓变化于严整之中，斯足凌轹千古。"① 杜甫气度宽宏，格局阔大，因而诗篇雄浑博大而又章法整严。又对其七律评价说："杜七言律有不可及者四：学之博也，才之大也，气之盛也，格之变也。五色藻缋，八音和鸣，后人如何仿佛？王摩诘七言律风格最高，复饶远韵，为唐代正宗。然遇杜《秋兴》、《诸将》、《咏怀古迹》等篇，恐瞠乎其后，以杜能包王，王不能包杜也。"② 认为杜诗气格阔大的特征，源于其学问的渊博，才能的杰出，气度的不凡，格局的变化，即使是像王维那样的大家恐怕也有所不及。道咸之后，时局动荡，清人对其豪放风格的诗歌也较为重视，豪放之中兼有抑郁不平之气，正如龚自珍在《送徐铁孙序》中表达其诗歌追求时说："于是乃放之乎三千年青史氏之言，……则如岭之表，海之浒，磅礴浩汹，以受天下之瑰丽，而泄天下之拗怒也，亦有然。"③ 豪放之词，劲健之篇，不过是为了释放心中的愤怒不平之气。

此外，出自杜诗的考题，还有一些从品德操守的角度命题，如：嘉庆六年辛酉科四川考题《赋得清高金茎露（得金字）》，及嘉庆二十四年己卯科河南考题《赋得清高金茎露（得茎字）》，典出杜甫《赠李十五丈别》："清高金茎露，正直朱丝弦。"同治六年丁卯科福建考题《赋得冰壶玉衡悬清秋（得秋字）》，典出《寄裴施州》："金钟大镛在东序，冰壶玉衡悬清秋。"光绪二十三年丁酉科四川考题《赋得正直原因造化功（得功字）》，典出《古柏行》："扶持自是神明力，正直元因造化功。"命题之句，或以承露盘之晶莹的露水比李十五秘书的高洁品行；或以清爽秋日的冰壶玉衡，比喻裴施州的品质高尚、气质优雅；"正直元因造化功"借柏树挺拔的特性，体现人的高洁正直。

还有一些考题从重视文学才能角度出题，如乾隆五十四年己酉科江南考题《赋得重与细论文（得和字）》，道光十九年己亥科江南考题

---

① 沈德潜：《唐诗别裁集》，上海古籍出版社1979年版，上册，第343页。
② 沈德潜：《唐诗别裁集》，上海古籍出版社1979年版，下册，第447页。
③ 龚自珍：《龚自珍全集》，上海古籍出版社1975年版，第166页。

第五章　清代乡、会试诗命题与杜甫诗歌

《赋得重与细论文（得时字）》及光绪元年乙亥恩科江南考题《赋得重与细论文（得文字）》，典出《春日忆李白》："何时一樽酒，重与细论文。"嘉庆三年戊午科四川考题《赋得词源倒流三峡水（得流字）》，典出《醉歌行》："词源倒流三峡水，笔阵独扫千人军。"嘉庆十二年丁卯科云南考题《赋得下笔如有神（得如字）》，典出《奉赠韦左丞丈二十二韵》："读书破万卷，下笔如有神。"光绪元年乙亥恩科广东考题《赋得诗成珠玉在挥毫（得挥字）》，典出《奉和贾至舍人早朝大明宫》："朝罢香烟携满袖，诗成珠玉在挥毫。"其中，以"重与细论文"命题的三次考试，都为江南乡试，一方面是与此诗的创作背景有关，杜甫此诗写给时在江东的李白，李白在今天的江浙一带，而清代江南省的所属区域也包括江浙的部分地区，清人在江南乡试以此为题，为故地重游的感慨，而"重与细论文"也很好地概括了江南文人对文化重视的现实情形。"词源倒流三峡水"是杜甫勉励侄儿杜勤之语，杜勤科举落第，杜甫致宽慰之词，夸赞其文气豪迈、气势纵横，堪比三峡之水。"下笔如有神"是杜甫干谒韦左丞丈时对自己文学才能的认定，颇为自得，不乏吹嘘的色彩，但也是对运笔挥洒自如，才气逼人的肯定；"诗成珠玉在挥毫"是杜甫居左省奉和贾至之作，称赞其诗歌词章华美，如珠玉般圆转典雅，文思敏捷，挥笔而蹴。命题中以这类诗句为题，体现出当时对文才的重视，清人为扭转明代的空疏之风，多潜心学术，命题中对这类考题的选择，是清代时风的体现。

小　　结

一、清代乡试诗命题所选历代文人作品，杜诗居于首位，清人在命题中对杜诗的重视，与清代官方对儒家诗教的推崇有关，杜诗体现出的忠孝之旨，是其诗歌在命题中居首的主要原因。

二、命题所选杜甫各地诗作，涉及东都、齐赵、长安、秦州及出峡之后的作品，又以巴蜀诗作为重，巴蜀之作多描写自然景物，艺术

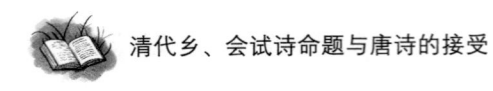

成就较高，且开辟山水书写的新境界，因而颇得清人青睐；乡试诗命题所选杜诗，在创作之地与命题之地上存在一致性，体现出明显的地域倾向；命题考官多出自杜诗学繁荣的江浙之地。

三、所出杜诗考题，按照内容可分为自然景物之题、政治民生类考题及品德操行的考察等，体现出命题中对"清"的要求及内容"中正"的轨范。

第六章　清代乡、会试诗命题与白居易诗歌

清代会试诗命题选入白居易的 2 首诗作，出题 2 例；乡试诗命题选入白居易的 24 首诗作，出题 35 例，包括各省乡试考题 34 例，宗室乡试考题 1 例。白居易诗歌在命题中占有重要地位，为命题中唐诗出题的三大出处之一。

第一节　道光之后命题数量的骤增及原因探析

一　考题主要分布于道光之后

清代乡、会试诗命题，出自白居易诗歌的考题，各个时期数量有所不同，乾隆时期出自白居易诗歌的考题只有 1 例，为乾隆五十四年己酉科河南考题《赋得嵩阳云树伊川月（得秋字）》，嘉庆时期出自白居易诗歌的考题也为 1 例，为嘉庆二十四年己卯科山西考题《赋得岁丰仍节俭（得丰字）》，道光时期乡试诗命题出自白居易诗歌的考题，共有 13 例，具体命题情况如表 6-1 所示。

清代乡、会试诗命题与唐诗的接受

表6-1　　道光时期乡试诗命题出自白居易诗歌的考题

时间	地点	诗题	白诗出处
道光元年辛巳恩科	江西	《赋得湖光朝霁后（得光字）》	《江楼早秋》
道光十一年辛卯恩科	浙江	《赋得月点波心一颗珠（得珠字）》	《春题湖上》
道光十四年甲午科	江西	《赋得绕船明月江水寒（得寒字）》	《琵琶引》
道光十七年丁酉科	浙江	《赋得十里沙堤明月中（得堤字）》	《夜归》
道光十七年丁酉科	山西	《赋得稻陇泻泉声（得声字）》	《早发楚城驿》
道光十九年己亥科	湖南	《赋得风竹含疏韵（得秋字）》	《秋凉闲卧》
道光二十年庚子恩科	江西	《赋得江山入好诗（得秋字）》	《江楼早秋》
道光二十年庚子恩科	广东	《赋得江色鲜明海气凉（得凉字）》	《江楼晚眺景物鲜奇吟玩成篇寄水部张员外》
道光二十四年甲辰恩科	浙江	《赋得潮头欲过满江风（得风字）》	《夜归》
道光二十四年甲辰恩科	湖北	《赋得水绕芦花月满船（得秋字）》	《赠江客》
道光二十六年丙午科	湖北	《赋得江山入好诗（得秋字）》	《江楼早秋》
道光二十九年己酉科	江西	《赋得雁点青天字一行（得天字）》	《江楼晚眺景物鲜奇吟玩成篇寄水部张员外》
道光十二年壬辰恩科宗室会试		《赋得岁丰仍节俭（得成字）》	《太平乐词二首》（其一）

咸丰时期，受战争的影响，部分乡试并未如期举行，因而考题总体较少，出自白居易诗歌的考题共有2例，分别为咸丰元年辛亥恩科山东考题《赋得新秋雁带来（得新字）》与咸丰五年乙卯科山西考题《赋得时泰更销兵（得平字）》。

同治年间，以白居易诗歌命题的乡试考题有7例，命题情况如表6-2所示。

表6-2　　同治时期乡试诗命题出自白居易诗歌的考题

时间	地点	诗题	白诗出处
同治元年壬戌恩科	湖北	《赋得水绕芦花月满船（得船字）》	《赠江客》
同治三年甲子科	山东	《赋得岩泉滴久石玲珑（得泉字）》	《泛太湖书事寄微之》

第六章 清代乡、会试诗命题与白居易诗歌

续表

时间	地点	诗题	白诗出处
同治三年甲子科	四川	《赋得岩泉滴久石玲珑（得湖字）》	《泛太湖书事寄微之》
同治三年甲子科	广东	《赋得竹雾晓笼衔岭月（得笼字）》	《庾楼晓望》
同治十二年癸酉科	浙江	《赋得州傍青山县枕湖（得州字）》	《余杭形胜》
同治十二年癸酉科	湖南	《赋得岁丰仍节俭（得丰字）》	《太平乐词二首》（其一）
同治九年庚午科宗室乡试		《赋得新秋雁带来（得秋字）》	《宴散》

光绪时期，乡试诗命题出自白居易诗歌的考题有 13 例，出题情况如表 6-3 所示。

表 6-3　光绪时期乡试诗命题出自白居易诗歌的考题

时间	地点	诗题	白诗出处
光绪元年乙亥恩科	江西	《赋得芦荻花中一点灯（得中字）》	《浦中夜泊》
光绪二年丙子科	河南	《赋得岁俭为丰（得丰字）》	《贺雨》
光绪二年丙子科	广西	《赋得好风凉月满松筠（得筠字）》	《同钱员外禁中夜直》
光绪五年己卯科	河南	《赋得雁点青天字一行（得青字）》	《江楼晚眺景物鲜奇吟玩成篇寄水部张员外》
光绪八年壬午科	陕西	《赋得桥明月出时（得明字）》	《秋池二首》（其一）
光绪八年壬午科	江南	《赋得袖中吴郡新诗本（得新字）》	《故衫》
光绪十四年戊子科	浙江	《赋得遥飞一盏贺江山（得遥字）》	《送姚杭州赴任，因思旧游二首》（其一）
光绪十四年戊子科	山西	《赋得岁丰仍节俭（得丰字）》	《太平乐词二首》（其一）
光绪十五年己丑恩科	浙江	《赋得与君约略说杭州（得州字）》	《答客问杭州》
光绪十七年辛卯科	顺天	《赋得远树望多圆（得淮字）》	《渡淮》
光绪十七年辛卯科	江西	《赋得影落杯中五老峰（得杯字）》	《题元十八溪居》
光绪十九年癸巳恩科	山西	《赋得月明荞麦花如雪（得明字）》	《村夜》
光绪九年癸未科会试		《赋得新树叶成阴（得阴字）》	《玩新庭树因咏所怀》

清代乡试①，从乾隆到光绪，出自白居易诗歌的考题数量分别为

---

① 会试诗命题出自白居易、李白、杜甫的诗题数量较少，且从乡试诗命题数量即可看出命题规律，因而，此处只统计乡试诗考题。

1、1、12、2、7、12 例，单纯就数量而言，低于杜甫、李白诗歌所出考题，但如果将此数据与李、杜两家的出题数据进行比较，清代乡试诗以白居易诗歌命题的特征便被明显地表现出来了（见表 6-4）。①

表 6-4　　　　　　清代乡试诗命题唐诗出题概况

时间	李白	杜甫	白居易	唐诗	存题总计
乾隆	7	11	1	63	288
嘉庆	6	17	1	57	181
道光	14	18	12	127	255
咸丰	2	4	2	31	71
同治	3	10	7	44	75
光绪	13	21	12	100	189
总计	45	81	35	422	1059

由表 6-4 可知，道光之前，出自白居易诗歌的考题数量与李杜相差较大，从道光时期开始，白居易诗歌出题的数量出现骤增，可望二人项背，并保持稳定的趋势，道光到光绪，三人的出题数量分别为 32、53、33 例，显然，白居易诗歌在这段时间出题数量赶超李白，道光前后，究竟是什么原因导致白居易诗歌在命题中发生如此大的转变？为此，笔者将白居易诗歌与唐诗的出题变化趋势做了对比（见图 6-1）。

由图 6-1 可以看到，道光之前，白居易诗歌的出题趋势与唐诗的差别较大，唐诗占所有考题的比例一直上升，而白居易诗歌在唐诗中所占比例极低，道光时期开始，白居易诗歌出题变化趋势与唐诗一致，随唐诗出题变化而变化，显然，道光前后，并非是命题中唐诗的比例变化，引起白居易诗歌出题的变化，而是另有他因，这一点无疑值得进一步探究。

---

① 本文关于清代乡试诗题的量化统计，主要依据《清秘述闻三种》（法式善等，中华书局1982年点校本）与《清代朱卷集成》（顾廷龙主编，成文出版社1992年版），下文中的统计如无另附说明，均以该二书为据，不再注明。

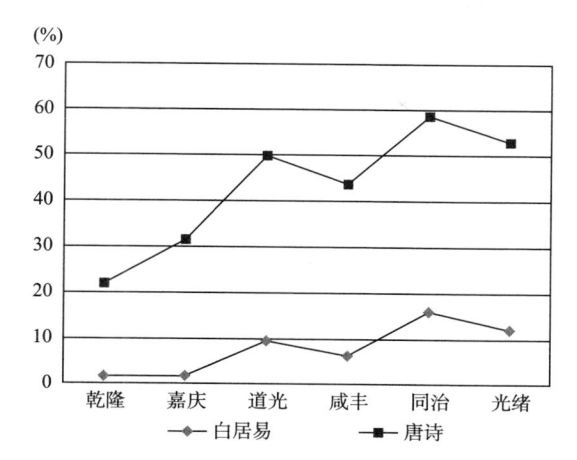

第六章 清代乡、会试诗命题与白居易诗歌

图6-1 清代乡试诗命题白居易诗歌及唐诗出题变化趋势

二 道光前后清人对白居易诗歌接受的转变

在探寻道光时期白居易诗歌命题发生转变的原因前，让我们先对白居易诗歌在清代的接受情况做简单的梳理。清代不同时期，清人对白居易诗歌的接受情况有所不同，清天下初定，统治阶层重视儒学，因而标榜温柔敦厚的诗教观，康熙皇帝曾在《御选唐诗·序》中说："孔子曰：温柔敦厚，诗教也。是编所取，虽风格不一，而皆以温柔敦厚为宗，其忧思感愤、倩丽纤巧之作，虽工不录，使览者得宣志达情，以范于和平，盖亦用古人以正声感人之义。"① 而宋代苏轼在《祭柳子玉文》中做出"元轻白俗"的评价后，俚俗就成为白居易诗歌接受中的一大阻碍。清初文人以诗坛领袖王士禛为代表，认为白诗流于浅易，王士禛力倡"神韵"说，白居易诗歌显然不符合其"神韵"派要求，他认为白居易诗歌粗俗肤浅，沙中难以淘出金屑来，并引用杜牧的观点对白居易诗歌进行批评，因而他对白居易诗歌显然是批评大于接受。

---

① 《皇清文颖》卷首2，《故宫珍本丛刊》，海南出版社2000年影印本，第646册，第131页。

叶燮对此予以反驳，他说：

> 白居易诗，传为老妪可晓。余谓此言亦未尽然。今观其集，矢口而出者固多，苏轼谓其"局于浅切，又不能变风操，故读之易厌"。夫白之易厌，更甚于李；然有作意处，寄托深远。如《重赋》、《致仕》、《伤友》、《伤宅》等篇，言浅而深，意微而显，此风人之能事也。至五言排律，属对精紧，使事严切，章法变化中，条理井然，读之使人惟恐其竟，杜甫后不多得者。人每易视白，则失之矣。元稹作意胜于白，不及白春容暇豫。白俚俗处而雅亦在其中，终非庸近可拟。二人同时得盛名，必有其实，俱未可轻议也。①

叶燮对"浅切"诗风的反驳，以讽谕诗及五言排律为依据，认为这些诗歌"俚俗处而雅亦在其中"，事实上肯定了讽谕诗及五言排律，至于他对白居易诗歌的总体看法，且看他的另外一条评论，他说："元、白《长庆集》实始滥觞。其中颓唐俚俗，十居六七。若去其六七，所存二三，皆卓然名作也。"② 叶燮确实认为白居易诗歌较俗，且"浅俗"之作所占份额较大，为"十居六七"，并且认为除去这些作品之外都为佳作，换句话说，他只接受白居易诗歌的一小部分，对于大部分的俚俗之作还是不予接受的。田同之也认为白居易诗歌较俗，他批评曰："神韵超妙者绝，气力雄浑者胜，元轻白俗，皆其病也。然病轻犹其小疵，病俗实为大忌，故渔洋谓初学者不可读乐天诗。"③ 虽然清初文人对白居易诗歌的评论较多，但总体都批判白居易诗歌"浅俗"，只是接受他的小部分诗歌。

乾隆时期，清人对白居易诗歌的接受逐渐发生转变，以《唐宋诗

---

① 叶燮著，蒋寅笺注：《原诗笺注》，上海古籍出版社 2014 年版，第 377 页。
② 叶燮著，蒋寅笺注：《原诗笺注》，上海古籍出版社 2014 年版，第 395 页。
③ 田同之：《西圃诗说》，郭绍虞《清诗话续编》，上海古籍出版社 1983 年点校本，上册，第 754 页。

醇》为标志，不仅大量选入白居易诗歌，还对其诗风予以肯定，其中曰"变杜甫之雄浑苍劲而为流丽安详，不袭其面貌而得其神味者也"①。显然，从清初的"浅俗"评价，到此时的"流丽安详"，说明清人已经开始正视白居易诗歌，并给予理性的评价，无疑《唐宋诗醇》中的评价成为白居易诗歌在清代诗歌接受史上的转捩点。乾隆前期诗坛领袖沈德潜对白诗的评价也随之转变，他说："特以平易近人，变少陵之沉雄浑厚，不袭其貌而得其神也。"②很显然，此语与乾隆皇帝评论观点相同，只是言辞稍有不同，另外他还反驳了东坡的观点，他说："白乐天同对策，同倡和，诗称元、白体，其实远不逮白。白修直中皆雅音，元意拙语纤，又流于涩。东坡品为元轻白俗，非定论也。"③他说白居易诗歌"修直中皆雅音"，不同于元稹，可见此期有关白居易诗歌的评论确实发生了较大的转变，不仅对"元轻白俗"的评论进行辩驳，同时还肯定白居易诗风为"流丽安详""平易近人"。并于乾隆二十八年重订《唐诗别裁集》时，选入白居易诗歌的数量从4首增加到61首，但其遵循的是雅正的标准，推崇白居易的讽谕诗，《重订唐诗别裁集·序》中曰："白傅讽谕，有补世道人心，本传所云'箴时之病，补政之缺'也。"④

性灵派大家袁枚、赵翼等从"性灵说"的角度对白居易诗歌予以肯定，袁枚在《随园诗话》中说："周元公云：'白香山诗似平易，间观所存遗稿，涂改甚多，竟有终篇不留一字者。'余读公诗云：'旧句时时改，无妨悦性情。'然则元公之言信矣。"⑤可见，袁枚认为白居易诗歌并非不事雕琢，而是人力济之天性形成的平易浑成。赵翼论诗主性情，对白居易的古体与长篇之作都评价较高，而他在论及元白诗派高于韩孟诗派时说："坦易者，多触景生情，因事起意，眼前景、口

---

① 爱新觉罗·弘历：《唐宋诗醇》，中国文学出版社2000年版，中册，第521页。
② 沈德潜：《唐诗别裁集》，上海古籍出版社1979年版，上册，第105页。
③ 沈德潜：《唐诗别裁集》，上海古籍出版社1979年版，上册，第266页。
④ 沈德潜：《唐诗别裁集》，上海古籍出版社1979年版，上册，序言，第3页。
⑤ 袁枚著，顾学颉校点：《随园诗话》，人民文学出版社1982年版，上册，第193页。

头语，自能沁人心脾，耐人咀嚼。……一喷一醒，视少年时与微之各以才情工力竞胜者，更进一筹矣。故白自成大家，而元稍次。"① 公然反驳前人对白居易诗歌轻俗的看法，并认为白居易晚年诗歌才气纵横，随意抒写，不刻意求工，较有风趣。

然而，乾嘉诗坛对白居易诗歌的接受莫衷一是，不乏批评者，且乾嘉时期的统治者推崇的仍是温柔敦厚的儒家诗教，朱庭珍《筱园诗话》卷一中引入纪昀评语："香山、微之诗，亦微有不同处。其佳在真切近情，其病亦即在此。二人皆伤于俚直，而香山尤好敷衍，其弊为太尽太滑，太庸太率，不止轻俗颓唐也。初学效之，非浅滑即粗鄙矣。若根柢既深之后，能别白其鄙俚浅率，而独取其真朴天然之处，则亦不无取益。"② 纪昀认识到白居易诗歌本身浅滑粗鄙之弊端，又认为白诗有近情的优点，认为应该辨别其诗歌的俚俗与天然之处，择优而取。以翁方纲为代表，"肌理说"实质上是通过考据学的方法将诗歌的内容归于儒家教化之内，翁方纲所推崇的是以杜甫、韩愈为代表的质实的诗风，其后期转向崇宋，并在《七言律诗钞》中大量选入白居易诗歌，但其注重学问，终究认为白居易诗歌太过于浅露，他在《石洲诗话》中说："诗至元、白，针线钩贯，无乎不到。所以不及前人者，太露太尽耳。"③ 批评白居易诗歌太露太尽的弊端，认为白诗与儒家含蓄蕴藉的诗教观背道而驰。

然而，无论是性灵派的袁枚、赵翼，还是官方诗学的代表纪昀、翁方纲，虽然他们的立场并不相同，但都肯定白居易诗歌取材的自然，抒写的随意，可见此期清代诗坛诗风有崇宋的倾向。

白居易诗歌被清人广泛接受，要到宋诗兴盛的道光时期。陈衍在《石遗室诗话》中对道咸以来诗歌风尚论述说，"顾道咸以来，程春海、

---

① 赵翼著，江守义、李成玉校注：《瓯北诗话校注》，人民文学出版社2013年版，第109页。
② 朱庭珍：《筱园诗话》，郭绍虞《清诗话续编》，上海古籍出版社1983年点校本，下册，第2348页。
③ 翁方纲：《石洲诗话》卷2，中华书局1985年版，第1册，第26页。

第六章 清代乡、会试诗命题与白居易诗歌

何子贞、曾涤生、郑子尹诸先生之为诗，欲取道元和、北宋，进规开天，以得其精神结构所在，不屑貌为盛唐以称雄。"① 此论说明道咸以来文人所崇尚的是元和、北宋所开创的宋诗风貌，通过诗歌继承与创变的关系，肯定宋诗，反对专宗盛唐，在宗杜甫、韩愈、白居易的同时，又对黄庭坚、苏轼等予以肯定。白居易诗歌秉承写实传统，将日常生活诗化，淡泊闲逸的情调，平易自然的诗风，是对盛唐风貌的改变，开宋诗风气，袁枚在诗论中曾从独辟蹊径的角度对白居易诗歌予以肯定，他说："阮亭《池北偶谈》笑元、白作诗，未窥盛唐门户。此论甚谬。……余按：元、白在唐朝所以能独竖一帜者，正为其不袭盛唐窠臼也。阮亭之意，必欲其描头画角若明七子，而后谓之窥盛唐乎？"② 显然，袁枚认为白居易诗歌的创新之处正是对盛唐风貌的改变，这与道咸之后文人的诗歌观点不谋而合，因而随着道咸时期宋诗运动的愈演愈烈，白居易大量浅切平易风格的诗歌被清人接受。

此期，清人对白居易诗歌的评论又发生变化，有代表性的有梁章钜、潘德舆，梁章钜在《退庵随笔》中说："王渔洋力戒人看《长庆集》，此渔洋一家之论，后学且不必理会他"③ 公然反驳王士禛观点。潘德舆在《养一斋诗话》中说：

> 近人好看白诗，乃学其率易之至者。试随意举其五律，如"寻泉上山远，看笋出林迟"；"松湾随棹月，桃浦落船花"；"雨埋钓舟小，风飐酒旗斜"；"早梅迎夏结，残絮送春飞"；"佛寺乘船入，人家枕水居"；"江暗管弦急，楼明灯火高"；"近海江弥阔，迎秋夜更长"；"搴帘待月出，把火看潮来"；"暝色投烟鸟，秋声带雨荷"；"山明虹半出，松暗鹤双归"。此例一二十句，皆灵机内运，锻炼自

---

① 陈衍：《石遗室诗话》卷21，商务印书馆1929年版，第3册，第13页。
② 袁枚著，顾学颉校点：《随园诗话》，人民文学出版社1982年版，上册，第80页。
③ 梁章钜：《退庵随笔》，《近代中国史料丛刊》第44辑，文海出版社1973年影印本，第1104页。

然，何等慎重落笔！专以率易为白之流派者，试参之。①

潘德舆说明时人学习白居易率易风格诗歌的现象，并举例说明诗句出于自然、少雕琢。另外对清前期有关白居易诗歌的评论，潘德舆还予以反驳，他说："沧浪论诗，先去五俗。朱子亦曰：'须先识得古今体制，雅俗向背，此入门第一义。白不尽俗。白如尽俗，何以不朽？俗盖必朽者也。'"②

晚清时期，对白居易诗歌的评论者如刘熙载，他说："常语易，奇语难，此诗之初关也；奇语易，常语难，此诗之重关也。香山用常得奇，此境良非易到。"③肯定白居易诗歌用常语，甚至认为白居易诗歌用常语取得新奇的境界，实在难得，可见，对白诗的评论已不再沉溺于对其浅俗的批评了，更有甚者，对清初人批评白居易诗歌所引用的论据，也予以推翻，谭献说："光绪二年八月二十二日上道，舆中阅乐天诗，老妪解，我不解。"④谭献道出许多文人心中之语，冷静分析，白居易与老妪解诗，本只是流传之语，不足为信，而他人引以为证，也只是为了论证己见而已。

综上所述，清人对白居易诗歌的接受，体现出不同的阶段性特征，清初的诗坛领袖王士禛以"神韵"说为标榜对象，追求含蓄蕴藉、意在言外的诗歌境界，因而对白居易诗歌予以贬抑，认为太俚俗浅易。叶燮宗尚儒家诗教，坚持温柔敦厚的诗教观，因而对"浅切"评价进行反驳时，以寄托深远的讽谕诗为参照对象，对于大部分浅俗之作仍旧无法接受；乾隆皇帝在《唐宋诗醇》中对白居易诗歌的评论，使得清人对白居易诗歌的接受有了质的转变，但仍旧站在儒家诗教的立场上，尤为推崇讽谕诗；乾嘉时期"性灵派"大家袁枚与赵翼对白居易

---

① 潘德舆：《养一斋诗话》，中华书局 2010 年辑校本，第 16 页。
② 潘德舆：《养一斋诗话》，中华书局 2010 年辑校本，第 18 页。
③ 刘熙载撰，袁津琥校注：《艺概注稿》，中华书局 2009 年版，上册，第 314 页。
④ 谭献：《复堂日记补录一则》，陈友琴编《白居易资料汇编》，中华书局 1962 年版，第 362 页。

诗歌的评论，与他们的诗歌主张有关，性灵派注重表达真性情，而白居易诗歌也有近情之处，且白诗随性抒写，与性灵派主张颇为相似。纪昀对白居易"浅易"诗风进行理性分析，将前人笼统认为"浅切"的诗歌，理性地解剖为真切近情与俚俗两类，翁方纲认为白诗是由陶渊明诗歌到宋诗的转关之处，但其注重学问、考据的风气，因而批评白诗太露太尽；道光时期开始，清人专学白居易的"率易"诗作，肯定白居易近情率易的诗歌风格，因而清代乡试诗命题，清人也大量选入其真切近情的流连光景之作。

第二节　乡、会试诗命题对闲适诗作的重视

清代乡、会试诗命题，选入白居易的 25 首诗歌，涵盖其长安、江州、杭州、苏州、洛阳等各个时期的诗作，就所选诗歌内容而言，《贺雨》为其讽谕诗，《琵琶引》为感伤诗，《太平乐词》为其任职翰林期间奉敕之作，《同钱员外禁中夜直》为夜直之作，其他作品都为闲居生活之作。

一　命题所选长安诗作及政治之思

长安期间，时间大致从元和元年授盩厔尉，到元和十年贬为江州司马，其间元和二年秋诗人回到长安，十一月授翰林学士，元和三年四月除左拾遗，元和五年五月到元和六年四月为京兆府户曹参军，此后即丁母忧，直至元和九年冬才被授予太子左赞善大夫，社会动乱暂时结束，并出现短暂的"中兴"局面。作者虽在盩厔尉与丁忧期间有过一时的落寞之感，但大多时候有较强的用世之志，创作了大量的政治讽谕诗，以《新乐府》五十首及《秦中吟》十首为代表，政治热情高涨，身怀"兼济之志"，关注社会现实，关心民生疾苦，并声称"非求宫律高，不务文字奇。惟歌生民病，愿得天子知"（《寄唐生》）。

命题所选长安期间诗作有四首，为《太平乐词二首》（其一）、

《贺雨》、《同钱员外禁中夜直》、《村夜》,《贺雨》是命题所选唯一一首讽谕诗,主要写唐宪宗采取了一系列宽政措施,使得天降甘露,地披福泽,年岁于歉收转为丰收,民间欢愉,显然此诗的美多于刺。元稹在《白氏长庆集序》中评此诗曰:"因为《贺雨》、《秦中吟》等数十章,指言天下事,时人比之《风》、《骚》焉。"① 《同钱员外禁中夜直》为作者在翰林院时所作,作品主要表现夜直时的闲散寂寥之态。《村夜》为作者丁母忧,居渭南时的作品。长安期间诗作出题情况见表6-5。

表6-5　　　　乡、会试诗命题白居易长安期间作品出题情况

诗题出处	考题	时间	地点
《太平乐词二首》（其一）	《赋得岁丰仍节俭（得丰字）》	嘉庆二十四年己卯科	山西
	《赋得岁丰仍节俭（得丰字）》	同治十二年癸酉科	湖南
	《赋得岁丰仍节俭（得丰字）》	光绪十四年戊子科	山西
	《赋得岁丰仍节俭（得成字）》	道光十二年壬辰恩科宗室会试	
	《赋得时泰更销兵（得平字）》	咸丰五年乙卯科	山西
《贺雨》	《赋得岁易俭为丰（得丰字）》	光绪二年丙子科	河南
《同钱员外禁中夜直》	《赋得好风凉月满松筠（得筠字）》	光绪二年丙子科	广西
《村夜》	《赋得月明荞麦花如雪（得明字）》	光绪十九年癸巳恩科	山西

如表6-5所示,白居易长安期间作品所出考题多体现出对民生仁政的关注,如考题《赋得岁丰仍节俭（得丰字）》及考题《赋得岁易俭为丰（得丰字）》,二者都体现出对丰年的期盼;考题《赋得时泰更销兵（得平字）》表现出对太平盛世的期盼。出自此期作品的七个考题,五个从政治民生角度命题,明确地体现出白居易此期诗歌工于时用的特点,如其在《与元九书》中对长安生活的描述:"是时皇帝初即位,宰府有正人,屡降玺书,访人急病。仆当此日,擢在翰林,身是谏官,月请谏纸,启奏之外,有可以救济人病,裨补时阙,而难于指

---

① 白居易:《白居易集笺校》,上海古籍出版社1988年笺注本,第6册,第3972页。

言者,辄咏歌之。"① 字里行间流露出此期生活的自得之感。清人在命题中,于其长安期间有代表性的大量政治讽谕诗,只选入《贺雨》一首,且以颂扬宽政为主题,而侧重其在翰林院期间歌颂升平及夜直之作的考察,体现出清人命题的选择性。

另外,出自此期作品的考题还有两个写景之题,考题《赋得好风凉月满松筠(得筠字)》为月夜清风吹拂、松竹丛生的自然之景,清爽怡人,静谧幽静,体现出作者夜直心态的适意自得;考题《赋得月明荞麦花如雪(得明字)》,出自"独出前门望野田,月明荞麦花如雪"之句,乡居村夜,作者见秋霜着草,听虫声切切的萧瑟秋声,不免有凄清孤独之感,转而出门,见门外大面积开放的荞麦花,月光照耀之下,晶莹雪白一望无际,心情顿时被感染,豁然开朗。

二 命题所选江州诗作及林泉之思

元和十年,诗人满腔政治热情付之东流,代之以谪贬的冤愤及外放的郁郁不平之气,转而走向独善其身的路径,并在诗歌中称"世事从今口不言"(《重题》),《旧唐书》本传中称:"自是宦情衰落,无意于出处,唯以逍遥自得,吟咏情性为事。"② 诗作也着重贬谪后的感伤以及左迁后天涯沦落之感的书写。

清代乡试诗命题共选入江州诗作7首,出题10例,具体出题情况如表6-6所示。

表6-6　　　　　乡试诗命题江州期间作品出题情况

诗题出处	诗题	时间	地点
《浦中夜泊》	《赋得芦荻花中一点灯(得中字)》	光绪元年乙亥恩科	江西
《题元十八溪居》	《赋得影落杯中五老峰(得杯字)》	光绪十七年辛卯科	江西
《琵琶引》	《赋得绕船明月江水寒(得寒字)》	道光十四年甲午科	江西

---

① 白居易:《白居易集笺校》,上海古籍出版社1988年笺注本,第5册,第2792页。
② 刘昫等:《旧唐书》,中华书局1975年点校本,第13册,第4353—4354页。

续表

诗题出处	诗题	时间	地点
《庾楼晓望》	《赋得竹雾晓笼衔岭月（得笼字）》	同治三年甲子科	广东
《江楼早秋》	《赋得江山入好诗（得秋字）》	道光二十年庚子恩科	江西
		道光二十六年丙午科	湖北
	《赋得湖光朝霁后（得光字）》	道光元年辛巳恩科	江西
《早发楚城驿》	《赋得稻陇泻泉声（得声字）》	道光十七年丁酉科	山西
《赠江客》	《赋得水绕芦花月满船（得秋字）》	道光二十四年甲辰恩科	湖北
	《赋得水绕芦花月满船（得船字）》	同治元年壬戌恩科	湖北

所选江州之作，《浦中夜泊》为元和十年谪贬江州，从长安至江州途中所作，作者初经谪贬，不免悲愤、抑郁，因而作品写景也多孤寂、凄寒、萧瑟，夜深霜重，作者独伫寒风，在无限的黑暗中，芦荻花深处的一点灯光，给予心灵稍许慰藉。《琵琶引》是作者元和十一年到江州之后，借长安娼女的感今伤昔，抒发自己的中道左迁、天涯沦落之感，充满了愤懑不平之气。《赠江客》也抒发谪贬的孤寂愁苦，所写之景江柳凋零、雨后凄冷，鸿声哀鸣，霜气早侵，借江客沙头独宿，写愁苦之情。

出自这三首诗作的考题，《赋得芦荻花中一点灯（得中字）》为秋日芦荻花萧瑟肃杀之景，"一点灯"可见作者心灵的些许希望，但内心无比沉重的心情自是不必言；《赋得绕船明月江水寒（得寒字）》为月夜行舟，哀伤孤独，月色照耀，江水清寒，更见作者凄凉郁闷的心境；《赋得水绕芦花月满船（得秋字）》是秋日凄清、凋零、萧瑟之景，芦花凋零，水色凄冷，月照船舱，心里的郁结之情溢于言表。

然而，江州不仅是作者失意谪贬之所，更是独善生涯的开启之地，所选作品也注重此期的闲适恣意生活，如《题元十八溪居》：

溪岚漠漠树重重，水槛山窗次第逢。晚叶尚开红踯躅，秋芳初结白芙蓉。

第六章 清代乡、会试诗命题与白居易诗歌

声来枕上千年鹤，影落杯中五老峰。更愧殷勤留客意，鱼鲊饭细酒香浓。

元十八隐居之所，溪水潺潺，树木茂盛，山水重重，杜鹃花红遍，白芙蓉烂漫，其地之幽静，景致之幽美，高雅脱俗，继而枕上闻鹤鸣，见所居之地的幽静；杯中倒映山峰，言所居之地的远离尘俗，所写吃饭场景颇具生活气息，作者对元十八隐居之地清幽静谧、高雅脱俗、浑然天成景致的细致描摹，可以透露出其此时心境的淡泊平静，再不似谪贬之初的抑郁不平，其心境及人生轨迹的转变已悄然发生。《庾楼晓望》是作者到江州登楼远眺之作，《江楼早秋》也是江州期间的闲适之作，诗歌明确表达了林泉之思：

南国虽多热，秋来亦不迟。湖光朝霁后，竹气晚凉时。
楼阁宜佳客，江山入好诗。清风水蘋叶，白露木兰枝。
欲作云泉计，须营伏腊资。匡庐一步地，官满更何之？

诗中描写江州秋景，湖色澄明，凉风吹竹，江景清秀，并写秋水蘋叶铺江，木兰花开的淡雅之景，因而作者生归隐之心"欲作云泉计"，而为官大概是为了所言"伏腊资"，官满的出路即为归隐林泉，而为官再也不似长安时期安社稷、忧黎民，只是生存所需。《早发楚城驿》描写天未破晓，作者早凉出行的感受，生活气息浓，体验细致。

出自这四首诗作的考题，或写隐居之地清新明净、幽雅脱俗之态，如考题《赋得影落杯中五老峰（得杯字）》；或言拂晓月色半衔远岭，光芒散落在竹间的朦胧、幽美、静谧之景，如《赋得竹雾晓笼衔岭月（得笼字）》；或见江州秋气早来，晴空万里，湖面澄澈，天气爽朗之景，如《赋得湖光朝霁后（得光字）》；考题《赋得江山入好诗（得秋字）》笼统言说秀丽江山宜入诗篇；考题《赋得稻陇泻泉声（得声字）》为作者用细腻笔触对早行所见的描写，静中有动，颇具地域民风

的淳朴色彩。

综上所述，命题所选江州期间的作品，有描写谪贬的苦闷失意之感，如《琵琶引》《浦中夜泊》《赠江客》，或直接，或含蓄，表现作者贬谪后的郁结愤懑之情，写景多萧瑟、凄清，更多的作品则为其江州期间闲散恣意生活之作，如《江楼早秋》《庾楼晓望》《题元十八溪居》《早发楚城驿》，抒发对生活的细腻感受及闲适的心境，乃至归隐之意。出自作品的考题，都为写景之题，或笼统地表达对大好河山的眷恋，如考题《赋得江山入好诗（得秋字）》，更多考题描写生活的细腻感触，或阔大之景，如考题《赋得湖光朝霁后（得光字）》；或清幽脱俗之景，如考题《赋得竹雾晓笼衔岭月（得笼字）》；或澄明之景，如《赋得影落杯中五老峰（得杯字）》；或生活俗景，如《赋得稻陇泻泉声（得声字）》，都体现出作者淡泊的心性，平静适意的心态，及闲适的生活追求。还有一些考题，色调偏冷，景致凄清，如考题《赋得芦荻花中一点灯（得中字）》，考题《赋得水绕芦花月满船（得船字）》及考题《赋得绕船明月江水寒（得寒字）》，体现出作者抑郁感伤的心态。

三 命题所选余杭诗作及闲适之感

元和十五年正月唐宪宗暴卒，穆宗即位，白居易于夏初自忠州还长安，穆宗皇帝较为昏庸，耽于游嬉，所用非人，时局日危，朋党之争加剧，白居易上疏不被采纳，且诗人经历了谪贬江州，量移忠州，到此时已经宦情淡泊，无意于仕进，于是自请外任，且杭州为富庶之地，风景优美，物产丰富，因此此期诗人生活颇为恣意，心情大好，政省刑宽，留下不少留恋湖光山色之作。

乡、会试诗命题所选白居易杭州期间作品有 5 首，出题 8 例，各诗作命题情况有所不同（见表 6-7）。

第六章　清代乡、会试诗命题与白居易诗歌

表 6-7　　　　乡、会试诗命题白居易杭州期间作品出题情况

诗题出处	诗题	时间	地点
《夜归》	《赋得十里沙堤明月中（得堤字）》	道光十七年丁酉科	浙江
	《赋得潮头欲过满江风（得风字）》	道光二十四年甲辰恩科	浙江
《余杭形胜》	《赋得州傍青山县枕湖（得州字）》	同治十二年癸酉科	浙江
《江楼晚眺景物鲜奇吟玩成篇寄水部张员外》	《赋得江色鲜明海气凉（得凉字）》	道光二十年庚子恩科	广东
	《赋得雁点青天字一行（得天字）》	道光二十九年己酉科	江西
	《赋得雁点青天字一行（得青字）》	光绪五年己卯科	河南
《春题湖上》	《赋得月点波心一颗珠（得珠字）》	道光十一年辛卯恩科	浙江
《玩新庭树因咏所怀》	《赋得新树叶成阴（得阴字）》	光绪九年癸未科宗室会试	

所选杭州期间作品，都描写杭州生活的闲适之感，或为夜晚归来之景，如《夜归》：

半醉闲行湖岸东，马鞭敲镫辔珑璁。万株松树青山上，十里沙堤明月中。

楼角渐移当路影，潮头欲过满江风。归来未放笙歌散，画戟门开蜡烛红。

夜晚醉酒而归，可见生活的恣意，"万株松树""十里沙堤"略带夸张色彩，写出作者此时心态的坦然豁达，生活的知足闲适，酒足饭饱，赏佳景而归，见居所红烛，更见知足温馨。《余杭形胜》为对杭州城的形胜四方，景色秀丽，历史悠久的追溯，所写之景"绕郭荷花三十里，拂城松树一千株"，景阔词豪，"三十里""一千株"不仅是对荷花绵延数十里，地域广阔，松树大面积种植的书写，更是作者阔大宽广胸襟的展示，是作者闲适生活中所生出的博大宽广情怀的体现。《江楼晚眺景物鲜奇吟玩成篇寄水部张员外》描写云收雨散，斜阳余晖照耀下的海市蜃楼景象逐渐消失，代之而起的是风翻白浪、雁阵横空之景，作者见雨后斜阳，江色澄澈，爽气拂来，没有闲适的心态，断然没有心情赏玩自然之景，"花千片""字一行"的比喻之语，简洁平

淡却意蕴深厚，没有闲适淡泊的心态及深厚的功底，是写不出的。《春题湖上》对杭州西湖春日山水之景观察入微，

  湖上春来似画图，乱峰围绕水平铺。松排山面千重翠，月点波心一颗珠。
  碧毯线头抽早稻，青罗裙带展新蒲。未能抛得杭州去，一半勾留是此湖。

"千重翠"言阔大之景，"一颗珠"简洁明了，胸怀之宽广，心境之恬淡，自是不必言，自己对杭州西湖的眷恋之情溢于言表。总之，所选杭州之作，或为夜归所见，或为黄昏所观，或总体摹写，或细致体验西湖之景，或晴姿、或雨态，字里行间流露出作者对杭州生活的深厚情感，而作者对杭州美景的沉溺，是其闲适淡泊的心态，无欲广博胸怀的体现。

出自杭州期间作品的考题，《赋得十里沙堤明月中（得堤字）》是月光挥洒，沙堤反照，形成的虚白光洁，阔大浑融的景致；《赋得潮头欲过满江风（得风字）》是夜潮涌动，狂风席卷，浪花拍岸的动态之景，也为阔大之景，《唐宋诗醇》中评曰："较许浑'山雨欲来风满楼'更为阔大"。《赋得州傍青山县枕湖（得州字）》是杭州之景的总体概述；《赋得江色鲜明海气凉（得凉字）》描写雨后清爽明丽的景象；《赋得雁点青天字一行（得天字）》是雁过长空，列队而行，点成一字的清新简明之态，为警策语；《赋得月点波心一颗珠（得珠字）》是月色照耀下西湖的清明澄澈，透亮皎洁之景，为恬静之美、个体之美；《赋得新树叶成阴（得阴字）》是春季树叶茂盛成荫的清幽闲适之景。考题诗句描写之景，或阔大浑融，或清新简洁，或清爽明丽，或动态，或静写，或简明，或警策，无一不是作者杭州期间生活的体验，而这种自然之景的背后，即是白居易闲散纵情、恣意山水的生活状态，及作者闲适豁达，胸怀宽广的淡泊心志，一景一物皆着闲适的色彩，

是作者适意生活,愉悦心境的体现。

命题中多次以杭州之句为题,如《赋得州傍青山县枕湖(得州字)》为对杭州之景的总体概述,出自其杭州诗作《余杭形胜》;考题《赋得与君约略说杭州(得州字)》,出自苏州诗作。

四 命题所选苏州诗作及淡泊之态

白居易任苏州刺史时间较短,其于敬宗宝历元年除苏州刺史,二年便以病免。初到苏州之时,消沉的宦情有所升温,但于二年春出游时摔伤腰和脚,仕宦之情立即冷却,便请了百日长假,假满后休官。清代乡试诗命题所选白居易苏州期间的诗作共5首,命题详情见表6-8。

表6-8 乡试诗命题白居易苏州作品出题情况

诗题出处	诗题	时间	地点
《渡淮》	《赋得远树望多圆(得淮字)》	光绪十七年辛卯科	顺天
《泛太湖书事寄微之》	《赋得岩泉滴久石玲珑(得泉字)》	同治三年甲子科	山东
	《赋得岩泉滴久石玲珑(得湖字)》		四川
《答客问杭州》	《赋得与君约略说杭州(得州字)》	光绪十五年己丑恩科	浙江
《酬别周从事二首》(其二)	《赋得嵩阳云树伊川月(得秋字)》	乾隆五十四年己酉科	河南
《故衫》	《赋得袖中吴郡新诗本(得新字)》	光绪八年壬午科	江南

命题所选苏州期间诗作,或为春日渡淮所见之景,如《渡淮》,所写阔大景致,动静结合"孤烟生乍直,远树望多圆",简练精警之语,平白如画,内含真理;或对太湖的秀丽景色及畅游湖光的乐趣予以描写,如《泛太湖书事寄微之》;有的作品表现出对杭州生活的追忆,如《答客问杭州》与《故衫》,《答客问杭州》原文为:

为我踟蹰停酒盏,与君约略说杭州。山名天竺堆青黛,湖号钱唐泻绿油。

大屋檐多装雁齿,小航船亦画龙头。所嗟水路无三百,官系何因得再游?

诗中对杭州的自然景观可谓了然于胸、津津乐道,青翠的天竺山,碧绿的钱塘江,大屋檐、小航船却颇具人文色彩,以期再游作结,表现出深深的眷恋之情。《故衫》构思新奇:

暗淡绯衫称老身,半披半曳出朱门。袖中吴郡新诗本,襟上杭州旧酒痕。

残色过梅看向尽,故香因洗嗅犹存。曾经烂漫三年著,欲弃空箱似少恩。

诗从一件旧衣写起,衣服上杭州期间的酒渍也罢,梅雨的雨水也罢,不过是寄托自己对杭州刺史生活的怀念而已,衣服可以丢弃,而杭州三年闲适的记忆却永远值得怀念。《酬别周从事二首》写诗人此期身体欠佳,腰痛眼昏,辞官心切,归心意浓。

所出诗题有警策之语,如《赋得远树望多圆(得淮字)》,简洁平凡的语言,将远望树木所见之景,描绘得极为形象,树冠圆圆,树叶深藏,阔大而不失尖新;《赋得岩泉滴久石玲珑(得泉字)》将泉水长年累月滴答,水滴石穿的道理明白说出;《赋得与君约略说杭州(得州字)》是对杭州的总体概述之语,写作空间较大。《赋得嵩阳云树伊川月(得秋字)》借河南地方景物寄托思乡之情,带有地域色彩。

总之,所选苏州期间作品,较好地诠释了其淡泊生活,不乏闲适快意之作,如《渡淮》与《泛太湖书事寄微之》,寄情山水,吟咏性情,秀丽的自然景物描写中体现出作者平和的心态,同时语言更为凝练、老成,明白如话,却意蕴深厚,坦荡从容间不再见忧伤之词;诗歌追述往日的荣耀时光,杭州刺史期间,寄情山水,吟咏性情,又有所作为;继

第六章 清代乡、会试诗命题与白居易诗歌

转苏州，怎奈身躯已老，心似颓唐，因而作者在诗中念念不忘杭州期间的辉煌，《答客问杭州》与《故衫》道出追述之情；身老多病，归心似箭，再不留恋官场，作《酬别周从事二首》。

五 命题所选洛阳诗作及慵懒之意

文宗大和元年三月为秘书监，二年转刑部侍郎，本应有所作为，但此时国势日衰，宦官专权，朝中牛、李党斗争激烈，白居易为避祸，大和三年罢刑部侍郎，以太子宾客分司东都，大和四年为河南尹，大和七年四月，又以太子宾客分司东都，大和九年十月以太子少傅分司东都，会昌元年春因病请长假，假满致仕，会昌二年，以刑部尚书改仕，享半俸待遇，直到会昌六年八月逝世，共十八年居洛。

大和三年以太子宾客分司东都时，颇为自得，甚至大和四年任河南尹，宦情也较淡泊。大和五年春，随着儿子夭，元稹卒，诗人此时不仅宦情淡泊，就连生活意志也在逐渐减弱，颓唐懒散的生活状态更胜往昔。直至诗人辞世，生活懒散，心态恬淡安逸，诗人甚至自称"朝廷雇我作闲人"（《从同州刺史改授太子少傅分司》），《唐宋诗醇》中记载："洎太和开成之后，时事日非，宦情愈淡，唯以醉吟为事，遂托于诗以自传焉。"[1] 而作品中也多反映此期的生活，大和八年《序洛诗》中自评后期诗作："实本之于省分知足，济之以家给身闲，文之以觞咏弦歌，饰之以山水风月。"[2]

乡试诗命题共选入此期诗作四首，出题5例（见表6-9）。

表6-9　　　　乡试诗命题洛阳期间作品出题情况

诗题出处	诗题	时间	地点
《秋池二首》（其一）	《赋得桥明月出时（得明字）》	光绪八年壬午科	陕西

---

[1] 爱新觉罗·弘历：《唐宋诗醇》，中国文学出版社2000年版，中册，第521页。
[2] 白居易：《白居易集笺校》，上海古籍出版社1988年笺注本，第6册，第3757—3758页。

续表

诗题出处	诗题	时间	地点
《宴散》	《赋得新秋雁带来（得新字）》	咸丰元年辛亥恩科	山东
	《赋得新秋雁带来（得秋字）》	同治九年庚午科宗室乡试	
《送姚杭州赴任，因思旧游二首》（其一）	《赋得遥飞一盏贺江山（得遥字）》	光绪十四年戊子科	浙江
《秋凉闲卧》	《赋得风竹含疏韵（得秋字）》	道光十九年己亥科	湖南

所选诗作写出作者洛阳期间的慵懒之态，如《秋池二首》其一：

身闲无所为，心闲无所思。况当故园夜，复此新秋池。
岸暗鸟栖后，桥明月出时。菱风香散漫，桂露光参差。
静境多独得，幽怀竟谁知。悠然心中语，自问来何迟。

"身闲"说明作者无事可做，"心闲"言处事淡然，二者结合在一起，写出作者晚年生活的闲散恣意及淡泊之态，作者着意于鸟归巢，月出桥上，菱花、桂树独自荣发，闲静之景中透出淡淡的孤独之感，也衬托晚年的孤寂、落寞之感。《宴散》写宴会散后清净的氛围与闲淡的心态，秋意早袭，卧前独饮，闲散慵懒之意明了。此期也不乏杭州生活的追忆之作，如《送姚杭州赴任，因思旧游二首》（其一）：

与君细话杭州事，为我留心莫等闲。闾里固宜勤抚恤，楼台亦要数跻攀。笙歌缥缈虚空里，风月依稀梦想间。且喜诗人重管领，遥飞一盏贺江山。

作者力不能及，而嘱咐别人留心，老年心态可见一斑，抚恤闾里、攀登楼台，听笙歌、赏风月，絮絮叨叨，恋恋不舍，念念不忘。《秋凉闲卧》老态十足，荷花沾染露水独自清香，风吹竹林，独含风韵，作者已是老病之身，久卧窗前，所写之景也只涉门前。

第六章 清代乡、会试诗命题与白居易诗歌

所出考题，《赋得桥明月出时（得明字）》为澄明月色洒落桥上，空明寂静之景；《赋得新秋雁带来（得新字）》为秋日雁来清爽之景，语句浅切警策；《赋得遥飞一盏贺江山（得遥字）》语言较妙，"贺江山"不仅对姚杭州致贺，更是追忆杭州生活的自得，一语双关。《唐宋诗醇》中评曰："不曰'贺诗人'，而曰'贺江山'，立言特妙。感旧传衣，颂姚扬己，几层意思，总摄在内，真仙笔也。"[①]《赋得风竹含疏韵（得秋字）》为凉风掠过，翠竹含音，闲散淡雅之景。总之，所选洛阳之作，都以闲居生活为写照，写景多闲散寂寥，抒情多慵懒颓唐，纵意所如，随性而发，格调不高。

综上所述，清代乡、会试诗命题所选的白居易诗歌，除去《太平乐词》《贺雨》《同钱员外禁中夜直》及感伤之作《琵琶引》之外，基本都为闲居之作，以一己之闲适生活为写作内容，不涉江山社稷，显然，清人在命题中尤以其闲适之作为重。其中，其诗歌情态又随着白居易的人生经历变化，体现出明显的阶段性特征，作者在长安时期具有较高的济世热情，多关注现实，美刺时政；江州谪贬的怨愤之情，使得作者或寄情山水，或抒写郁郁不平之气；杭州刺史期间，作者自请外调，有避祸的因素，有解脱之感，因此此期心态较高，纵意山水，抒写个性，格调较高；苏州刺史期间，本求仕宦，无奈身体欠佳，有归隐林泉之思，短暂即辞；晚年退居洛中，宦情淡泊，生活意志消沉，心态平和，慵懒闲散，总结余生。所选不同时期诗作，因境遇的不同，又体现出不同的色彩，长安期间的《村夜》，因只是短暂丁忧，有极强的用世之意，因而诗歌只是简单地描摹自然之景给人的感受，难掩内心的孤独沉闷。江州期间选入诗作，大致由内容分为两类，一类为忧伤愤懑之作，带有抑郁感伤色彩，如《琵琶引》《赠江客》《浦中夜泊》，前者通过写琵琶女的身世，直抒感伤色彩，后两首则只是借清冷、凋零、肃杀之景寄托愤懑不平之气，未摆脱谪贬的苦闷；另一类

---

① 爱新觉罗·弘历：《唐宋诗醇》，中国文学出版社2000年版，中册，第696页。

则寄情山水,生归隐之意,如《题元十八溪居》《庾楼晓望》《江楼早秋》《早发楚城驿》等,这几篇作品已不是被动的借景抒情,而是主观地体验生活,寄情山水,甚至产生林泉之思。杭州刺史期间,作者吟玩性情,在适意山水中寻求寄托,享受闲适生活,所选作品中体现出对西湖美景的沉溺,心境坦然淡泊。所选苏州之作,虽不乏所见景物的描写,如《渡淮》《泛太湖书事寄微之》,更体现出对杭州生活的怀念,如《答客问杭州》与《故衫》,及晚年的潦倒与思归之心;洛阳期间作品足见其晚年的慵懒潦倒,闲适之余有淡淡的孤独之感,其中有的作品体现出对杭州山水的念念不忘,如《送姚杭州赴任,因思旧游二首》(其一)。

　　出自这些闲适之作的考题,大多为写景之题,有的考题为闲适静谧之景,如《赋得好风凉月满松筠(得筠字)》《赋得影落杯中五老峰(得杯字)》《赋得风竹含疏韵(得秋字)》《赋得竹雾晓笼衔岭月(得笼字)》《赋得桥明月出时(得明字)》等,这些考题多以竹、月为意象,闲淡雅致,诗情画意较浓;有的考题为清冷肃杀之景,如《赋得芦荻花中一点灯(得中字)》《赋得绕船明月江水寒(得寒字)》《赋得水绕芦花月满船(得船字)》等,多以芦荻花、明月等为意象,色调偏冷,凄冷孤寒;有阔大景物描写之题,如考题《赋得月明荞麦花如雪(得明字)》《赋得十里沙堤明月中(得堤字)》《赋得潮头欲过满江风(得风字)》等;有的考题体现出对大好河山的热爱,如《赋得江山入好诗(得秋字)》《赋得州傍青山县枕湖(得州字)》《赋得与君约略说杭州(得州字)》《赋得嵩阳云树伊川月(得秋字)》《赋得遥飞一盏贺江山(得遥字)》等,极具地域色彩;有浅切平易之题,如《赋得雁点青天字一行(得天字)》《赋得月点波心一颗珠(得珠字)》《赋得远树望多圆(得淮字)》《赋得新秋雁带来(得新字)》《赋得岩泉滴久石玲珑(得泉字)》《赋得江色鲜明海气凉(得凉字)》《赋得湖光朝霁后(得光字)》《赋得稻陇泻泉声(得声字)》等,看似平易,实则精警。

第三节 命题的地域特征及白傅遗响

一 白傅遗响及江州、杭州诗作的重视

命题所选白居易各地诗作数量不等,出题情况有所差别(见表6-10)。

表6-10 乡、会试诗命题所选各地诗作的数量及出题数量

地域	选诗数量	出题数量	选诗篇目
长安	4	8	《太平乐词二首》(其一)、《贺雨》、《同钱员外禁中夜直》、《村夜》
江州	7	10	《浦中夜泊》《题元十八溪居》《琵琶引》《庾楼晓望》《江楼早秋》《早发楚城驿》《赠江客》
杭州	5	8	《夜归》《余杭形胜》《江楼晚眺景物鲜奇吟玩成篇寄水部张员外》《春题湖上》《玩新庭树因咏所怀》
苏州	5	6	《渡淮》、《泛太湖书事寄微之》、《答客问杭州》、《酬别周从事二首》(其二)、《旧衫》
洛阳	4	5	《秋池二首》(其一)、《宴散》、《送姚杭州赴任,因思旧游二首》(其一)、《秋凉闲卧》

如表6-10所示,命题所选白居易各地诗作,江州诗作所出考题数量最多,杭州、长安期间作品出题数量看似相等,其实不然,苏州诗作《答客问杭州》及洛阳诗作《送姚杭州赴任,因思旧游二首》(其一)所出考题《赋得与君约略说杭州(得州字)》及《赋得遥飞一盏贺江山(得遥字)》,都以杭州为考察对象,出题内容涉及杭州的考题实际有10例,显然,清人在命题中以与白居易江州、杭州生活有关的考题为重。

清代乡试,据笔者统计,有13省曾以白居易诗歌命题,江西、浙江二省出题最多,都为6例,此外,山西5例,湖北、河南皆为3例,

湖南、广东与山东各 2 例，江南、四川、广西、陕西与顺天都为 1 例，显然，江西、浙江二省在命题中更为重视白居易诗歌，二省所出考题数量，约占出自白居易诗歌所有考题的约 34%。

　　江西乡试出自白居易诗歌的考题，有道光元年辛巳恩科考题《赋得湖光朝霁后（得光字）》，道光十四年甲午科考题《赋得绕船明月江水寒（得寒字）》，道光二十年庚子恩科考题《赋得江山入好诗（得秋字）》，道光二十九年己酉科考题《赋得雁点青天字一行（得天字）》，光绪元年乙亥恩科考题《赋得芦荻花中一点灯（得中字）》与光绪十七年辛卯科考题《赋得影落杯中五老峰（得杯字）》等。考题所出诗作，《江楼早秋》《琵琶引》《江楼晚眺景物鲜奇吟玩成篇寄水部张员外》《浦中夜泊》《题元十八溪居》等，除《江楼晚眺景物鲜奇吟玩成篇寄水部张员外》是作者在杭州期间作品外，其他四首诗歌或作于江州司马任上，或为去江州途中所写，都与江州关系密切。

　　浙江乡试出自白居易诗歌的考题，按命题时间排列，有道光十一年辛卯恩科考题《赋得月点波心一颗珠（得珠字）》，道光十七年丁酉科考题《赋得十里沙堤明月中（得堤字）》，道光二十四年甲辰恩科考题《赋得潮头欲过满江风（得风字）》，同治十二年癸酉科考题《赋得州傍青山县枕湖（得州字）》，光绪十四年戊子科考题《赋得遥飞一盏贺江山（得遥字）》，以及光绪十五年己丑恩科考题《赋得与君约略说杭州（得州字）》。命题所选作品，有的作于杭州刺史任上，如《春题湖上》《夜归》《余杭形胜》等；有的为怀念杭州生活之作，如《送姚杭州赴任，因思旧游二首》（其一）与《答客问杭州》，显然，江浙两地命题所选诗作，都与本地关系密切，这一点无疑值得探究。

　　且从白居易在江浙之地的影响谈起，白居易在江浙之地过着"中隐"的生活，沉溺于苏杭山水美景，创作吟玩山水及吟咏性情之作，他在《留题郡斋》中称：

　　　　吟山歌水嘲风月，便是三年官满时。春为醉眠多闭阁，秋因

第六章 清代乡、会试诗命题与白居易诗歌

晴望暂褰帷。

更无一事移风俗,唯化州民解咏诗。

杭州刺史期间吟咏山水,闲居醉眠,秋晴远望,并自谦没有做出移风易俗的政绩,而是以百姓能读懂自己的诗歌感到自豪。他在《咏怀》中又对杭州、苏州刺史生涯概括说:

苏杭自昔称名郡,牧守当今当好官。两地江山蹋得遍,五年风月咏将残。

几时酒盏曾抛却?何处花枝不把看?白发满头归得也,诗情酒兴渐阑珊。

作者不仅励志做一名好官,还遍踏两地,吟哦山水,吟咏性情,把酒吟诗,在山水审美中寄托怀抱,自得其乐。他将所见之景写入诗歌,如杭州诗作《江楼晚眺景物鲜奇吟玩成篇寄水部张员外》:

澹烟疏雨间斜阳,江色鲜明海气凉。蜃散云收破楼阁,虹残水照断桥梁。

风翻白浪花千片,雁点青天字一行。好著丹青图写取,题诗寄与水曹郎。

并将此诗寄予时在长安的张籍,张籍在《答白杭州郡楼登望画图见寄》中言:

画得江城登望处,寄来今日到长安。乍惊物色从诗出,更想工人下手难。

将展书堂偏觉好,每来朝客尽求看。见君向此闲吟意,肯恨当时作外官。

张籍答诗，抒发了普天下文人的心声，白居易杭州诗作恬淡的自然景色，闲散恣意的生活，坦然豁达的心态，将传统文人的高雅之趣与浪漫诗兴相结合，引起了文人的共鸣。又如其苏州之作《泛太湖书事寄微之》：

> 烟渚云帆处处通，飘然舟似入虚空。玉杯浅酌巡初匝，金管徐吹曲未终。
> 黄夹缬林寒有叶，碧琉璃水净无风。避旗飞鹭翩翻白，惊鼓跳鱼拔剌红。
> 涧雪压多松偃蹇，岩泉滴久石玲珑。书为故事留湖上，吟作新诗寄浙东。
> 军府威容从道盛，江山气色定知同。报君一事君应羡，五宿澄波皓月中。

太湖风景秀丽，白居易沉溺于"烟渚云帆"之景中，游湖浅酌，余音绕耳，见黄、绿、白、红景色变换，作者记湖山胜景于太湖的石上，并作诗寄予时在浙东的元稹。白居易优游于江浙山水间，愉悦知足，享闲雅之趣，颇为自得；在山水吟咏中展现诗才，并寄予友人欣赏，颇为自负。他在《诗解》中言："新篇日日成，不是爱声名。旧句时时改，无妨悦性情。"山水审美中的闲雅自得之态，与以诗道山水之美的才艺自负，将文人风流发挥到极致，对江浙文人影响深远，陈文述在《重登第一楼怀诂经精舍诸子》中说"白苏山水诗千首"[①]，诂经精舍弟子王衍梅有诗作《诂经精舍赋得新绿呈云台师》：

> 已遣落红归别浦，旋邀新绿上回廊。湖山澹澹春云远，帘幕

---

① 陈文述：《颐道堂诗选》，《清代诗文集汇编》，上海古籍出版社 2010 年影印本，第 504 册，第 353 页。

第六章 清代乡、会试诗命题与白居易诗歌

悟悟白昼长。

　　太傅独吟饶丽景，少年相映借清光。自从领略油然趣，但觉林亭一味香。①

可见吟咏山水之风的深远影响，诂经精舍师生也不免受其影响。江浙文人多怀念白居易，以杭州府及江宁府称盛。杭州有白居易生日集会的传统，据记载：

　　国朝叶廷琯《鸥波渔话》云：杭州旧有香山生日会。嘉庆中，阮文达公先督浙学，继任浙抚，杭人因文达诞辰与香山同日，故厥会弥盛。我郡则虎丘虽有白公祠，未闻有为公生日致飨者。咸丰壬子，为公降生后第十九甲子转头之年，海宁杨芸士广文文荪时寓吴中，特于正月十九公生日，虔设牲醴，招邀朋侣，展拜虎丘祠下，此实吴中创举。②

杭州白居易生日雅集由来已久，阮元督学浙江期间，集会更为频繁，后由于战乱，杭州白居易生日集会中断，俞樾对此深表遗憾。其中还提到嘉兴海宁文人雅集，海宁的白居易生日集会也较为频繁，如《正月二十日为唐白文公暨国朝阮文达公诞辰衍庐招同人集双山讲舍祭之礼成以余方四十初度借酒为寿赋此鸣谢并索和章》③，《白阮生日讲舍小集醉后戏赠衍庐用两太傅故事》④ 及《前调·衍庐招集东山书院

---

① 王衍梅：《绿雪堂遗集》，《清代诗文集汇编》，上海古籍出版社 2010 年影印本，第 517 册，第 328 页。
② 俞樾：《茶香室丛钞》，中华书局 1995 年点校本，第 3 册，第 1111—1112 页。
③ 蒋学坚：《怀亭诗录》，《清代诗文集汇编》，上海古籍出版社 2010 年影印本，第 759 册，第 205 页。
④ 蒋学坚：《怀亭诗录》，《清代诗文集汇编》，上海古籍出版社 2010 年影印本，第 759 册，第 216 页。

祭白文公时辛卯正月二十日》①等为雅集所作。

以白居易为由头的文人雅集在金陵也颇盛。金陵山水胜景得天独厚，江苏文人多在江宁的飞霞阁、莫愁湖、愚园等地雅集，既纪念白居易对江浙之地的贡献，同时以诗文会友，再创文坛佳话。飞霞阁集会之作如《香山生日集飞霞阁和赵季梅先生韵》及《白傅生日集飞霞阁出旧藏溇川春泛图示座客用卷中吴谷人祭酒韵》②；莫愁湖雅集之作如《正月二十日香山生日同人集于莫愁湖》③及《正月二十日白香山生日孙琴西观察召祀公于莫愁湖上》④；愚园雅集诗作有《白香山生日侍薛慰农师宴集胡氏愚园即席》⑤。江浙文人于白居易生日雅集应较为普遍，正如今人所说："白、苏生日会在清代文士中颇为流行，而白阮生日并列当在道光朝以后的浙江，三人的生日会是有记录的集会中的重头。"⑥

白居易在江州及杭州期间"中隐"的生活方式，优游自适的生活，闲适的心境，淡泊的情操，及流传千古的诗作，在江浙之地影响深远。出自白居易诗歌的这些命题诗句，看似平常之语，但又取得新奇的境界，而所表达的道理又极平常，这些看似浅易之句，即便是清初批评白诗俗的人，也予以肯定，王士禛曰："绝句作眼前景语，却往往入妙，如'上得篮舆未能去，春风敷水店门前'，'可怜八月初三夜，露似珍珠月似弓'之类，似出率易，而风趣复非雕琢可及。"⑦田雯也曰

---

① 蒋学坚：《怀亭词录》，《清代诗文集汇编》，上海古籍出版社2010年影印本，第759册，第250页。
② 刘寿曾：《傅雅堂诗集》，《清代诗文集汇编》，上海古籍出版社2010年影印本，第737册，第92页。
③ 孙衣言：《逊学斋诗续钞》，《清代诗文集汇编》，上海古籍出版社2010年影印本，第662册，第326页。
④ 汪士铎：《悔翁诗钞》，《清代诗文集汇编》，上海古籍出版社2010年影印本，第612册，第664页。
⑤ 邓嘉缉：《扁善斋诗存》，《清代诗文集汇编》，上海古籍出版社2010年影印本，第759册，第113页。
⑥ 徐雁平：《清代东南书院与学术及文学》，安徽教育出版社2007年版，第420页。
⑦ 王士禛著，张宗柟纂集：《带经堂诗话》，人民文学出版社1963年点校本，上册，第55页。

第六章 清代乡、会试诗命题与白居易诗歌

"乐天极清浅可爱，往往以眼前事为见到语，皆他人所未发。"① 又曰"香山山峙云行，水流花开，似以作绝句为乐事者。"② 对五律、七绝之作予以推崇，二者所评的正是白居易看似浅切平易之作，实则精纯，为纯熟自然之句，命题中对这些诗句的选择，体现出道光之后，清代文人对白居易率易风格诗作的接受。

清代江浙文人对白居易及其诗作更是推崇备至，潘德舆曾在《养一斋诗话》中说："近人好看白诗，乃学其率易之至者。试随意举其五律，如'寻泉上山远，看笋出林迟'；……'暝色投烟鸟，秋声带雨荷'；'山明虹半出，松暗鹤双归'。此例一二十句，皆灵机内运，锻炼自然，何等慎重落笔！专以率易为白之流派者，试参之。"③ 潘德舆此论主要站在儒家诗教的立场，因而他认为白居易这些诗句风格率易，但这也说明，从嘉庆、道光时期开始，清人就注重学习白诗中的风格浅易的写景之作，而这类作品主要是从江州时期开始，江州时期白居易由"兼济"转向"独善"，杭州刺史期间为白氏生涯中最为快意的时期，这两地的作品是白居易闲适生涯的代表，而苏州、洛阳时期作品稍见慵懒之态。

何承燕的《满庭芳·白傅生日，即集香山杭州诗句，为湘浦题册》体现出对其杭州诗作的重视：

> 风景堪怜，未能抛得，多情总为杭州。三年小住，望海也登楼。湖上春来似画，香山去，谁更勾留。空赢得、摆尘野鹤，拍水几沙鸥。
>
> 回头。堪怜处，重招酒伴，遥溯风流。好沽取梨花，箸下新笋。座上髭须雅称，铺歌席、藤绿香稠。兰桡动、烟波潋荡，扶醉

---

① 田雯：《古欢堂集·杂著》卷2，郭绍虞《清诗话续编》，上海古籍出版社1983年点校本，上册，第702页。
② 田雯：《古欢堂集·杂著》卷2，郭绍虞《清诗话续编》，上海古籍出版社1983年点校本，上册，第704页。
③ 潘德舆：《养一斋诗话》，中华书局2010年辑校本，第16页。

清代乡、会试诗命题与唐诗的接受

上归舟。①

"未能抛得""湖上春来似画"出自《春题湖上》；《杭州春望》中有句"望海楼明照曙霞，护江堤白蹋晴沙"，白居易又作有《江楼晚眺景物鲜奇吟玩成篇寄水部张员外》；《答微之见寄》中言："摆尘野鹤春毛暖，拍水沙鸥湿翅低"；《湖上招客送春泛舟》中有句："欲送残春招酒伴，客中谁最有风情？两瓶箸下新求得，一曲霓裳初教成"；《杭州春望》有句："红袖织绫夸柿蒂，青旗沽酒趁梨花"；《余杭形胜》中有句："独有使君年太老，风光不称白髭须"；《西湖留别》中吟："翠黛不须留五马，皇恩只许住三年。绿藤阴下铺歌席，红藕花中泊妓船"；《西湖晚归回望孤山寺赠诸客》中有句曰："晚动归桡出道场"及"烟波澹荡摇空碧，楼殿参差倚夕阳"；集句所出诗作，都为作者杭州期间的作品，而清人对其欣赏之意，自不必言。

二 江浙籍考官对白居易诗歌的青睐

以白居易诗歌命题的考官，多擅长诗歌创作，并著有诗集，如裴谦有《竹溪诗草》，《晚晴簃诗汇》中收入其诗一首；② 廖文锦有《佳想轩诗钞》；廉师敏有《深柳堂集》；何彤云有《赓缦堂诗集》四卷；李士彬平生著作较多，尤以晚年为多，著作总集为《石我集》，《石我园图咏》刊行其诗近百首。有些考官工诗文书法，何凌汉不仅长于书法，还兼汉、宋之学，著有《云腴山房文集》；杨能格工书法，著有《归砚斋诗集》十六卷；殷兆镛诗文书画皆通，有《斋庄中正堂诗钞》；田雨公有《杏汀诗稿》；杨泰亨工于诗文书法，据称："工诗文、精书法，至老手不释卷"③，有《饮雪轩诗文集》。有以诗词著称的，

---

① 《全清词·雍乾卷》，南京大学出版社2012年版，第10册，第5831页。
② 徐世昌：《晚晴簃诗汇》卷95，中华书局1990年点校本，第3999页。
③ 杨泰亨：《饮雪轩诗文集》，《清代诗文集汇编》，上海古籍出版社2010年影印本，第701册，第729页。

第六章 清代乡、会试诗命题与白居易诗歌

桂文耀长于词作，著有《席月山房词》；张金镛在词方面颇有造诣，诗词书画皆通，著有《躬厚堂诗文集》《绛跗山馆词》等；童华有《竹石居诗草》《竹石居文草》《竹石居词草》。

有些考官虽不以诗歌著称，但都精通文墨，如李文田以蒙古史和碑学著称，擅长诗歌书法，著有《宗伯诗文集》，还通晓兵法、经史、天文、地理等；徐会沣精通经史，还工诗书；汪鸣銮精于说文之学，通于书画，著有《能自疆斋文稿》；戚人镜、高人鉴、赵光工于书法，赵光还著有《咏花轩诗稿》一卷；吴其濬以植物、矿产、地理等经世致用之学为重；吴同甲擅长医术，诗歌散佚。

其中不乏宗尚白居易诗歌之人，如宝廷，诗歌兼采唐宋，诗学王维、岑参、白居易、陆游、杨万里等，有诗集《偶斋诗草》，还擅长词作，诗词皆工，并且其诗歌中体现出对浙江山水的热爱，其在《石门舟中即景》中称："莫讶此间风景异，水光山色近杭州"，又在《被议后自为诗》中言，"江浙衡文眼界宽，两番携妓入长安"洒脱不羁，留恋江浙之地。

但多数考官并不以白居易诗歌为宗，陈万全有诗集《三香吟馆诗钞》，据朱方增所作序中称："先生少嗜吟咏，诗体出入韦、柳间。"[①]可见其诗学倾向；边浴礼博学多才，有诗集《健修堂诗集》，据《晚晴簃诗汇》所载："陶凫香曰：'袖石年弱冠，所作诗已数千首，博闻宏览。游中州，李梦韶观察以才子目之。各体皆工，激昂排奡，不主故常。'又曰：'余前官大名，刻《晚香倡和集》，载袖石诗，皆少作也。既入翰林，才益敛，诗益工，托意闲雅，升沉枯菀，未尝撄怀。由谏垣外简，官南汝光道时，督师击贼，忧时感事，慷慨淋漓，骎骎决浣花之藩，而摩其垒，诗又一变。'"[②]诗歌向汉魏及杜甫、王维、孟浩然学习，据记载："先生则孕汉、魏之华，抉少陵、王、孟之奥，精邃

---

① 陈万全：《三香吟馆诗钞》，《清代诗文集汇编》，上海古籍出版社 2010 年影印本，第 417 册，第 398 页。
② 徐世昌：《晚晴簃诗汇》卷 145，中华书局 1990 年点校本，第 6328 页。

赡逸，无奇不臻，要能自成其家。"① 另外，其还长于词作，与沈涛金泰等唱和，编《洺州唱和词》一卷，后又有《空青馆词稿》三卷，与英山金泰合刻《燕筑双声》词集。王先谦是史学、经学、版本校刊等方面的大家，也长于诗歌创作，并有文学著作《虚受堂文集》，苏舆敬所作《虚受堂诗存·序》中称："先生煮茗论文闲疏，示古今诗人恉趣为乐，于少陵东坡诸作，尤能暗诵无遗，即先生所得可知矣。"② 其在诗歌方面推崇杜甫、苏轼。邵曰濂诗学宝鋆，《缉雅堂诗话》中说："其尊人文靖公诗，曾问筱村同年，已不可得，为之慨然。"③ 钱桂森，擅长词赋、诗歌，著有《一松轩诗集》，据《(续纂)泰州志》记载："文章雍容典贵，得承平台阁体。"④

这些各专所长的考官，在乡试诗命题中不约而同地选择白居易诗歌，显然并非是因为偏爱白诗，个中缘由无疑值得深究，为此，笔者对出题考官进行了一番探析（见表6-11）。

表6-11　清代乡试诗以白居易诗歌命题的考官籍贯

	浙江	江苏	湖南	湖北	河南	广东	云南	顺天	汉军镶红旗	总数
乾隆	1									2
嘉庆	2									2
道光	3	3	2	2	3	1	3		2	24
咸丰	1									4
同治	3	1	1					1	1	12
光绪	3	3	2	2	1	3			2	22
合计	13	7	5	4	4	4	3	3	3	66

清代乡试诗命题，除顺天乡试外，各省乡试考题由考官所出，考

---

① 边浴礼撰：《健修堂诗集》，《清代诗文集汇编》，上海古籍出版社2010年影印本，第659册，第3页。
② 王先谦：《虚受堂诗存》，《近代中国史料丛刊》第69辑，文海出版社1971年影印本，第1153页。
③ 潘衍桐：《两浙輶轩续录》，浙江古籍出版社2014年整理本，第13册，第3779页。
④ 韩紫石等纂：《(续纂)泰州志》卷24，1981年泰州市图书馆据抄本影印本。

第六章　清代乡、会试诗命题与白居易诗歌

官分正副主考，乡试的省份各一人（道光之后，顺天乡试的副主考为三人），笔者对《清秘述闻三种》中，以白居易诗歌出题的考官籍贯做了统计，顺天乡试及宗室乡试考题为钦命，不计入，如表6-11统计，将出题次数在3次以上的考官籍贯列出，此外，江西、山西、福建、直隶、山东、四川、陕西籍的分别为2人，安徽籍的1人，另外还有旗籍5人，考官籍贯共涉十六省，可见，出题考官来自各地，范围较广，但又以浙江、江苏籍的文人居多，其原因值得深思。

江浙籍考官在命题中选择白居易诗歌，不仅与白居易诗歌在江浙之地的深远影响有关，还表现出对其仕宦生涯的羡慕。白居易江浙生涯有何特殊，且从作者的仕途经历谈起，贞元间进士及第之后，身怀兼济天下之志，直言进谏，抒讽谕之志，忧心社稷黎民；元和十年被贬江州，作者的政治热情受到沉重的打击，不被重用，作者自述"面上灭除忧喜色，胸中消尽是非心"，因而在江州刺史任上消极度日，生归隐之心，眷恋自然山水；元和十五年，宪宗暴死，穆宗即位，本来燃起的仕途希望，又因时局的动乱，皇帝的荒怠而破灭，因而自请外任；杭州刺史任上，作者确实做了一些益于民生之事，且作者此次外任之地，环境优美，条件优渥，诗人已经开始了"独善"的生涯，过上避退政治、知足饱和的中隐生活，白居易在江浙之地的仕宦生涯是当时局势不济的客观选择，但他在此间闲散恣肆的生活状态，知足饱和的快意生活，以及坦然、豁达的胸怀，安于闲适的心态，无疑是值得羡慕的，且他在任职期间还做出了惠民的政绩。

相较而言，清人的仕宦经历与白居易相差较大，清代士人进身更为艰难，考取进士年龄一般都处于二十到四十岁，成千上万的士子在科场中耗费大半生时间。取得进士资格之后，依据当时汉族官员严格的选任制度，以资历、年限进身，因而进入官场还需要较长的时间，至此之后还要经历大约三十年甚至更长的时间才可能成为一品大员，因而进士进身之后仕宦之路还很艰辛，加之惩处机制较为严密，官员多谨小慎微，再加上各种外在因素的干扰，很难有所作为，因而龚自

清代乡、会试诗命题与唐诗的接受

珍在《明良论四》中评价说"伏见今督、抚、司、道,虽无大贤之才,然奉公守法畏罪,亦云至矣,蔑以加矣!"① 同时,清朝政府实行薄俸养官制度,官员经济上多较为拮据,因而,清人怀念白居易不是没有缘由的。

白居易任杭州、苏州刺史期间,不仅做了一些益于民生的政事,其诗作表现出的闲适淡泊之态及平易晓畅的诗风,得益于江浙山水,而江浙山水不仅陶冶了白居易,也陶冶了江浙文人。历代文人中,白居易在江浙之地影响较大,秦缃业在《〈藤香馆诗钞〉序》中对此做了分析,他说:

> 诗之为道通于政事,盖得温柔敦厚之旨者,其人必慈祥恺悌。以之从政,有不爱民恤物而为良二千石者乎?然汉之龚、黄、召、杜不闻善诗,后若大谢之守永嘉、小谢之守宣城,文采风流足以称其山水矣,而政绩无得而述。惟唐之白文公、宋之苏文忠公以诗鸣一代,而皆官于杭,皆兴西湖水利,遗爱至今在民。观于二公,而诗与政通之说益信。全椒薛君慰农为白、苏之诗,官白、苏之地,而即行白、苏之政,非所谓诗人而循吏者欤?②

秦缃业论及白居易在江浙之地的影响,与谢灵运、谢朓作比,二谢在诗坛上虽有一席之地,但不及白之处在于白居易诗歌与政绩并举,江浙文人崇白不仅源于其诗作,同时得益于其政绩,白居易在江浙之地的惠政,深入人心。《藤香馆诗钞》为薛时雨所作,薛时雨曾主讲于杭州崇文书院、金陵尊经书院及惜阴书院,辗转于江浙两地从事教育事业,还组织文士在西湖结社吟诗,带动江浙之地的吟咏之风,文人的吟咏离不开白居易的影响。秦缃业评价薛时雨诗歌说:"君居杭久,

---

① 龚自珍著,孙钦善选注:《龚自珍诗文选》,人民文学出版社1991年版,第285页。
② 薛时雨:《藤香馆诗钞》,《清代诗文集汇编》,上海古籍出版社2010年影印本,第671册,第552页。

第六章 清代乡、会试诗命题与白居易诗歌

其诗如西湖山水,清而华,秀而苍,往往引人入胜,趋向固不外白苏二家。"① 秦缃业是江苏无锡人,曾在江浙一带任职,晚年还主讲杭州东城书院,他的一番言论,不仅包含自己的认知,更是吐露了江浙文人的心声。江苏淮安人李宗昉题汪文端长生位言:"政并白苏遗泽远,文成雅颂继声难。"② 在视学浙江时又赋诗"秦、黔万里捋吟须,况此名山似画图。得友更欣逢白傅,无诗或恐负西湖。淡妆浓抹皆奇格,秋实春华总奥区。多少梗楠期入贡,肯遗大泽夜光珠。"③

清代文人对白居易的文化认同,尤以江浙籍文人为代表,《春在堂随笔》中记载汪云任木兰堂额拓本跋中云:"丁酉九秋,余守吴郡,年五十有四矣。昔白公亦以此年来判是州,千百年间,官齿符合,登堂瞻仰,益深钦幸。余家南园,故多木兰,因摹三字,镌石寄归。余不敏,何敢僭拟古人。窃冀解组归山,得如公之享高年,逍遥娱乐,于愿斯足。……他时得占园林乐,定和先生池上篇。'"④ 白居易任苏州刺史,时年五十四岁,汪云任官苏州知府,也为五十四岁,因而他在跋中称"官齿符合",他对临摹白居易木兰堂额的缘由做了简单的说明,其家有木兰园固是直接原因,但是他更为羡慕白居易闲适恣意、知足饱和的生活,《池上篇》中有言曰:"识分知足,外无求焉",汪云任之语是人近暮年的一番肺腑之言,但也可以看出白居易生涯对文官的影响。对于在职官员而言,其江州及杭州期间的闲适淡泊、俸禄优厚的生活,坦然豁达的心态,非常具有影响力,因而江浙籍文人对白居易的重视也在情理之中。

白居易任杭州、苏州刺史期间,雍容闲雅的郡守生活,是审美生活情趣与优雅人生态度的结合,白诗及其政绩,在江浙之地流芳千古。江浙文人对白居易的崇尚,既为附庸风雅文人情怀的体现,还寄托政

---

① 薛时雨:《藤香馆诗钞》,《清代诗文集汇编》,上海古籍出版社 2010 年影印本,第 671 册,第 552 页。
② 陆以湉:《冷庐杂识》,中华书局 1984 年点校本,第 353 页。
③ 陆以湉:《冷庐杂识》,中华书局 1984 年点校本,第 391 页。
④ 俞樾:《春在堂随笔》卷五,光绪刻春在堂全书本。

治抱负，是世俗功名与心灵自由的高度契合，体现出对文人理想生存模式的追求。

第四节 命题对讽谕诗作及长篇诗作的接受

一 命题中对讽谕诗作的接受

白居易在《与元九书》中提及了其前期诗歌的分类，具体分为古体与杂律两类，古体诗歌又分为讽谕、闲适、感伤三类，其将讽谕放在第一位，可见其对讽谕诗作的重视，讽谕诗作为作者前期"兼济"生涯的代表，体现出封建士大夫的立身处世原则，是儒家入仕精神的体现，正如其自述："故仆志在兼济，行在独善。奉而始终之则为道，言而发明之则为诗。谓之讽谕诗，兼济之志也。谓之闲适诗，独善之义也。故览仆诗者，知仆之道焉。"① 因而，作者对讽谕之作的重视，与其对仕途的追求相关。

清代会试诗命题未选入其讽谕诗，乡试只选入《贺雨》一首，且出题1例，为光绪二年丙子科河南考题《赋得岁易俭为丰（得丰字）》，可见，清人在乡、会试诗命题中，并不重视白居易的讽谕诗作，其原因是否与清人对白居易讽谕诗作的接受有关，值得深究。

讽谕诗创作之初，唐人对其不太重视，元稹对白居易讽谕之作的接受情况描述为："而乐天《秦中吟》、《贺雨》、讽谕等篇，时人罕能知者。"② 显然，其讽谕诗在唐代不被广泛接受，时隔几代，清人对讽谕诗的态度是否如出一辙，且看清人的论述。清代文人对白居易讽谕诗的评价虽较为零散，但态度明确，叶燮列举讽谕诗的具体篇章评价

---

① 白居易：《白居易集笺校》，上海古籍出版社1988年笺注本，第5册，第2794—2795页。
② 白居易：《白居易集笺校》，上海古籍出版社1988年笺注本，第6册，第3972页。

第六章　清代乡、会试诗命题与白居易诗歌

说:"然有作意处,寄托深远。如《重赋》、《致仕》、《伤友》、《伤宅》等篇,言浅而深,意微而显,此风人之能事也。"① 认为这些篇章有讽谏之意,从儒家诗教出发肯定讽谕诗。

康乾时期,随着清朝统治秩序的稳定,统治者崇尚儒学,重视诗歌的政教作用,此期,清人对白居易讽谕诗的强调,也多从儒家诗教出发,赵执信说:"乐天《秦中吟》、《新乐府》而可薄,是绝《小雅》也。"②《唐宋诗醇》中引入冯班评论:"冯班曰:'白公讽刺诗,周详明直,娓娓动人,自创一体。古人无是也。凡讽论之文,欲得深隐,使言者无罪,闻者足戒。白公尽而露,其妙处正在周详,读之动人。'此亦出于《小雅》也。"③ 二者对白居易诗歌的论述角度虽有不同,但都将白居易讽谕诗的根源追溯到《小雅》,继承了《诗经》的传统,毫无疑问是符合儒家诗教的。不仅士人对其讽谕诗评价较高,官方更是将其讽谕诗提到无以复加的高度,乾隆皇帝在《唐宋诗醇》中说"唐人诗篇什最富者无如白居易诗,其源亦出于杜甫,而视甫为更多。……作诗指归,具见于此。盖根柢六义之旨,而不失乎温厚和平之意。变杜甫之雄浑苍劲而为流丽安详,不袭其面貌而得其神味者也。"④ 认为其讽谕诗源于杜诗,以六义为旨归,符合儒家温柔敦厚的诗教观,至此,清人对白居易讽谕诗的评价达到巅峰,而讽谕诗无疑打上了官方诗教的烙印,以诗坛领袖沈德潜为代表,重订《唐诗别裁集》时大量增入白居易诗歌,并评论说:"乐天忠君爱国,遇事托讽,与少陵相同。"⑤ 对白居易的讽谕诗可谓推崇备至,然而被认为出于《小雅》,根柢六义的讽谕诗,此期乡、会试诗命题中竟然没有出一例考题。而命题中所选唯一一首讽谕诗,在光绪二年命题,这一有意味的现象颇值深思。

---

① 叶燮著,蒋寅笺注:《原诗笺注》,上海古籍出版社2014年版,第377页。
② 赵执信:《谈龙录》,王夫之等《清诗话》,上海古籍出版社1978年版,第313页。
③ 爱新觉罗·弘历:《唐宋诗醇》,中国文学出版社2000年版,中册,第532页。
④ 爱新觉罗·弘历:《唐宋诗醇》,中国文学出版社2000年版,中册,第521页。
⑤ 沈德潜:《唐诗别裁集》,上海古籍出版社1979年版,上册,第105页。

有关讽谕诗的功能，白居易在《新乐府序》中做了阐述："首句标其目，卒章显其志，《诗》三百之义也。其辞质而径，欲见之者易谕也。其言直而切，欲闻之者深诫也。其事核而实，使采之者传信也。……总而言之，为君、为臣、为民、为物、为事而作，不为文而作也。"① 显然，其讽谕诗具有明显的政教作用，欲达到"欲见之者易谕也"、"欲闻之者深诫也""使采之者传信也"的社会效果。而据作者所述，他的讽谕诗确实也取得较强的社会反响，他说："凡闻仆《贺雨》诗，而众口籍籍，已谓非宜矣。闻仆《哭孔戡》诗，众面脉脉，尽不悦矣。闻《秦中吟》，则权豪贵近者相目而变色矣。闻《乐游园》寄足下诗，则执政柄者扼腕矣。闻《宿紫阁村》诗，则握军要者切齿矣。"② 可见，其讽谕之作美刺时政的功能还是极强的。

但是儒家诗教将诗歌的政教作用概括为"上以风化下"及"下以风刺上"两个方面，"正风""正雅"体现"上以风化下"的功能，即强调统治阶层对下层的教化作用；"变风""变雅"则体现"下以风刺上"的功用，至于什么情况下会出现"变风""变雅"，《毛诗序》中说："至于王道衰，礼义废，政教失，国异政，家殊俗，而变风、变雅作矣。"③ 可见只有政治转衰，礼义沦丧，政教松弛的情况下才会出现"变风""变雅"，而此时就要发挥诗歌的功能，要"下以风刺上"，并对刺上的态度提出了明确的要求，要"主文而谲谏"，即要通过委婉的方式，不违背温柔敦厚的诗教观"发乎情，止乎礼义"。就白居易的讽谕诗而言，其作品或表现对君主臣子的讽谏，或对残酷社会制度进行批判，或是对权豪贪官的揭露，虽不乏颂美之作，但更多表现出"刺"的功能，"刺上"的态度，他自称，"其辞质而径，欲见之者易谕也。其言直而切，欲闻之者深诫也"④。这种愤言急切、直指时恶的态度，

---

① 白居易：《白居易集笺校》，上海古籍出版社1988年笺注本，第1册，第136页。
② 白居易：《白居易集笺校》，上海古籍出版社1988年笺注本，第5册，第2792页。
③ （汉）毛亨传，（汉）郑玄笺，（唐）孔颖达疏：《毛诗正义》，李学勤主编《十三经注疏：整理本》，北京大学出版社2000年整理本，第4册，第16页。
④ 白居易：《白居易集笺校》，上海古籍出版社1988年笺注本，第1册，第136页。

第六章 清代乡、会试诗命题与白居易诗歌

显然并非儒家诗教所主张的"主文而谲谏"的温文尔雅的方式，试问又有哪个统治者可以容忍言辞激烈的讽谏，这也正是白居易讽谕诗不见容于时的根本原因。

而其讽谕诗的急切、激愤的刺上态度，也是其讽谕诗在清代乡、会试诗命题中不被重视的原因。清朝本为少数民族统治，社会矛盾激烈，随着社会的稳定，虽一度出现盛世景象，但清代前期的统治者都非常重视文教，重视笼络汉族知识分子，同时又实行残酷的文字狱。从命题机制上讲，当时的乡、会试诗命题，除顺天乡试诗题为钦命外，其余各省乡试考题都出自官员之手，稍有不慎，就会受到惩处，轻者罚俸，重者革职，甚至会身陷囹圄，如雍正四年查嗣庭案直接原因就是出题不慎，是年查嗣庭出任江西主考，以《诗经·商颂·玄鸟》中"维民所止"为题，引起猜忌"取雍正字，去其首，诽谤大逆"，被认为题目怀有怨愤讽刺之意，死后还遭戮尸，甚至殃及亲族、弟子，浙江乡试还因此一度停考。在文字狱的淫威下，更多的文人趋向于颂圣，免得招致祸端，又有几人敢冒天下之大不韪，以身试法，且清代试律命题要求为"中正雅驯"，倾向于温柔敦厚之作。

道咸时期，社会局势动荡、外敌入侵，清政府内忧外患，人民生活在水深火热之中，中外矛盾空前升级，并成为当时社会的主要矛盾，中国士人多对外抗争，不再执着于对皇帝进行劝诫，而随着社会的逐渐衰落，中国的知识分子开始寻找救国的出路，不再试图拯救没落的清王朝，讽谕诗也变得无用武之地，并且从道光时期开始，清代科考命题以流连光景之作为主。

因此，清代乡、会试诗命题中，所选唯一一首《贺雨》诗，主要歌颂唐宪宗的宽政行为，有"美"无"刺"，所出考题《赋得岁易俭为丰（得丰字）》，也只是从丰年角度命题，且出现在晚清。

二 命题中对长篇诗作的接受

命题所选白居易的长篇诗作有两首，为《贺雨》及《琵琶引》，

《琵琶引》为其长篇名作之一，而流传较广的长篇名作还有《长恨歌》。清人赵翼认为白居易在有生之年名声大振，主要得益于《长恨歌》与《琵琶引》的流传，"盖其得名，在《长恨歌》一篇。……又有《琵琶引》一首助之。此即无全集，而二诗已自不朽；况又有三千八百四十首之工且多哉！"① 这两首诗歌不仅在当时影响较大，即使在清代也影响深远，清初贺贻孙在《诗筏》中对这两篇诗作都予以肯定，他说："长庆长篇，如白乐天《长恨歌》、《琵琶行》，元微之《连昌宫词》诸作，才调风致，自是才人之冠。"② 清代乡试诗命题选《琵琶引》，而不选《长恨歌》，其原因值得探究。

有关《长恨歌》与《琵琶引》的优劣，近人蒋抱玄提出了一些看法，他说：

> 古诗尤贵章法，开合提顿，排纂摇曳，缺一不可，叙事之作尤要。香山之《长恨歌》，脍炙人口，千古传诵，其实不及《琵琶引》之结构有法。最妙在"同是天涯沦落人，相逢何必曾相识"二句，束上起下，掷笔空中，是全诗之筋脉，通篇之关键。《长恨歌》平铺直叙，从选妃起至寄钗止，无提振关束之笔，似嫌平衍。惟其遣词秀丽，情韵双绝，为一时传诵。所谓入时之眉样，非诗律之极轨也。此诗阅者往往滑口读过，特表而出之，敢以质诸博雅君子之论定焉。③

蒋抱玄主要就章法结构论述，《琵琶引》的写作结构优于《长恨歌》，认为《琵琶引》以"同是天涯沦落人，相逢何必曾相识"总领全篇，结构有法，《长恨歌》以铺叙为主，篇幅冗长，平铺直叙缺少变

---

① 赵翼著，江守义、李成玉校注：《瓯北诗话校注》卷4，人民文学出版社2013年版，第116—117页。
② 郭绍虞：《清诗话续编》，上海古籍出版社1983年点校本，上册，第139页。
③ 苏曼殊等：《民权素笔记荟萃》，山西古籍出版社1997年点校本，第45页。

第六章 清代乡、会试诗命题与白居易诗歌

化，但是辞藻秀丽，情感声调堪称绝唱，所以广为流传，蒋抱玄此论较有道理，但似乎并非科考命题不选《长恨歌》的根本原因。

《长恨歌》主要描写李杨的爱情故事，施补华曰："香山《长恨歌》今古传诵，然语多失体。如'汉皇重色思倾国'，明明言唐，何必曰汉？'春宵苦短日高起，从此君王不早朝'，岂非讪谤君父？'孤灯挑尽未成眠'，又似寒士光景；南内凄凉，亦不至此。"① 生于晚清的张祖廉对此诗评曰："先生谓《长恨歌》'回头一笑百媚生'，乃形容勾栏妓女之词，岂贵妃风度耶？白居易直千古恶诗之祖。"② 可见，清人对于白居易《长恨歌》的主题还是颇为介意的，而对《长恨歌》的诟病也主要从主题入手。

《琵琶引》则通过琵琶女的不幸遭遇，表达作者怀才遭弃的愤懑之情，虽然清人对于此诗也有不满之处，如黄子云评价说："香山《琵琶引》，婉折周详，有意到笔随之妙，篇中句亦警拔。音节靡靡，是其一生短处，非独是诗而已。"③ 施补华对《琵琶引》也提出批评，他说："《琵琶引》较有情味。然'我从去年'一段又嫌繁冗，如老妪向人谈旧事，叨叨絮絮，厌渎而不肯休也。"④ 二人从诗歌体制上评论《琵琶引》，认为白居易长篇之作，有柔美绮靡及繁复冗长的特征，而对于这首诗歌的主题并未提出异议。

综上所述，《琵琶引》列入科考范围，而同为经典的《长恨歌》却不被重视，主要与这两首诗歌的主题有关，《长恨歌》以爱情故事为题材，与命题中所要求的雅正要求背道而驰，因而不被列入科考范围。

---

① 施补华：《岘佣说诗》，王夫之等《清诗话》，上海古籍出版社1978年版，下册，第988页。
② 陈友琴编：《白居易资料汇编》，中华书局1962年版，第361页。
③ 黄子云：《野鸿诗的》不分卷，清昭代丛书本。
④ 施补华：《岘佣说诗》，王夫之等《清诗话》，上海古籍出版社1978年版，下册，第989页。

小 结

本章研究清代乡、会试诗命题与白居易诗歌的接受。

一、清人在命题中大量选择白居易诗歌,是从道光时期开始的。

二、命题所选白居易诗作,涉及其长安、江州、杭州、苏州、洛阳等地的作品,又以江州,尤其是杭州期间的闲适之作为重,江州期间作者由"兼济"转为"独善",杭州期间白居易开始"中隐"的生活模式,两地创作的闲适之作颇有代表性;白居易诗歌在江浙之地影响深远,江浙籍考官在命题中对白居易诗歌的青睐,不仅得益于其诗歌,还在于其政绩。

三、此外,命题中对白居易的讽谕之作及长篇诗作为有选择的接受。

结　　语

　　日本学者高津孝在研究"唐宋八大家"时，曾说："在文化史上，哪些东西获得被选择的权利，在历史中留有一席之地，最终成为传统的一部分，这不仅是一个文化问题，更是一个政治性的问题。这个问题的意义在于，它充分显示了形成文化传统的社会条件和文化条件的具体形态。"① 高津孝的这一论述，对研究试律诗尤为适用。清代试律诗题即是如此，他是科举制度的产物，是清代官方文教观念的体现，承认与否，它都属于清代文学的一部分，是按照官方格式所选的官样文章题目，因而历来不受重视，甚至要背负摧残士子的骂名。本文所做的这一选题，就是试图打破学术上的偏见，从清代试律最有影响力的乡、会试诗命题出发，还原考题的选题特征，对清代乡、会试诗题做尝试性的本体研究。

　　清代乡、会试诗题是科举制度的产物，清代官方在诗学普遍衰落的情形下试诗，试图通过这一指挥棒兴文教、兴诗学，动员更多的文人参与诗歌创作中，从文教的角度讲，是文人投身诗歌创作的一个契机。从命题角度讲，钦命诗题原则上为钦命，因而难免带上政治色彩，命题中不免有说教的意味。乡试诗题则主要出自官员之手，他们在命

---

① ［日］高津孝：《科举与诗艺——宋代文学与士大夫社会》，上海古籍出版社2005年版，第37页。

题中会受当时的社会背景、文化观念、政治状况，及自身所处的社会地位，扮演的社会角色的影响，体现出官方的要求，同时作为传统文人，命题中不免体现出时代的诗学倾向，及个人的诗学宗尚，甚至生活化、地域化的特征，还是非常有意义的。

通过对《清秘述闻三种》所存诗题，及《清代朱卷集成》补入的乡、会试诗题的考察发现，清代乡、会试诗题大多都有出处，个别考题除外，这就昭示对题目出处进行深入的探究。本书总体的布局，绪论部分主要引出研究对象、介绍研究现状等，并介绍本书的研究内容。结语部分对全文的研究做总结，并指出研究中的不足及今后进一步研究的规划。其余为文章的主体部分，主要论述清代乡、会试诗命题与唐诗的关系。

就对清代乡、会试诗题的研究情况而言，目前对清代乡、会试诗题所做的探索，依照乡、会试诗题所出不同典籍的数量统计，发现清人在命题中出自唐诗的考题数量最多，又以杜甫、李白、白居易三人作品为重，因而就唐诗的出题情况做综合研究，并分论唐诗三大家的出题情况，分为六章论述。

清代科考加试诗歌经历了漫长的过程，加试诗歌之后，清人大多疏于作诗，因而大量编选唐代试律诗及应制诗作为参照，体现出明显的崇唐之意；清代试律自上而下，分为十类，乡、会试诗歌为其中影响力强，有代表性的诗歌考试；会试及顺天乡试考题为钦命，乡试诗题多出自考官之手，清代乡、会试诗命题所出历代典籍的考题，唐诗所出考题居多。

清代官方通过编选诗歌选本来实现文教，而官方的唐诗选本又作为科考命题的底本，官方的诗歌观念通过命题选本传达给考官，当然考官在命题中也有选择的余地，官方的诗坛观念与考官的诗学倾向体现在考题中，即为对唐诗类考题的重视。

清代乡、会试诗命题中，所选唐人众多，作品繁多，因而在研究中主要依据时期分段，所选作品，初唐诗作主要为宫廷文人之作，盛

结 语

唐诗作李、杜之外，以王、孟的山水田园之作为重，中晚唐诗作也主要选入生活之作，或羁旅、或隐逸，以日常琐事的描写为主，命题中以写景之作为主，主要体现出"清"的追求。

通过御选唐诗选本发现，清代官方对李白诗歌的接受也是有变化的，文人更为重视能体现李白才气的诗作；命题中以李白漫游山水及酬赠之作为重，趋向于其清新俊逸及笔力劲健之作；所出考题以写景之题为重，着重符合"清"的审美追求，及命题之地的地域色彩。

清人在命题中以杜诗居首，主要是出于政教的考虑，着重杜诗的"忠孝"之旨；命题考官主要出自杜诗学繁盛之地，命题中对杜诗的选择，不免体现出个人的偏好；官方在命题中对出自杜诗考题的选择，或体现"清"的审美标准，或追求内容"中正"的政教要求。

清人命题中选入白居易诗歌，与白居易诗歌在诗坛的接受关系重大，道光之后出题的生活化也为重要原因；江浙文人对白居易诗歌的崇尚，源于其在江浙之地的广泛影响；命题中倾向于其闲适之作，其他诗作为有选择的接受。

清代试律诗作为清诗的一部分，自有其存在的价值，对其价值的认可过程也是逐步展开的，现阶段所做的工作只是就命题做一些有益的尝试。本文从命题中的一些显著特征入手研究，专设乡、会试诗命题与唐诗的关系进行细化研究。通过这些研究弄清了清代乡、会试诗考题的总体特征，及命题中对唐诗三大家的重视，清人的诗学倾向与所选作品的关系，考官的个人倾向及在命题中的反映。

当然，目前所做的工作还远远不够，研究还不够深入，涉及面不够广泛，本书的研究只是抛砖引玉，以待来日清代试律研究的全面重视。

今后一段时间，试图继续对清代试律进行宏观研究，并结合清代诗学的发展，考官的身份、考官籍贯分布及个人的创作，清代试律与文学的关系，以求在综合研究中凸显清代试律研究的价值。

参考文献

一 古代典籍（以著者汉语拼音为序）

（清）爱新觉罗·弘历编：《唐宋诗醇》，中国文学出版社 2000 年版。

（唐）白居易著，顾学颉校点：《白居易集》，中华书局 1979 年版。

（唐）白居易著，朱金城笺注：《白居易集笺校》，上海古籍出版社 1988 年版。

（清）陈康祺：《郎潜纪闻初笔二笔三笔》，中华书局 1984 年版。

（清）陈康祺著，褚家伟、张文玲整理：《郎潜纪闻四笔》，中华书局 1990 年版。

（清）陈衍：《石遗室诗话》，商务印书馆 1929 年版。

（清）董诰等编：《全唐文》，中华书局 1983 年影印本。

（唐）杜甫著，仇兆鳌注：《杜诗详注》，中华书局 1979 年版。

（唐）杜甫著，杨伦笺注：《杜诗镜铨》，上海古籍出版社 1998 年版。

（清）《（道光）开化府志》，清道光九年刻本。

（清）法式善：《槐厅载笔》，清嘉庆刻本。

（清）法式善等撰，张伟点校：《清秘述闻三种》，中华书局 1982 年版。

（清）福格撰，汪北平点校：《听雨丛谈》，中华书局 1984 年版。

（清）高宗敕撰：《清朝通志》，商务印书馆 1935 年影印本。

（清）高宗敕撰：《清朝文献通考》，商务印书馆 1936 年影印本。

（清）高宗敕撰：《清朝通典》，商务印书馆 1935 年影印本。

（清）葛士濬：《皇朝经世文续编》，《近代中国史料丛刊》第 75 辑，文海出版社 1972 年影印本。

顾廷龙：《清代朱卷集成》，成文出版社 1992 年版。

（清）《皇清文颖》，《故宫珍本丛刊》，海南出版社 2000 年版。

（清）礼部纂辑：《钦定科场条例》，《近代中国史料丛刊三编》（第四十八辑），文海出版社 1989 年影印本。

（唐）李白著，王琦注：《李太白全集》，中华书局 1977 年版。

（清）李慈铭著，张寅彭、周容编校：《越缦堂日记说诗全编》，凤凰出版社 2010 年版。

（清）李调元撰，湛之校点：《淡墨录》，辽宁教育出版社 2001 年版。

（清）梁章钜：《退庵随笔》，《近代中国史料丛刊》第 44 辑，文海出版社 1969 年影印本。

（清）梁章钜著，陈铁民点校：《浪迹丛谈续谈三谈》，中华书局 1981 年版。

（清）梁章钜著，陈居渊校点：《制艺丛话·试律丛话》，上海书店出版社 2001 年版。

（五代）刘昫等：《旧唐书》，中华书局 1975 年点校本。

（清）刘锦藻：《清朝文献通考》，浙江古籍出版社 1988 年影印本。

（清）刘献廷等：《清代笔记丛刊》，齐鲁书社 2001 年影印本。

（清）陆以湉撰，崔凡芝点校：《冷庐杂识》，中华书局 1984 年版。

（清）潘德舆著，朱德慈辑校：《养一斋诗话》，中华书局 2010 年版。

（清）彭定求等：《全唐诗》，中华书局 1960 年版。

（清）平步青：《霞外攟屑》，上海古籍出版社 1982 年版。

（清）浦起龙：《读杜心解》，中华书局 1961 年版。

（清）钱泳撰，孟裴校点：《履园丛话》，上海古籍出版社 2012 年版。

（清）乾隆敕撰：《钦定大清会典事例》，光绪二十五年石印本。

（清）《清代诗文集汇编》，上海古籍出版社 2010 年版。

（清）《清实录》，中华书局 1985—1987 年影印本。

（清）邵之棠编：《皇朝经世文统编》，《近代中国史料丛刊续编》第 72 辑，文海出版社 1980 年影印本。

（清）沈德潜、陈培脉辑：《唐诗别裁集》，康熙五十六年刊本。

（清）沈德潜：《杜诗偶评》，乾隆十二年赋闲草堂刻本。

（清）沈德潜选注：《唐诗别裁集》，上海古籍出版社 1979 年版。

（清）素尔纳等纂修：《钦定学政全书》，《近代中国史料丛刊》第 30 辑，文海出版社 1968 年影印本。

（清）王夫之等：《清诗话》，上海古籍出版社 1978 年版。

（清）王夫之评选，任慧点校：《唐诗评选》，河北大学出版社 2008 年版。

（清）王闿运批：《王闿运手批唐诗选（附湘绮楼词选）》，上海古籍出版社 1989 年版。

（宋）王溥：《唐会要》，上海古籍出版社 2006 年版。

（清）王士禛撰，勒斯仁点校：《池北偶谈》，中华书局 1982 年版。

（明）王嗣奭：《杜臆》，上海古籍出版社 1983 年版。

（清）王应奎撰，王彬、严英俊点校：《柳南随笔续笔》，中华书局 1983 年版。

（清）翁方纲：《石洲诗话》，《丛书集成初编》，中华书局 1985 年版。

吴云、冀宇校注：《唐太宗全集校注》，天津古籍出版社 2004 年版。

（清）席裕福、沈师徐辑：《皇朝政典类纂》，《近代中国史料丛刊续编》第90辑，文海出版社1982年影印本。

（清）徐珂：《清稗类钞》，中华书局2010年版。

徐世昌编，闻石点校：《晚晴簃诗汇》，中华书局1990年版。

（清）姚鼐编选，曹光甫标点：《今体诗钞》，上海古籍出版社1986年版。

（清）叶燮著，蒋寅笺注：《原诗笺注》，上海古籍出版社2014年版。

（清）永瑢等：《四库全书总目》，中华书局1965年影印本。

（清）余正焕、左辅撰，邓洪波等校点：《城南书院志》，《城南书院志·校经书院志略》，岳麓书社2012年版。

（清）杨凤藻编：《皇朝经世文新编续集》，《近代中国史料丛刊》（第79辑），文海出版社1972年影印本。

（清）袁枚著，顾学颉校点：《随园诗话》，人民文学出版社1982年版。

（清）曾国藩：《湖湘文库·曾国藩全集》，岳麓书社2011年版。

（清）臧岳：《唐诗类释》，乾隆元年刻本。

詹锳：《李白全集校注汇释集评》，百花文艺出版社1996年版。

赵尔巽等：《清史稿》，中华书局1976—1977年点校本。

（清）赵翼著，江守义、李成玉校注：《瓯北诗话校注》，人民文学出版社2013年版。

二　近人著作（以著者汉语拼音为序）

［美］艾尔曼：《晚期中华帝国科举文化史》，加利福尼亚大学出版社2000年版。

艾永明：《清朝文官制度》，商务印书馆2003年版。

蔡锦芳：《杜诗版本及作品研究》，上海大学出版社2007年版。

蔡锦芳：《杜诗学史与地域文化》，浙江大学出版社2015年版。

陈伯海主编：《近四百年中国文学思潮史》，东方出版中心 1997 年版。

陈伯海主编：《唐诗汇评》（增订本），上海古籍出版社 2015 年版。

陈伯海、李定广编著：《唐诗总集纂要》，上海古籍出版社 2016 年版。

陈茂同：《中国历代选官制度》，华东师范大学出版社 1994 年版。

陈贻焮：《杜甫评传》，上海古籍出版社 1982 年版。

陈友琴编：《白居易资料汇编》，中华书局 1962 年版。

邓洪波编著：《中国书院学规》，湖南大学出版社 2000 年版。

邓洪波主编：《中国书院学规集成》，中西书局 2011 年版。

邓嗣禹：《中国考试制度史》，学生书局 1982 年版。

郭齐家：《中国古代考试制度》，商务印书馆 1997 年版。

郭绍虞编选，富寿荪校点：《清诗话续编》，上海古籍出版社 1983 年版。

韩胜：《清代唐诗选本研究》，中国社会科学出版社 2010 年版。

贺严：《清代唐诗选本研究》，人民出版社 2007 年版。

洪业等编纂：《杜诗引得》，上海古籍出版社 1985 年版。

胡可先：《杜甫诗学引论》，安徽大学出版社 2003 年版。

胡平：《清代科举考试的考务管理制度研究》，中国社会科学出版社 2012 年版。

黄鸿寿：《清史纪事本末》，上海书店出版社 1986 年影印本。

金诤：《科举制度与中国文化》，上海人民出版社 1990 年版。

李纯蛟：《科举时代的应试教育》，巴蜀书社 2004 年版。

李润强：《清代进士群体与学术文化》，中国社会科学出版社 2007 年版。

李世愉：《清代科举制度考辩》，沈阳出版社 2005 年版。

梁启超著，朱维铮校注：《中国近三百年学术史》，复旦大学出版社 2016 年版。

参考文献

林上洪：《清代科举人物师承研究》，华中师范大学出版社 2013 年版。

刘海峰著：《科举考试的教育视角》，周洪宇主编《中国教育的传统与变革丛书》，湖北教育出版社 1996 年版。

刘海峰：《科举学导论》，华中师范大学出版社 2005 年版。

刘海峰：《二十世纪科举研究论文选编》，陈文新主编《历代科举文献整理与研究丛刊》，武汉大学出版社 2009 年版。

李兵：《书院与科举关系研究》，华中师范大学出版社 2005 年版。

刘海峰、李兵：《学优则仕·教育与科举》，长春出版社 2004 年版。

刘海峰、李兵：《中国科举史》，东方出版中心 2004 年版。

刘世南：《清诗流派史》，人民文学出版社 2004 年版。

刘兆璸：《清代科举》，东大图书有限公司 1979 年版。

罗时进：《唐诗演进论》，江苏古籍出版社 2001 年版。

李国钧、王炳照总主编，马镛著：《中国教育制度通史〔（清代）上〕》，山东教育出版社 2000 年版。

梁梅：《清代试律诗学研究》，中国社会科学出版社 2019 年版。

莫砺锋：《杜甫评传》，南京大学出版社 2011 年版。

裴斐、刘善良：《李白资料汇编（金元明清之部）》，中华书局 1994 年版。

沈兼士：《中国考试制度史》，台湾商务印书馆 1969 年版。

孙微：《清代杜诗学史》，齐鲁书社 2004 年版。

田建荣：《中国考试思想史》，商务印书馆 2004 年版。

汪小洋、孔庆茂：《科举文体研究》，天津古籍出版社 2005 年版。

王兵：《清人选清诗与清代诗学》，中国社会科学出版社 2011 年版。

王炳照、徐勇主编：《中国科举制度研究》，河北人民出版社 2002 年版。

王戎笙等：《中国考试通史》（卷三），首都师范大学出版社 2004年版。

王道成：《科举史话》，中华书局 1988 年版。

王德昭：《清代科举制度研究》，中华书局 1984 年版。

王运熙、顾易生主编：《中国文学批评通史》，上海古籍出版社 1996 年版。

王炜编校：《〈清实录〉科举史料汇编》，陈文新主编《历代科举文献整理与研究丛刊》，武汉大学出版社 2009 年版。

吴中胜：《杜甫批评史研究》，中国社会科学出版社 2012 年版。

萧华荣：《中国诗学思想史》，华东师范大学出版社 1996 年版。

徐美秋：《纪昀评点诗歌研究》，龚鹏程主编《古典诗歌研究汇刊（第 13 辑）》第 18 册，花木兰文化出版社 2013 年版。

严迪昌：《清诗史》，浙江古籍出版社 2002 年版。

杨国强：《晚清的士人与世相》，生活·读书·新知三联书店 2008年版。

杨齐福：《科举制度与近代文化》，人民出版社 2003 年版。

杨学为总主编：《中国考试史文献集成》，高等教育出版社 2003年版。

岳娟娟：《唐代唱和诗研究》，复旦大学出版社 2014 年版。

张兵：《文化视域中的清代文学研究》，人民出版社 2013 年版。

张健：《清代诗学研究》，北京大学出版社 1999 年版。

张忠纲主编：《山东杜诗学文献研究》，齐鲁书社 2004 年版。

章中如：《清代考试制度资料》，《近代中国史料丛刊》第 23 辑，文海出版社 1968 年版。

赵海菱：《杜甫与儒家文化传统研究》，齐鲁书社 2007 年版。

赵园：《明清之际士大夫研究》，北京大学出版社 1999 年版。

周德昌主编：《中国教育史研究（明清分卷）》，华东师范大学出版社 1995 年版。

朱保炯、谢沛霖编：《明清进士题名碑录索引》，上海古籍出版社1980年版。

朱栋：《唐代试律诗用典研究》，上海交通大学出版社2019年版。

朱则杰：《清诗史》，江苏古籍出版社2000年版。

张丽丽：《清代科举与诗歌》，龚鹏程主编《古典诗歌研究汇刊（第14辑）》第13、14册，花木兰文化出版社2013年版。

三 博士学位论文类（以著者汉语拼音为序）

陈聪发：《中国古典美学清范畴研究》，博士学位论文，复旦大学，2007年。

郭前孔：《清代晚期唐宋诗之争流变史》，博士学位论文，苏州大学，2009年。

蒋金星：《〈清代硃卷集成〉的文献价值和学术价值研究》，博士学位论文，浙江大学，2004年。

夏卫东：《清代科举制度的若干问题研究》，博士学位论文，浙江大学，2006年。

四 单篇论文（以著者汉语拼音为序）

安东强：《乾隆帝、学政与试律诗》，《武汉大学学报》（人文科学版）2013年第5期。

陈伯海：《清人选唐试帖诗概说》，《古典文学知识》2008年第5期。

陈圣争：《乾隆时期试律诗艺术风格探析》，《文学与文化》2019年第1期。

陈志扬：《清代对试律诗艺的探索》，《社会科学辑刊》2007年第6期。

陈志扬：《论清代试帖诗》，《学术研究》2008年第4期。

程嫩生：《清代书院诗赋教育》，《文艺理论研究》2014 年第 2 期。

方芳：《清代科举家族地理分布的特点及原因》，《济南大学学报》（社会科学版）2009 年第 5 期。

傅承烈：《浅说杜诗的"清新"》，《文史杂志》2004 年第 3 期。

郭晨光：《论"赋得"诗》，《励耘学刊（文学卷）》2016 年第 1 辑。

贺严：《清代唐试帖诗选对诗法的分析》，《名作欣赏》2012 年第 24 期。

胡果文：《清代科举略论》，《江汉论坛》1989 年第 7 期。

蒋金星：《清代科举试帖诗"得×字"中"×"的位置》，《中国韵文学刊》2007 年第 1 期。

蒋金星：《再论清代科举试帖诗得"某"字中"某"字的位置》，《教育与考试》2013 年第 2 期。

蒋金星：《〈清秘述闻再续〉乡试试帖诗试题补遗》，《中国韵文学刊》2013 年第 3 期。

蒋寅：《科举试诗对清代诗学的影响》，《中国社会科学》2014 年第 10 期。

蒋寅：《纪晓岚试律诗学述论》，《阅江学刊》2016 年第 2 期。

李兵：《清代两湖南北分闱再探》，《历史档案》2013 年第 1 期。

梁梅：《毛奇龄试律诗理论及影响》，《湖北社会科学》2016 年第 10 期。

刘海峰：《"科举学"刍议》，《厦门大学学报》（哲学社会科学版）1992 年第 4 期。

刘海峰：《"科举学"——21 世纪的显学》，《厦门大学学报》（哲学社会科学版）1998 年第 4 期。

刘海峰：《"科举学"的世纪回顾》，《厦门大学学报》（哲学社会科学版）1999 年第 3 期。

刘海峰：《中国科举史上的最后一科乡试》，《厦门大学学报》（哲学社会科学版）2003年第5期。

刘和文、李媛：《法式善〈同馆试律汇抄〉与清人试律诗之研究》，《内蒙古大学学报》（哲学社会科学版）2014年第4期。

鲁竹：《各人都有各自的举业——读〈清代科举考试述录及有关著作〉》，《中国图书评论》2006年第6期。

罗积勇：《唐代试律考述》，《人文论丛》2007年卷。

马镛：《清代科举的官卷制度》，《历史档案》2012年第3期。

莫砺锋：《论〈唐宋诗醇〉的编选宗旨与诗学思想》，《南京大学学报》2002年第3期。

彭国忠：《唐代试律诗的称名、类型及性质》，《学术研究》2007年第1期。

宋巧燕：《清代科举试帖诗写作规范探析》，《教育与考试》2015年第3期。

唐芸芸：《〈复初斋试诗·赋得春从何处来〉小议》，《古籍整理研究学刊》2012年第6期。

吴吉远：《清代宗室科举制度刍议》，《史学月刊》1995年第5期。

夏卫东：《清代乡试阅卷的制度缺陷》，《杭州师范大学学报》（社会科学版）2008年第2期。

杨春俏：《清代试帖诗限韵及用韵分析》，《山东师范大学学报》（人文社会科学版）2009年第6期。

杨春俏、吉新宏：《清代会试试帖诗题目出处及内容类型分析》，《晋阳学刊》2007年第2期。

袁晓薇：《"沉郁顿挫"之外——论杜诗风格的多样性》，《江淮论坛》1999年第2期。

詹杭伦：《试帖诗与律赋——读〈关中课士诗赋注〉》，《中国诗歌研究》2002年第一辑。

詹杭伦：《杜甫诗与清代书院诗赋试题》，《杜甫研究学刊》2002年第1期。

赵钦一：《清代的科举制度》，《史学月刊》1984年第4期。

郑若玲：《科举对清代社会流动的影响——基于清代朱卷作者之家世分析》，《厦门大学学报》（哲学社会科学版）2007年第5期。

郑天挺：《清代考试的文字——八股文和试帖诗》，《故宫博物院院刊》1982年第2期。

朱栋、吴礼权：《论唐代试律诗正文用典方式》，《南昌大学学报》（人文社会科学版）2015年第3期。

朱栋：《唐代试律诗诗题用典与唐代祥瑞尚奇文化》，《长春大学学报》2015年第1期。

朱栋：《唐代试律诗诗题用典与唐代文学风尚》，《理论界》2015年第7期。

宗韵：《恩科制、科举功能嬗变与清代教育危机》，《华东师范大学学报》（教育科学版）2014年第4期。